万能女中コニー・ヴィレ4

百七花亭

Monakatei Presents

fairy kiss

この作品はフィクションです。
実際の人物・団体・事件などに一切関係ありません。

万能女中コニー・ヴィレ4

コニー・ヴィレはハルビオン城に勤める女中だ。

まとめた藁色髪《わらいろがみ》にぶあつい丸メガネ、見た目は地味子な十八歳。常人離れした体力と膂力《りょりょく》を持ち、パワフルかつ有能。臨時の経理官と諜報部隊〈黒蝶《こくちょう》〉をも兼任する。

ここ最近は〈黒蝶〉として暗躍していたが、王太子の確定後、女中業中心の生活に戻った。

個人的な心配事と言えば、周囲にばれた自身の〈黒蝶〉所属について――

「コニーもとんだ災難だったわね！」

「ダグラー副団長の義妹だから巻き込まれたんだろう、気の毒に」

行く先々でかけられたのは同情の声。複数の職場で助っ人し、時には同僚の悩みを解決して、信頼を得てきた彼女である。多くの人々が単なるデマだと取り合わなかったようだ。

――噂《うわさ》を流したのが、城を追われた愚王子だったのも幸いしましたね。

城の中庭を彩る春の花。コニーは雑草を抜く手を休めて、雲一つない蒼穹《そうきゅう》を見上げた。

主《あるじ》ジュリアンへの狂愛故に、〈黒蝶〉を裏切ったネモフィラ。その背後にいる異形《いぎょう》の影――

そう遠くない未来、暗澹《あんたん》たる黒雲が湧き上がる時を予感している。

一章　嵐の前の平穏な日々（前編）

1　ダブル・ロックオン

最近、義兄は毎日のように会いに来る。

お昼時、コニーがぼっち飯《めし》をしていると相席を求めてきたり、掃除中に声をかけてきたり、城下でのお使い中に荷物持ちをしてきたり、経理で残業していると迎えに来たり――と一日に二度、三度。

……いや、鬱陶《うっとう》しいですよ。

女中業に戻った日、義兄から掌《てのひら》にキスをされた。その意味が〈求愛〉、あるいは貴族の慣習としての〈求婚〉であると知り、戦慄した。いきなり重い。

いやいやいやいや、平民のわたしには無効ですから！

そう言って退けようとしたが――

『答えは急がなくていいよ』

彼は落ち着いた様子で返してきた。自分との関係をじっくり考えてもらいたいのだ、と。

イケメン騎士の〈本気の囲い込み〉でも始まるんじゃないか、と焦ったが——どうやら、持久戦に持ち込む気らしい。

彼は胸の大きな肉食系の美女が苦手だ。かつては好みのタイプであったはずだが……上半身が女人、下半身は蝶という魔獣ビオラスィートに追われたことでトラウマになった。そのせいで、女性に対する視野が極端に狭くなっている。だからこそ、傍《そば》にいても苦にならない、手近な義妹をロックオンしているに過ぎない。

——どうしたら諦めてくれるのか。「恋愛などお断り」、「仕事に生きる枯れ女子上等」のコニーにとっては、悩ましい問題だ。

暁星歴《ぎょうせいれき》五一五年　三月二十七日

「二人で同じ場所を見回りして、どうするんです？　効率悪いじゃないですか」

午後十一時。広大な城の敷地をぐるりと囲む城壁の上。大きな月が辺りを照らす。

忽然と現れて、当然のように夜警に同行しようとする青年に、コニーは呆《あき》れた視線を向けた。

ゆるく波打つ白金髪を束ね、華のある顔立ち。深海を映す双眸、その左下に艶っぽい泣き黒子《ぼくろ》。白い騎士服に、鮮やかな翡翠《ひすい》のマント。第二王子騎士団改め、〈王太子騎士団〉の副団長リーンハルト・ウィル・ダグラー。

件《くだん》の迷惑な義兄である。彼はそのまばゆい美貌で嬉《うれ》しそうに微笑《ほほえ》む。

「君と話をしたくて」

「毎日しているではないですか」

「全然足りないよ」

義兄の好き好きアピールが、日ごとに増している。副団長、そんなに暇なのか……とも思うが、それだけ今が平穏だからとも言える。

「仕事中に無駄話をされても困ります」

「じゃあ、情報提供はどうかな?」

距離を取ろうとすると、大体はこの手で阻まれる。

最近は主の命令で、諜報部隊〈黒蝶〉での共有情報が回ってこない。仲の良い隊員の梟《ふくろう》も、「主に厳命された」と教えてくれない。主、横暴――だが、そもそもの原因が、前回いろいろと自分が無茶をし過ぎたせいなので仕方がない。

彼の申し出に内心喜びつつも、無表情で問い返す。

「騎士団で何かありました?」

「来月からの入団者を選考中に、残党の紛れ込みが発覚してね」

第一王子ドミニクが廃嫡されたと同時に、その騎士団は解体された。年明けにも、王太子騎士団には数十名の騎士が新規入団していたが――先の理由で城全体の騎士が大幅に減ったため、さらに二百名ほど追加増員することになった。

そこへ敵派閥の残党の子息が応募してきた、と。大胆というか図々しいというか。

「中立派貴族に養子に入って、家名を変えていたんだ。本人は七年ほど他国へ留学していて、最近帰ってきたばかりらしい。もちろん、ふるい落としたよ」

主君の寝首をかきに来ないとも限らないのだから、当然だ。

「まだしばらくは、目を光らせておかないといけませんね。夜回りに行きますが、よいですか？」

「じゃあ、歩きながら続きを話すよ」

コニーは周囲に異状はないかと目を配りつつ、歩き出す。

「それから最近、西と南の辺境地で、憑物士《つきものし》の集団が度々湧いているらしくて——」

憑物士とは〈黒きメダル〉を用いて、悪魔化した人間たちの総称だ。欲望に忠実で、魔力を帯びた破壊の力を振るう。争い好きなので、強いリーダーでもいないと集団化はしないものだが……それが、度々出現とは気になる話だ。

「今のところは、領地の兵力だけで解決しているから、心配する必要はないけど……」

こういった話をしている時の彼は、いたって真面目である。

義兄ポジションでは、ダメなのですかね……

かつて、母の再婚で義兄となった者たちは、コニーにとって嫌悪と憎悪の対象だった。「滅びろ！」とさえ願った相手もいる。故に、同じ立場の彼に好意を持つことは、本来ならばありえないことで。

〈義兄の存在を容認する〉——これは、真に奇跡的なことなのだ。

まあ、何度も手助けしてくれる相手に対し、好意的に思えないとか感謝出来ないとか……人としてどうかと思いますし。

「コニー、聞いてる?」

彼は隣から覗きこむように、こちらを見つめてくる。顔が近い。思わず一歩後ずさる。

「えぇ、確かに集団発生は不穏ですね」

「その話じゃないよ」

「え?」

「私以外と、デートしたことはある?」

いつのまにか話題が変わっていたらしい。しかも何、その質問。

あなたとデートした覚えはないのですが?

そう返す前に、彼は食い気味に尋ねてきた。

「例えば、クロッツェと私用で出かけたりした事は?」

何故、ここで上官の名を出すのか。

「それならありますが、デートではありませんよ」

「あるんだ……!」

何やらショックを受けた顔。違うと言ってるのに。彼は真顔で詰め寄ってくる。

「コニー、君は自分が年頃の女の子だと自覚するべきだよ! 今度、彼から誘われても気軽について行くんじゃないよ!? 彼にだって下心があるかも知れない! いや、絶対あるから!」

尊敬する上官を、桃色フィルターで見ないでもらいたい。コニーは強めの口調で釘を刺した。

「〈ハルト義兄《にい》さん〉、それは勘違いというものですよ!」

翌日、コニーは地味な紺ドレスを着て出勤する。臨時官史として働くためだ。

彼女の机があるのは、執務棟二階の資料室。唯一、女性の経理官なので、その配慮からも仕事部屋は分けてある。そこへノックとともに経理室長が現れた。

「コニー、三年前の西の王領地に関する帳簿はどこにある?」

短い黒髪を後ろになでつけ、精悍さのある顔つき、理知的な菫《すみれ》の瞳。文官らしからぬ逞《たくま》しい体軀を包む灰色の官服。彼は辺境伯家クロッツェの長子でもある、アベル・セス・クロッツェ。

「少々お待ちください」

そう言いおいて、書架から帳簿を探し出す。やや高い位置にあるので、腕を伸ばし踵を上げて取ろうとする。が、あと少しで届かない。踏み台を持って来ようと振り向くと——

「俺が取ろう」

背後に来ていたアベルが、コニー越しにひょいとぶあつい帳簿を棚から引き抜いた。しかし、退く気配がない。書架と彼に挟まれたまま、コニーは彼を見上げた。至近距離で目が合う。

「あの、アベル様?」

「香ばしい匂いが……」

身を屈めて少し離れた頭上で言われた。

「それは、ここに来る前にパン焼きをしたせいですね!」

のけぞることも出来なくて困る。人手が足りないというので早朝、王宮厨房に入った。その後に、

城の敷地内にある無人の庭師小屋で着替えはしたが、髪についた匂いは落とす時間がなかった。

「あぁ、それで」

彼は爽やかな笑顔で頷き、離れていった。

……何です、今の……頭嗅《か》がれるとか恥ずかしいんですけど……！

『彼にだって下心があるかも知れない！　いや、絶対あるから！』

ふいに義兄の言葉が頭をよぎる。

そういえば最近、アベルとの距離が近い、と思うことが幾度かあったような気がする。

先日の休憩中も、中庭のあずま屋でお茶に誘われた時に隣に座ってきたり、肩についた花びらを取ってくれたり、時々何を言うでもなくじっと見つめてきたり……

——いえ、それは邪推というものですね、上官に対し失礼です！

恋愛脳の義兄じゃあるまいし。コニーは芽吹いた疑惑を、あっさりと打ち消した。

◆一蝶の再生、旅立つ王太子

これから、ぼくはどうなるんだろう……？

城の真下にある地下牢の中で、リフは膝を抱えていた。

憧れの隊長が贔屓《ひいき》するコニー・ヴィレ——藁色。憎しみに囚われて、ネモフィラの甘言に乗ったばかりにとんでもない事になった。〈黒蝶〉の証《あかし》である短剣は没収されて、牢生活。誰も会いに来てくれない。不吉な未来に身がすくむ。

食事は日に二度、石みたいに硬いパンと野菜屑の浮かんだ薄いスープ。それを数えながら二十八日目の朝を迎え、やっと牢から出してもらえた。太陽の光がまぶしい。

警備兵によって連れて行かれたのは、東塔の五階。〈黒蝶〉長《おさ》の部屋。

正面の椅子には、肩までの黒髪を束ねた優し気な面差しの王太子ジュリアン。彼の隣に立つのは、観賞魚のようにひらつく黒衣をまとう、美貌の揚羽《あげは》隊長。右側の壁には六名の〈黒蝶〉たちと、アルバイトの藁色が並ぶ。

突き刺すほどの冷たい視線にたじろいだ。リフは救いを求めるように、ひときわ大柄な男二人を見る。獅子のような紅髪にごつい風貌のガーネットと、穏やかで影の薄いスモーク。自身よりも一回り年上の彼らは、仕事で失敗してもフォローしてくれたし、危険な時には身を挺《てい》して庇《かば》ってくれた。リフを弟のように可愛《かわい》がってくれたのに――彼らはこちらを見ようともしない。

地味にショックを受けていると、揚羽が淡々と告げた。

「長らくの待機で忘れているかも知れないから、軽くおさらいするわね。元隊員ネモフィラによる、〈黒蝶〉五名の殺害。彼女は人外と通じて、さらにガーネットにも重傷を負わせた。本来なら彼はまだ休養が必要なのだけど――この協議は、〈黒蝶〉全員で行う必要があったから出席してもらったの。ネモフィラはいまだ逃走中よ」

あの女、逃げ切ったんだ……！

「アナタは仲間である仔猫ちゃんを、窮地に陥れた。これに異論はあるかしら？」

刺々《とげとげ》しい口調。藁色を仲間だと思ったことなどない……が、反論は彼の怒りを買うだけだ。そう思い、リフは神妙に肯定した。

「――異論はありません」

「そう、では協議の結果を言うわ」

すでに決まっていたらしい。リフは蒼白な面持ちで固唾《かたず》を呑んだ。

「メンバーの一人と手合わせして、七分以内に一本取れたら〈追放〉。出来なかったら勝者に〈処分〉を任せる。対戦相手を選びなさい」

処分という言葉に、ヒヤリと肝が冷える。この勝負が生死を分ける。よくても追放。

負けたら、殺される……！

リフは視線を〈黒蝶〉の隊員たちに向けた。手加減をしてくれそうなガーネットか、スモークに――そう思ったが、彼らは依然として目を合わせようとしない。それに彼らの戦闘力はかなり高い。手加減なんてしようものならすぐにバレる。

自分より格下だと思っていた藁色には、あのとき、不本意ながら助けられた。本当は自分こそが、〈黒蝶〉内において実力最下位だと思い知った。ぶっちゃけ自身が強みと言えるのは、すばしっこさだけだ。戦闘が不得意だとは言わないが、どんな武器を持っても腕前はそこそこ。

勝てる相手がいないのに……いや、要は一本取れればいいのか……

隊長は手段の制限をしなかった。上着の縫い目に隠した目潰しの粉がある。

「藁色と手合わせします」

地階にある広い訓練場に全員が移動した。しかし、開始合図から五秒もせずに終了。

目潰し粉を投げつける前に——強力な飛び蹴りをくらい、リフは吹っ飛ばされた。

「あなたの負けです」

光る眼鏡がこちらを見下ろしていた。

バッとリフは起き上がる。蹴られて痛む胸を手で押さえ、揚羽に泣きつこうとして——零下の視線に怯《ひる》む。虫けらを見る目だ。とっさに、〈黒蝶〉の主の脚にすがりついて叫んだ。

「追い出さないでください！　お願いです！　何でもしますから！」

「裏切り者を傍に置いておくなんて怖いからねぇ」

「ぼくは裏切ってなんかない！　ジュリアン様をお慕いしてるんです！」

「見苦しいわね」

揚羽の指先が動くと同時に、リフの体がぶわりと浮いて魔法で投げ飛ばされる。

「コニー、後始末は頼んだよ」

主の言葉に「お任せください」と、藁色が返事をする。

「ジュリアン様あああ‼」

「いつまで泣いてるんです。行きますよ」

リフの後ろ襟首をがしっと摑み、彼女は問答無用でリフを引きずってゆく。

「逝《い》くってどこへ⁉」

東塔を出ると、城敷地にある森の中をずんずん進んだ。

頭を占めるのは、躊躇《ちゅうちょ》なく憑物士を捌《さば》いた藁色の凄《すさ》まじい技量。そうだった、自分など比にならないほど藁色は敏捷《びんしょう》だった。十六年の生涯に幕が下りる。朝なのにカァカァと不吉に鳴く烏《からす》。それは絶望への序曲か、これに自分の断末魔が加わるのか。

着いたのは見慣れた黒蝶寮の前。ぺいっと投げられ——いささか乱暴に解放された。

人知れぬ場所で殺《や》るんじゃなかったのか……？

「今後は、わたしの指示に従って働いてもらいます」

冷めた表情で淡々と彼女は告げる。リフは瞠目《どうもく》して問い返す。

「なんで……？」

「あなたに拒否権はありません」

「意味が……分からないんだけど……」

「自分が命拾いしたことも分からないのですか？」

呆れたように言われたが、聞き違いではなかったはずだ。

「でも、主は後始末しろって……」

「方法は問われていません。だから、〈黒蝶〉で不要になったあなたを、〈下働き〉として使うということです。再利用と言えば分かりますか？」

「……は？」

何その、エコにリサイクルしてやる的な言い方は——

「わたしが指導するのは半年間です」

「はあああ？」

何言ってるんだ、藁色のくせに、このぼくを指導するだって⁉

『それと、今後はいかなる武器の所持もしないこと。見つかると警備兵に捕まりますからね。元〈黒蝶〉であったことも他言無用に。黒蝶寮からも出てもらうので、荷物をまとめてきてください」

頭に血が上った。大嫌いなやつに見下ろされることに。思わず大声で喚《わめ》いた。

「ふざけるな！　命令するな！　ぼくは誇り高き〈黒蝶〉なんだ！　誰が下働きなんか――」

バシッ！

いつの間に手にしていたのか、その辺にあった庭箒《にわぼうき》で頭を叩《たた》かれた。

「あなたのちっぽけなプライドなんて、どうでもいいんですよ」

彼女はゴミを見るような目つきで言った。

「下働きでも使えないなら、お望み通りこの世から消してあげますよ。生きながら魔獣の巣穴に落とすのもいいですね。手も汚れませんし、あと腐れもありません」

その殺気に鳥肌が立った。蛇に睨まれたハムスターのように、リフは動けなかった。

以前、彼女を魔獣の巣穴に落としたことがある。今度はそれを自分にやり返すと言っているのだ。さんざん彼女を馬鹿にしてきたこともある。本気で報復されかねない。

ボスッと頭に布包みを投げつけられた。先ほどまで彼女が小脇に抱えていたものだ。

「時間は有限。さっさと荷物をまとめて、そのお仕着せに着替えてください」

……お仕着せ？　いつの間に用意を……

まさか、こうなることを見越していた？　でも、対戦相手に誰を選ぶかなんて分かるわけがない。

寮の自室へ戻って、しばらくはうろうろと行ったり来たりしながら悩んだが――

「よく考えたら、今の状況は悲観するほどでもないのかも……」

そう結論づける。城を追い出されるわけでも、殺処分されるわけでもないのだ。この屈辱に耐えていれば、いつか〈黒蝶〉に戻れる機会だってあるはず。

気持ちを切り替えて、鞄に私物を詰めはじめた。

「藁色にはすごくムカつくけど！　今は我慢だ、我慢我慢我慢……」

着替えようと布包みを解いて、固まった。思わず窓を開け放ち、庭にいる彼女に叫ぶ。

「なんで女中服なんだよ!?」

「わたしの下で働くのだから、女中一択です」

☆

ハルビオン国の王太子ジュリアン・ルーク・ハルビオン。

彼は自身に敵対する〈人外の正体〉を求めていた。

王位継承権争いに〈参戦〉表明をしたという、〈影の子供〉をはじめ――

王妃の誕生会で護衛らを引き離した〈影〉。裏切者ネモフィラを逃した〈影〉。さらに、城を奇襲した三体の憑物士や、元王妃を攫《さら》った憑物士の後ろにも、糸を引く存在を感じる。すべては一本に繋《つな》がっているのではないか――

イバラが助言した。「亡き先王に隠し子がいた可能性がある」と。

先代国王は晩年、王都を離れて愛人のもとをよく訪れていたらしい。そのことは現国王も知らず。おそらくは王位継承争いの火種にしないため、御子《みこ》の存在を隠していたのだろう。

「先王の護衛だった者に確認が取れた。南東のフェンブルグ領に、その愛人が住んでいる」

わずかな手がかりをもとに、ジュリアンは〈黒蝶〉に現地調査を命じた。


四月二日。彼は王太子としての初外交で、近隣の友好国を巡ることになった。

そこには、大国レッドラムとそれに追従する国は含まれない。

「祝いに毒を盛るのが分かっている国に、挨拶なんて行きたくないからね」

随行するのは騎士団長ジン・ボルドと騎士八名のみ。いわゆる忍び旅だ。

夜明け前、父や側近たちとの挨拶を終えて、正門へと続く道を魔獣に乗って進む。

ふと、離れた木立ちにジュリアンは目を留めた。木の後ろから現れた女中が、深くお辞儀をする。

思わず、彼は微笑みを浮かべて片手を上げた。

「行ってきます」

2　裏事情と、腕輪を巡る人々

暁星歴五一五年　四月三日

今月より、女中のお仕着せであるワンピースは青灰色《せいかいしょく》に変わった。生地は薄く軽やかだ。コニーの足取りも軽やかになる。芋の入った木箱を五つ重ねて王宮厨房に運びこむ。調理の蒸気や熱気の中、いつも以上に厨房内は慌ただしい。本日、王太子騎士団に新たに入団した騎士たちが、官僚食堂で昼食をとっているためだ。

「ガオさん、あと必要な食材は何ですか?」

コニーが王宮料理長に声をかけると、彼は大鍋に香辛料を投入してから振り向いた。

「平茸《ひらたけ》とインゲン豆を二箱ずつ、鴨肉《かもにく》を二百羽分頼むよ!」

「鴨肉はじき品切れです」

「じゃあ、在庫の多い鶏肉《とりにく》を!」

「承知しました」

コニーは背後を振り返り、小麦粉の袋を下ろしてゼイゼイと息をつく新入り女中に目を向けた。

「もう一度、行きますよ」

「わ……分かった」

最初は悪態ばかりついていた新入りも、重い食材運びの往復でそんな元気はなくなったらしい。王宮厨房を出て、近くにある食料貯蔵庫の入口へ。地下に続く階段を下りていると、後から台所女中が一人追いかけてきた。

「こっちもデザートに使う材料が切れたわ！」

三人でせっせと食材を棚から出す。

「そっちの子、入ったばかりでしょ？　荷運びばかりで大変ね！」

「大丈夫ですよ、〈男性並み〉に体力はありますから」

「そうなの？　はりきり過ぎないようにね、腰を痛めるわよ」

彼女が目当ての食材を抱えて先に地下を出てしまうと、新入りは床に置かれた木箱に両手をついたまま動かない。膝がガクガク震えている。コニーは鶏肉とインゲン豆の入った箱を六つ重ねて、さっさと地下を出て王宮厨房内へと運ぶ。再度、戻ってくると新入りはまだ同じ体勢でいた。

「リフ、いつまでそうしている気です？　残りはそれだけですよ。早く運んで」

「も、もう、ム……」

とうとう音を上げそうになったところに、間髪いれずにコニーは言った。

「では、わたしは休憩に入りますね」

「――待てよっ、ぼくを放置するのか⁉」

立ち去ろうとするコニーを、慌てて引き止めてくる。

「休憩したいなら、仕事を終わらせればいいことです」

「……だから、こ、腰が……もう、立てな……」

「あら、この程度でもう弱音を吐くのですか？」

さらさらな金髪に新芽色の瞳、幼さが残る顔立ちのリフは、女中服だけでも十分に女の子に見える。もともと華奢《きゃしゃ》な体つきだが、牢生活での粗食で痩せたため儚《はかな》げな雰囲気まである。手首などコニーより細い。はたから見たら、新入りイビリに見えるだろうな、とコニーは思う。

「こんな力仕事、〈黒蝶〉でやるわけないだろ！」

「なるほど、女中よりも力が劣るというのですね？」

微笑みながら嫌味を浴びせると、リフも負けじと言い返す。

「まだ体力が戻ってないんだ！　なのに、こんなキツイ仕事ばっかさせるなんて！」

牢での体力落ちを言い訳にしてくる。しかし、昨日、一昨日《おととい》とそこは配慮して、皿洗いや洗濯のシミ抜きなど軽い作業をさせたのだ。それでも「量が多い」「足腰痛い」と不満たらたらだった。

「いつまでも、同じ言い訳が通じると思ったら大間違いですよ。同情を引く相手を間違えてませんか？　城の下働きは平民にとっては人気職、あなたの代わりはいくらでもいるんです。その時、ご自分がどうなるかよく考えてくださいね」

リフはムッとする。諦めたのか無言で大きな木箱を抱えると、よろよろしながら階段を上り始めた。危うい姿勢。怪我《けが》をすればこれ幸いと、この甘ったれはサボりかねない。コニーは彼の前に回りこんで荷の持ち方を指導した。

「腕を伸ばしすぎです、箱をもっと体にくっつけて支えて」

「ちょっ……今、話しかけるな！　集中できないだろっ！　そこどけろよっ」

「腕だけで持とうとするから腰を痛めるんですよ」

短気なリフは喚き散らす。

「──るっ、さいな！　この小言ババア！」

自分の状況を理解していない。よし、もっと手厳しくいこう。

「言葉遣い！　女の子らしく！」

「いだだだだだ！　あたまっ、摑むな！」

彼は身長百五十八センチ、コニーより三センチ高いだけ。そして、コニーは階段の上側にいるので摑みやすい。

「もう忘れたのですか？　あなたは女中なんですよ？　変質者として牢に戻りたいのですか？」

──彼の件に関しては、コニーが貧乏くじを引く形となった。

主と〈黒蝶〉長の本音は、大して役に立たない上、敵に与《くみ》したリフを排除したい。だが、それに強硬に反対しているのが、ガーネットとスモーク。

この二人は〈黒蝶〉立ち上げ時の初期メンバーで、諜報員としての能力も高く優秀だ。リフを亡き弟妹の代わりに溺愛している。彼らに離反されるのは大きな損失となる。

それでなくとも、減ってしまった〈黒蝶〉を補うべく、後任を探して新たに育てないといけない。リフの過《あやま》ちも一度だけ。十六歳と若く資質も一定以上ある。指導者を替えれば鍛え直しも不可能ではない（かも知れない）。ならば、〈期間限定〉で再教育を試みよう──と、協議の上で決まった。

無論、そこにガーネットらを関わらせないのが絶対条件だ。リフ自身には、再教育については伏せる。

『〈黒蝶〉に戻るのが前提と知れば、彼は最大限の努力をしないだろうからね』

という主の辛辣な指摘もあり、全員で一芝居打った。

リフの戦闘能力は〈黒蝶〉では最下位。メンバーとの勝負に追い詰められた彼は、卑怯な手段を使ってでもと考えるだろう。彼の性格上、高確率で嫌いな相手を選ぶ。再教育の指導はコニーが当たるようにと、主から命じられた。理由は、監視の目が届きやすい下働きエリアが適していたからだ。

コニーとしては特に異論はない。主の命令であれば、面倒なことなど何一つない。粛々と曲がった剣を鍛え直すだけだ。主も本当に使えないモノなら、その場で廃棄処理を命じるだろう。

――しかし、暗器すら使わず目潰し粉で対抗してくるとは……命懸けの勝負と分かっているはずなのに、考えが甘い。

『再教育期間が過ぎても〈黒蝶〉に戻せないようなら、切り捨てるわ』

隊長である揚羽はそう言った。先の理由があるので殺処分はしない――だが諜報部隊においての機密漏洩は、未然に防ぐ必要がある。本来であれば、他者との会話が出来ないよう体の一部を潰して、山奥の小屋などに追いやるのだが――

「こんなブスと泥臭い仕事ばっかとか……あー、やだやだ！　じゃあ休憩行くから！」

――こんな風に、呑気にわたしに噛みついている場合じゃないんですけどねぇ。

荷を運び終えて立ち去ろうとするリフの後ろ襟を、ぐいと掴んで呼び止めた。

「あと二往復です。小麦粉、砂糖を十五キロずつ追加」

「は!?」

「言葉遣いに対するペナルティですよ」

「――っ、いい加減にしろよ！　お前のやっていることは新人イジメだ！」

「どこの職場でも上下関係は厳しいものです。元職場では偶々《たまたま》運よく、あなたを甘やかす大きな人たちがいただけ。やりたくない？　そうですか、では揚羽隊長にご報告しますね。リフは誰でも出来る、と～っても簡単な作業すら出来ないと」

「――くそっ、覚えてろよ！」

揚羽の名を出すと、彼は渋々ながらも動く。が、コニーはその悪態を許さなかった。

「あ、鶏がらの箱も三十キロ追加で持ってきてくださいね」


リフが荷運びを終えるのを見届けて、コニーも休憩に入った。

近くの庭師小屋へ行くと、王宮厨房の裏口でもらった昼食をテーブルに広げる。

ノックの音がして、ひょこりと白金髪の騎士が顔を覗かせた。

「コニー。少し話があるんだけど、いいかな？」

だめだと言って、引き下がったことがあっただろうか。

ここはいつも人がいないので、のんびり出来る場所なのだが――最近ちょくちょくこの義兄がやってくるので、正直くつろげない。場所を移してもなぜか嗅ぎ当ててくる。

地味女中につきまとう副団長の噂が広がるぐらいなら、人目につかない小屋の方がマシか。半ば諦めて「どうぞ」と、投げやりに言ってから気がついた。いつもは昼食を持ってくるのに手ぶらだ。

「食事は済まされたのですか？」

「まだだけど……いろいろ慌ただしくて。すぐに軍施設に戻らないといけないからね」

おそらくは、新しく入った騎士たちの指導で忙しいのだろう。

彼はコニーの前まで来ると、懐《ふところ》から出した封筒を差し出してきた。

「何です？」

「開けてみて」

にこにこしながら促してくる。訝《いぶか》しみつつも受け取ると、深青の封蠟《ふうろう》が目に留まる。ダグラー公爵家の家紋。正式な書簡につけるそれに眉を顰《ひそ》めながら、ぺりっと剝がす。中には銀色の紙が一枚。

「御前闘技大会の入場券……」

それは毎年、春に行われる公式行事。今年は、王位継承者の決定に伴うごたごたで延期となっていたが——昨日の夕方、開催日が六月三日に決定したとの布告があった。つまり、ちょうど二ヶ月後だ。銀色の券は王族席に次ぐ、三大公爵家専用の席。試合会場がよく見える豪華な個室になっている。

「試合に出るから、観戦に来て」

先にこちらの都合を聞くべきではないのか。

「行けませんので、お断りします。毎年、その日は仕事で予定が詰まっているのです」

国内外からの客を迎える部屋を用意したり、大会後にある宴の下準備など、とにかく忙しい。

「……ということは、一度も観戦したことがない？」

真剣な顔で見つめてくる。

――いえ、決勝戦だけは観ていました。わたしの剣師でもあるボルド団長が出場されていたので。

大会は鍛錬場で行われる。だから、仕事中のわずかな休憩時間に小聖殿の屋根に上り、望遠鏡で観戦していた。一般客は自由席の入場券を買う必要がある。遠目とはいえタダ見していることになるので……ちょっとこれは言えない。

「観戦はないです」

彼は嬉しそうに「そうなんだ、よかった」と、微笑んだ。

何がよかったのか。それはともかく、この入場券はもらっても使い道がない。

「というわけで、こちらはお返しします」

券を封筒に入れて差し戻すも、その手をきゅっと両手で握られた。振り払おうとするが、がっちり掴んで離さない。

「最後まで勝ち残るつもりだから、必ず来てほしいんだ」

きらきらした笑顔でねだってくる。たまにこの人が、ごろごろと懐く白金長毛種の猫（血統書付き）に見えてしまう。

「――人の話聞いてます？」

「たまには仕事より、家族である私を優先してくれないかな？」

こんな時に限って、義兄アピールか。

「何言ってるんです。仕事が最優先ですよ」

「年に一度しかない大会なんだよ?」

「他の方をお誘いください」

「君だけに来てもらいたいのに!」

「年上のくせに、ダダこねないでくださいっ」

ブンッと全力で義兄の手を振りほどいた。彼は、はたと何かに気づいたように問う。

「もしかして、別の誰かにすでに誘われてるから……なんてことは?」

「昨日、アベル様にも観戦のお誘いをいただきましたが」

瞬間、彼はショックも露《あら》わに固まる。バンとテーブルに手をつき項垂《うなだ》れた彼は、「出遅れた!」と悔し気に呟く。

「あの……?」

ハッとしたように彼は顔を上げ、問い詰めてくる。

「彼からも入場券を渡された? もちろん、それは返したんだよね?」

「不要なら他の人に譲ってもいい、と言われましたので……」

突き返すことも出来ないが、こちらも貴族席なので同僚に譲ることも出来ない。

「姑息なマネを……」

義兄が小さく吐き捨てる。

「え?」

「いや、何でもないよ。そう、私も少しわがままを言ってしまったね……決して君を困らせたいわけじゃないんだ。渡した券は都合がついた時にでも使って」

アベルの大人な対応を聞いて、妥協を覚えたのか。あっさりと引いてくれた。

それでも、返品は受けつけないんですね……

「ところで、クロッツェは他にも何か言ってなかったかい？　例えば……彼も大会に出るとか」

「よくご存じですね、その通りです」

御前闘技大会は国内出身の騎士か、学校等で四年以上の訓練を受けた者であれば参加可能だ。ただ、文官の長であるアベルが参加するのは、かなり異例のこと。

義兄は眉間に深いしわを刻んで、小屋を出て行った。きらきらしたり落ち込んだりムッツリしたり……本当に忙しい男だ。

去年までの三年間、御前闘技大会における上位成績者は同じである。勝者はボルド団長。次位に素性不明の〈赤毛の仮面騎士〉。リーンハルトは第三位。上の二人を超えて見せるという強気発言。

コニーにしてみれば、仮に仕事がなくても「観戦します」とは言えない。彼に変な誤解を与えないためにも。ただ、決勝戦ぐらいなら会場外から望遠鏡で見る時間はとれるのだが……今年の大会はどうなるだろう。まぁ、まだ二ヶ月も先のことだ。

食事を済ませて小屋から出ると、視線を感じた。庭木や茂みの陰に隠れてついてくる気配。

素人じゃないですね……

人気《ひとけ》のない道だったので、少しずつ背後から距離を詰めてくる。だが、進行方向にある官僚食堂から大勢の人が出てくると――気配は立ち止まり、すうっと遠ざかっていった。

四月七日

今日は午後から迎賓館の掃除をした。

磨き抜いた広い玄関ホールが、窓から差す夕陽にきらめく。大理石の柱や床は鏡面のようにくっきりと人影を映す。うむ、完璧だ。

そろそろトイレ掃除をさせているリフの様子を見てくるか。単独作業は初めてだが、ちゃんとやっているだろうか。終業まで残り六分。使用人専用の裏階段で二階に上がると、三階担当の清掃女中に声をかけられた。

「コニーさん、そっちもう終わる?」

「はい、〈わたしの分〉は終わりました」

「今、話してもいいかしら? 休憩中にコニーさん見つからなくて」

「内容によりますが……」

「王宮商人が持ってくるお品の団体割引について」

城に来る王宮商人の中には、使用人の所に来てくれる者もいる。たいていは貴族受けしなかったものや、大量に仕入れたが売れなかったもの、城勤めの人から流行を作ってもらおう、との思惑があったりするもの。団体割引は個人割引よりも、さらにお得だ。

「聞きましょう」

「あ、ちなみにコニーさんは腕輪作るの？」

その台詞《せりふ》で何の商品か見当がついてしまった。思わずコニーは苦笑する。

「いいえ、作る予定はありません」

〈腕輪〉とは、闘技大会に出る騎士に向けて、勝利や無事を願って作るお守りのこと。細めの糸を用いて、マクラメ編みという技法で〈守り石〉を包むように編む。つまり、商品というのは、これに使う糸と、城下の大聖殿にいる巫女《みこ》たちが〈幸運招来〉の祈りを捧げた〈守り石〉。

「せっかく素敵なお義兄さまがいるのに、渡さないの？」

「渡しませんよ」

一昔前までは、身内や婚約者にあげるのが習わしだった。だが、昨今は、ほぼ意中の相手に渡す風潮になっている。

「彼のファンは多いですからね。修羅場に巻き込まれたくありません」

「あー、そうだったわねぇ……」

義兄の凄まじいモテぶりを思い出したのか、妙に納得される。

「他に渡したい人はいないの？」

ふと、脳裏に上官の顔が思い浮かぶ。ふむ、義理でなら渡したい相手である。彼なら勘違いすることなく、職場身内として部下の気持ちを汲《く》んでくれるだろう……いや、やはり面倒ごとが起きそうだ。やめておこう。

「いませんね。今回の割引には参加しないことにします」

そのあと、彼女と別れて、同フロアの舞踏会場に近い化粧室へと向かった。扉には〈清掃中〉の札。この部屋の奥には女性用トイレがある。覗くと誰もいない。掃除は終わっているようだが、掃除用具が出しっぱなし。開いていた窓から顔を出す。

「減点です！」

大きな声で一喝すると、庭木が揺れて、慌てたようにリフが枝を跳んで戻ってきた。

「さぼってたわけじゃない！　怪しい男がいたから――！」

「怪しい男？」

「庭師のような格好だけど、作業をするでもなく迎賓館の周りをぐるぐる回ってたんだ。帽子を深く被《かぶ》って、ヒゲが濃くて顔も見えないようにして、右腕に大きな傷が――」

「リフ、あなたは使用人です。業務外の余計なことはしないでください」

「！」

「それから、あなたが言ってるその人は最近入った庭師ですよ。道に迷っただけでしょう」

実は、数日前からコニーを見張っている男だ。目的が分からないので泳がせている。

「でも、本当に動きが……素人じゃないっていうか……」

――こういう勘は悪くないんですけどねぇ。

コニーは、パンと両手を打った。びくっと肩を揺らす彼に、大仰にため息をついて見せた。

「残念です！　トイレ掃除を完璧に出来たら、明日はお休みをあげようと思っていたのに……」

彼の仕事に関するスケジュール管理は、女中頭から任されている。自身と同じ助っ人要員として教育したい、と提案したら快く承諾してもらえた。

「えっ!?」

この一週間、新人女中ではありえないほど働き詰めだったリフ。見る間に青ざめる。

「また明日も頑張ってくださいね」

「ちょっ……待てよ！　ストレスで抜け毛が……横暴だ――！」

四月八日

世の中には、身分差という壁をものともしないファイターがいる。

先日、義兄ファンの女中たちが、お守りの腕輪を渡そうとして軍施設の入口で出待ち。全員断られたと聞いた。玉の輿を狙う。それは結構なことだが……

何故、ろくに面識のない相手を利用しようと思いつくのでしょう?

テーブルの向こうには十代半ばの女中六名。話したこともないし、名も知らない子たちだ。城下街からくる通い女中なのだろう。その入れ替わりは激しく、コニーと関わることもあまりない。

目の前のテーブル上には、リボンのついた箱が六つ。中身は手作りの腕輪だそうで。

「これをどうしろと?」

コニーの問いに、一人が前に出て自信満々に答えた。

「ダグラー様に渡してほしいの！　私たちは〈翡翠の鳥を愛《め》でる会〉のメンバーよ！」

貴族令嬢の私設ファンクラブは知っていたが、女中の間にもあったとは。翡翠は義兄のマントの色だが、どこから鳥という発想が出てくるのだろう。内心で首をひねりつつ適当にあしらう。

「ご自分で渡してください」

ここは使用人食堂。昼休憩が遅くなり、一人で食事を取っている時に奇襲された。二時半を回っているので、他に食事する人はいない。よくここにいるのが分かったなと思う。つけられていた覚えはないので、当てずっぽうでこの食堂をずっと見張っていたのだろうか？

すると、彼女たちはこちらを取り囲み、いっせいに話しかけてきた。

「そんな冷たいこと言わずに～」「ヴィレさんが優しい人だって知ってるから」「嫌だけど」「協力してくれるわよね？」「この地味ブスが」「恋するあたしたちを応援して」「態度でかいわね」「彼の義妹だなんて」「万能女中様……プフッ受ける～」「あなたもファンクラブに入れてあげるわ」「図々しい」「わたしたちの」「役に立てば？」「言うこと聞きなさいよ」「嘘《うそ》だけど」「枯れ女は」「愛を届けて」

自己中な押しつけと、蔑みの小声がまんべんなく交ざっている。

ご飯が不味《まず》くなる、蹴散らそう。口の中のパンを水で流しこむ。そして――

「その伝言承りました、復唱します！」

大きな声に、彼女たちはぎょっとしたように身を引いた。

「そんな冷たいこと言わずに協力してくれるわよね？　この地味ブスが。ヴィレさんが優しい人だって知ってるから、嘘だけど。枯れ女は恋するあたしたちを応援して。彼の義妹だなんて図々しい。

言うこと聞きなさいよ態度でかいわね。あなたもファンクラブに入れてあげるわ、嫌だけど。わたしたちの愛を届けて役に立てば？　万能女中様……プフッ受ける～――以上」

彼女たちは絶句したかと思うと、サァーッと顔色を失くす。

いや、そんなことは言ってないと言われても、そう聞こえましたので。

「間違いなくお伝えしますよ。自称ファンクラブの高圧的で悪意に満ちた振る舞いに、副団長様がなんと仰るか楽しみですね！　ところで仕事はどうしました？　まさか揃いも揃って、この中途半端な時間に休憩じゃないですよね？」

「あなただって休憩してるじゃない！」

最初に声をかけてきた女の子が噛みついてきた。

「見ての通り、わたしは遅い昼食を取っているだけですよ。では、女中頭に尋ねてあなた方の勤務表を確認しましょうか。失礼ながら、そちらの名前は知らないので教えてもらえます？」

とたんに、彼女たちはシンと口ごもる。

「あぁ、メッセージカードに名前がありましたね」

プレゼントについたそれに手を伸ばそうとすると、彼女たちは弾かれたように飛びつき自主回収。

「もういいわ！」

「ケチ！」

「なんて意地悪な女なの！」

罵声を上げながら、バタバタと走り去ってゆく。顔と職場は知っているので、あとで女中頭に報告しておこう。騒ぎに気づいた賄《まかな》いのおばちゃんと若い料理長が、あっけにとられた顔で厨房から覗いていた。

「なんだい、あのコたちは……コニーちゃん、大丈夫かい？」

「あの群れ方……故郷で畑を荒らしていた猿を思い出したよ」


夕刻から経理官として働く。最初は上官への返礼として始めたことだが――今は、リフの再教育もあり、昼間の勤務が難しいための遅出勤である。

執務棟へ向かっていると、顔見知りの王宮商人と会った。糸目のおっとりした青年だ。

「いつもご贔屓《ひいき》にして頂いているので～、こちらを無料で差し上げますよ～」

上質な純白の糸を一巻き、ありがたくもらった。紺ドレスの内ポケットに入れておく。しかし、書類を運んで行ったり来たりしている内に落として、アベルに拾われてしまった。

「コニー。よかったら、俺に守りの腕輪を作ってくれないだろうか？」

「え？」

「御前闘技大会への出場は緊張するから……」

彼の剣技は遠目でしか見たことはないが、それでも敵を一掃する様《さま》は凄かった。

そんな人でも大会となると緊張するのか……控えめな頼み方、どこか困惑を隠し切れない様子に、初めて出会った時の森の熊さんを思い出す。頼られている。ここは部下として、一助をすべきでは
――そんな風に心揺れていると。

バン！

執務室の扉が開いて、義兄が乱入してきた。

「私の義妹に何を言ってるんだ君は！　白々しい！」

「彼女への頼み事に、〈義兄〉の許可はいらないだろう」

呆れたように返されても、ツカツカと足早に近づくリーンハルトは強気だ。

「いるに決まっている！　この真面目の皮を被った狼が！」

「お前は、一度じっくり己《おのれ》の過去を振り返ってみたらどうだ？」

数多《あまた》の女性遍歴について、ちくりと刺されるも。

「大事なのは今だよ！　私の一番はコニーだ！」

臆面もなくそう言い放ち、二人の間に割り込んできた。彼はさりげなく右腕でアベルを阻みながら、きらっきらの微笑みでコニーを見つめる。

「コニー、私に腕輪を作ってくれるよね？」

ベシッ！　アベルは彼の右腕を、鋭い手刀で叩き落とす。

「痛いじゃないか！」

「頼むなら言い方があるだろう、強制するな！」

「遠回しに口説いたって気づかないだろ！」

リーンハルト様……わたしのこと、めちゃくちゃ鈍いとか思ってます？

いや、色恋に関してはあながち間違いでもないが……人に言われて自分の枯れ具合を再確認。

睨み合う二人。そして、同時にコニーを見た。さすがに分かる、催促される流れだ。

「「コニー！」」

真剣な表情で詰め寄られる。白糸を背中に隠して、コニーは尤《もっと》もらしい断りを述べた。

「大変申し訳ありませんが、編み物は得意ではないのです」

☆

十分後。仕事を終えた義妹と帰ろうとしたら、クロッツェに呼び止められた。

「お前は残れ、話がある」

「私はコニーを迎えに来たのだけど？」

「ニコラ、彼女を魔獣車で送るように」

彼は従者に指示を出す。それならとリーンハルトは執務室に留まった。こちらも聞きたいことがあったからだ。彼女たちの靴音が遠ざかると、クロッツェは口を開いた。

「お前が一部の女性に対し、トラウマを持っている――と聞いた」

リーンハルトには「肉食系女子飽きた」という噂がある。だが、〈トラウマ〉という言葉は出てこない。噂の発信者である義妹は、そこの所は配慮してくれていたからだ。

では、誰から知ったのか。リーンハルトの問いに彼は答えた。

「ジュリアン殿下だ」

なるほど、と思う。博識な彼には、上半身が女性そっくりな魔獣ビオラスィートについて尋ねたことがあった。騎士たる者、魔獣相手に臆したなどとは口が割けても言えない（例外として、義妹と仲良くなるため、少しでも気を引けたらと話したことはある）。

旅の帰還後から、女性を避け始めたことで主君は気づいたのだろう。しかし、クロッツェにその情報を流すとは……いまだ主君は、義妹の結婚相手に〈彼推し〉ということだ。忌々しい。

「お前が彼女に執着するのは遊びだと思っていた。だが、異次元まで追いかけたとなると……」

「君には真似《まね》できないだろう！　また同じ状況になっても、私は迷いなく彼女を――」

自信たっぷりで牽制しようとしたら、腹の立つ答えを打ち返してきた。

「狂的なストーカーに変じたのでは、と思ったが……」

「はあ!?」

「彼女の言動からそうでもないらしい」

「つくづく失礼なやつだな！」

クロッツェは机で書類に羽根ペンを走らせながら聞いてくる。

「本気で彼女のことを？」

「もちろん。そんなことを聞くために、わざわざ呼び止めたのかい？」

彼は羽根ペンを置いて、こちらを睨んだ。

「なら、せめて過去の女との関係は清算しておけ」

「それなら、とっくの昔に済ませているよ」

「終わったと思っているのは男の方だけ、というのはよくある話だ」

――火の粉がかかるのは義妹だ、と言いたいらしい。

「御忠告どうも。ところで、君の本気は如何《いか》ほどか聞いても？」

彼は不敵な笑みを向けてきた。

「今年の御前闘技大会で〈も〉、お前を叩き潰す。彼女は渡さない」

――やっぱり、か……

予想はしていた。クロッツェの剣技を見た時から――〈彼〉ではないかと。

3　相談と怪異譚《かいいたん》、のち刺客

四月十四日

「あの新入りの子、だいぶ慣れたみたいね」

夕方、乾いた洗濯物を籠《かご》に入れていると、同僚のミリアムに声をかけられた。豊かな金髪を一本のみつ編みにして、太陽の下でもくすみ知らずの美貌。切れ長の視線の先では、リフがばたばたと洗濯籠を抱えて走り回っている。

「ちょっと生意気な所はあるけど、やる気もあるし要領もいいわ」

ミリアムが感心したように言う。まぁ、それは当然だろう。

「この二週間、付きっきりで一通りの作業を叩き込みましたからね」

「それって、コニーがいつもやってる範囲の仕事を……よね？」

驚いたようにミリアムは瞳を瞬く。

コニーの仕事は女中業全般の助っ人だ。城には掃除、洗濯、炊事等、それぞれを担当する女中たちがいる。その作業も細分化されているため、それを一人ですべて覚えようとするなら、途方もなくハードだ。

民間の邸《やしき》ならばすべての家事を一手に賄う雑役女中がいるが、城とでは規模が比べものにならない。コニーのように人の五倍の体力あり長年勤続ありで、ようやく身に付くもの。

彼女の下で「出来ない」「やらない」という、わがままは通用しない。非人道的にならないギリギリの線でビシバシ指導した。やる気が出るように飴《あめ》も与えたが、この二週間、休みなしの彼のスケジュールは超過密。彼は髪を結って後頭部を隠しているが、ストレスでコインハゲが三つ出来ている。体力気力ともに、すでに限界が来ているだろう。

「どこに派遣しても困らない程度にざっくりと、ですが」

「それでもすごいわ……コニーって教えるのが上手なのね。そうだわ、あなたにお願いしたいことがあったのよ！」

二人は話しながらも手は止めない。洗濯物に余計な皺《しわ》が入らぬよう、伸ばして軽くたたみ籠に詰めてゆく。そして、洗濯棟に向けて一緒に歩き出す。

「あたくしに算盤《そろばん》を教えてくれないかしら？　経理をしてるなら、使い方を知ってるでしょう？」

ミリアムは、女中頭から「洗濯場で使う消耗品の発注書を書いてほしい」と言われたが、計算が苦手で時間がかかるのだという。それで、わざわざ中古の算盤を買ったのだとか。新品で金貨五枚はするので、中古でも半値はするはずだが――

「先行投資よ、書類の計算が出来れば昇給があるの！」

昨年末に洗濯場の監督役に昇格したこともあり、ミリアムは頑張っているようだ。

明日の午後休暇が重なるので、算盤を教える約束をした。

終業の鐘が鳴る。疲れが溜まっているのか、リフは洗濯棟の壁にもたれて座りこんだ。

「ご飯いらない……帰って寝る……」

とうとう食欲までなくなったらしい。

「ここで少し待っててください、大事な話があります」

コニーは近場にある使用人食堂へと向かい、持ち帰り用を包んでもらった。成長期なので今は食べられなくとも、あとでお腹《なか》が空くだろう。

洗濯棟に戻って来ると、残っているのはリフだけ。彼はゆっくりと顔を上げて、こちらを見た。目が死んでる。彼がここまで頑張れるのは、「隊長にリフの様子を報告している」という〈飴〉のおかげ。もちろん嘘ではない。たまに報告している、週一ぐらいで。

「明日一日、リフにはお休みをとってもらいます。明後日からは、この勤務表に従って各職場に従事してください」

食事の包みと一緒に勤務表を差し出すと、彼はのろのろと両手で受け取った。

「仕事量はセーブしています。今後、わたしの付き添い指導はありません。その代わり、時々抜き打ちでチェックしますので、さぼらないように」

意外だったのか、彼は目をぱちりと見開く。コニーは労《ねぎら》いの言葉をかけた。

「よく頑張りましたね、お疲れ様です」

四月十五日

昼過ぎ、ミリアムとの約束のため、官僚宿舎に案内した。同僚を招くのは初めてだ。

「こんなだだっ広い部屋に住んでるの!?」

「元男爵令嬢が何言ってるんですか」

「使用人なしでこの広さはないでしょ！　お風呂にトイレ付き……あ、使用人部屋まである！」

「実はここ、高位貴族用の部屋なんです。女中寮の建設中に他に空きがなかったもので」

「羨ましいような羨ましくないような……」

「どっちです？」

「最近、女中たちの間で、夜中に怪談するのが流行《はや》っているのよ。そんな話を聞いたあとに、こんな広い部屋で一人で寝たくないわ」

「わたしは怖い話、平気ですけどね」

普段は使わない書斎に行き、大きな机に椅子をふたつ並べる。算盤で基本的な計算のやり方を教える内に、三時間が過ぎた。

「少し休憩にしましょう」

お茶の支度をしながら、砂糖壺がカラなのを思い出す。棚から深紅の菓子箱を取り出した。以前、義兄からもらったものだ。日持ちするお菓子がいろいろ入っていたので、少しずつ食べていたのだが――赤い宝石のような砂糖菓子が三十粒ほど残っている。

実は昨夜、前触れもなしに揚羽隊長が現れて、愚痴ついでにお茶を所望された。〈黒蝶〉に新たに入れる人材が見つからないという。これは遠回しに、早めにリフを使えるようにしろ、という意味かと思ったが――「でもあのバカは要《い》らないのよねぇ」と、去り際に本音をぽろりしていった。

彼に嫌われるのはリフの自業自得。しかし、仕事へのやる気を失っては困るので言う必要はない。

お茶菓子を出さなかったら、ストックしていた黒砂糖一キロ分、全部溶かして飲まれてしまった。

というわけで、この砂糖菓子の出番である。

机の上を片付けてくれたミリアムが、自身の鞄から小さな包みを取り出す。

「ハンナが焼いたビスケットを持ってきたの。あら、それは？」

「砂糖切れなので代用に」

「……どう見ても高級菓子」

お茶に砂糖菓子を落とすと、深紅に染まってさくらんぼの香りが立つ。ビスケットは薄焼きでさくっとした軽い食感。素朴な味がいい。ミリアムが摘まんだ砂糖菓子を見つめて言った。

「城下にね、ベリーシスターズっていう人気の菓子店があるの。先月に販売された限定品は、さながら食べる赤い宝石の詰め合わせだって聞いたわ」

——知ってます。あなたが摘まんでいるそれです。

「そのお菓子をダグラー様が買ったとか。彼には世界の果てまで追いかけたい大本命がいる、とか」

それについてもコニーは知っている。

ベリーシスターズの限定品は、お題に答えて店長を感動させないと買うことはできない。三月のお題は〈恋人への萌える想い〉。コニーは知らずに義兄にねだってしまった。

彼のお題に対する答えは、『〈彼女〉が世界の果てで迷子になっても、必ず探し出す』というもの。他人が聞けばただのロマンチストの口上も、彼の場合は実証済み。この答えにより、大本命説が城下を駆け抜けた。

コニーは以前、『ダグラー副団長は、清楚で慎ましい女性を求めている』という噂を流したことがある。だが、上書きされてしまった。〈恋人募集中〉が〈大本命あり〉へと。そこに恋愛百戦錬磨の策略を感じる。ちなみに、このお菓子は「落ち込む義妹への気遣い」として貰ったので、食すことに問題はない。

「わたしには、とんと興味のない話ですね」

無関心のふりをして、好奇心に満ちたミリアムの瞳を見つめ返す。

「まぁ、そう言わないで聞いて。実はこの話、城の西中庭を通っていた時に聞こえてきたの。あずま屋でお喋《しゃべ》りする令嬢たちがいてね」

つまり、噂は城女中のみならず、社交界にまで届いているのですね。

自分が〈黒蝶〉である限り、義兄も迂闊《うかつ》に〈大本命〉が誰か、ばらしはしないとは思うが……

「その〈大本命〉は自分だと言ってる令嬢がいたの！　限定品のお菓子を贈られたって」

コニーはメガネの下でぱちりと目を見開く。義兄が別の女性にもあれを贈った？

――いえ、ありえないですね。同店に居合わせた〈黒蝶〉コーンが、最後の限定品を彼に横取りされたと悔しがっていましたし。

その令嬢は何か勘違いをしているのか、それとも意図的に――

「ありえないわよね、彼は義妹好きのようだし」

予期しない台詞に、コニーは一瞬固まった。すぐに誤魔化すようにお茶を飲み干す。

「何ですか、いきなり」

彼女はにやっと笑う。

「先週、城下に出かけたの。あなたの隣で荷物持ちをしている彼を見かけたわ」

見られていたのか。表通りは避けていたのに……世間は狭い。

「お使い中に偶然会ったのですよ。彼は女性に優しい騎士様ですからね」

「そうかしら？　あの人、コニー以外の女性は避けているみたいだけど」

よく見ている、とコニーは思う。彼女は苦笑を浮かべて続けた。

「それに、あたくしも以前、ダグラー様と付き合ってるって嘘をついたことがあるから。分かるのよね。執着するあまり大見栄を張ってる人が……」

ミリアムは真面目な顔で忠告してきた。

「身辺には気をつけた方がいいと思うわ。かなり癖の強そうな令嬢だったから」

「勘違いでやっかむ人には接触したくないですね。どんな人でした?」

「背中しか見てないけど、派手な螺旋状の赤毛で少し太っている感じだったわ」

そのあと、昨夜作っておいた問題集を彼女に解いてもらうことにした。室内の置時計で時間を計りながら待つ。ふと、視界に入った窓硝子《まどガラス》が揺れているように見えた。

……何でしょう、頭が重い……?


「コニー!」

肩を揺すられて、ハッとした。窓から夕陽が差している。時計を見ると六時。

さっき見た時は四時半だったのに――!?

ミリアムが心配そうに顔を覗きこむ。

「大丈夫なの? いきなり机に伏せるから驚いたわ! いくら呼んでも目覚めないし……」

「わたし、寝ていたのですか……?」

何が原因なのか。思い当たるといえば、休憩中に口にしたものか。

お茶は自分が用意した。ビスケットも特におかしな味はしなかった。となると……怪しいのは砂糖菓子? 指先で割ると中からとろりとした果蜜。微《かす》かな酒精の匂い。

「これ、リキュールボンボンだったんですね……わたし、お酒ダメなんですよ」

さくらんぼのフルーティな甘味に騙された。酒の匂いは熱いお茶で飛んだのだろう。

「えっ、でも、微量でしょ？」

「微量でもです」

「……難儀な体質ね」

「このことは内緒にしてくださいね？」

時間を無駄にしたことを謝り、問題集と残った砂糖菓子はミリアムに持って帰ってもらった。

四月十六日

夜も更けた女中寮。その一室でランプを囲む夜着姿の少女たち。

「これは、あたしの田舎《いなか》であった怪異なの」

貫禄のある体型のシュガーが、そう前置きをして語り始めた。

「村の結界外にある共同墓地、それが九年前に荒らされたのよ。墓は掘り返されて死体だけがなくなっていたわ。古いものから新しいものまで」

ランプの火が小さく揺れた。

「犯人の手掛かりは、残された巨大な足跡だけ。これが成人男性の倍近くあったの！」

その場に集まっていた少女たちは、息を呑んだ。彼女は続ける。

「それから三年後、村で大火災があって多くの人が死んだわ。あたしの祖母も亡くなって、カラになっていたその共同墓地はいっぱいになった」

しんとする中、ハンナがいつの間にかコニーの右横に、ぴったり体をくっつけている。

「嫌な予感がしたわ。またアレが来るんじゃないかって。残った村人たちは哀しみに暮れるばかりで動かない。当然よね。十歳だったあたしが一人で墓を見に行く、なんて言おうものなら、こっぴどく叱られたわ。当然よね。結界の外には野良魔獣や悪魔憑きがいて危険だもの。でも、魔除けの香をマントに焚き染《し》めておけば、近づいて来ないのよ。埋葬式の時にはいつもそうしていたから」

誰かが「まさか一人で行ったの……!?」と声を上げる。シュガーは肩をすくめた。

「家を出る前に父に捕まったわ。屋根裏部屋に監禁されたの。それから三日後、陽が沈みかけた頃、何かを打つような音が聞こえたわ。ドオーン、ドオーンって……何事かと窓から外を見たら、父や村人が鍬《くわ》や斧を持って硬直したように佇んでいて――」

彼女はランプに合わせていた視線を上げ、遠くを見るように窓の方へ向けた。

「彼らが見ていたのは、村の入口にぽつんと現れた人影。遠目にもずいぶん大きな人だな、と思ったわ。それが、何度も狂ったように宙を拳で殴りつけていたの。ドオーンって……見えない結界の壁を」

「こっ、怖いですぅ……」

ハンナは隠れるようにコニーの背中側に回り、ぷるぷる震えている。

本日、コニーは女中寮に泊まりに来た。ミリアムとハンナに誘われたからだ。女子会をやろうというのが当初の目的だった。今夜は夜警もないので承諾したのだが、そこに他の部屋の子たちが乱入してきて、何故か怪談大会になった。——何故か。それは、コニーが焼いてきたスコーンのせいである。宿泊のお礼だったのだが……

最後の一つを巡り、じゃあ一番刺激的な話をした人がもらう、ということになった。多分、きっかけは何でもよくて、怪談をしたかったのだろう。ブームだと聞いていたし。

シュガーはさらに語り続けた。

「その人影は一晩中、結界を叩き続けたわ。結界が壊れるんじゃないかと、恐ろしくて眠れなかった。夜明けとともにそれは姿を消したの」

ほ〜っと、辺りから安堵の声が漏れる。

「あとで分かったことだけど、共同墓地はやはりまた荒らされていたの。だからこそ、容体が急変して後から亡くなった人を、庭に埋めている家があったらしくて。きっと、アレは村の中に死体があるのを嗅ぎつけて来たのよ。この事件の後、村では死者を火葬で弔《とむら》うようになったわ……これであたしの話はおしまい」

「マジなの？　田舎怖い！」

「どうしよう、トイレに一人で行けない！」

興味深い話だ、とコニーは思う。

——結界は人外を弾くものである。それを人外が拳で叩くなんて可能だろうか？　彼女の創作かも知れない。そうでなければ……結界とほぼ拮抗するほどの魔力の持ち主ということになる。大変、危険な存在だ。だが、彼女の話からすでに六年が経過。事実であれば、地方領主などがとっくに討伐隊を出して、片付けていることだろう。正体は憑物士だろうし。

二人部屋に十一人が所狭しと座り、小一時間ほど怪談で盛り上がる。お腹一杯になってきた。やはり、皆の恐怖を煽ったのはシュガーの話だろうか。

「コニーさん、そのスコーンはあたしのものですよね？」

小卓の籠に入った最後のスコーンを、きらきらした目で催促してくるシュガー。台所女中の彼女は、同僚の中で誰よりも舌が肥えている。王宮料理長から料理を習ったコニーの腕前もよく知っている。怪談を話したあととは思えない、勝利を確信した清々しい笑みだ。

皆も余興としては十分楽しんだだろう。この辺で終わらせ――

「待って！　うちも、とっておきの怖い話をするから！」

青髪をふたつに結ったリンドが声を上げた。

まだあるのか。ため息をつきたくなったが、彼女の目がスコーンに釘付けになっているので公平に聞くことにした。それは、リンドが市場《いちば》の行商人から聞いた話。

山野の道で、少人数の旅人を襲う〈ヒル人間〉というものがいるらしい。見かけは普通の人間で、道を尋ねて近づいてくる。突然、その顔が崩れて花びらのように広がり、相手の頭をばくりと覆う。そのまま蕾《つぼみ》のように閉じて血を搾《しぼ》り取るのだとか……旅人が干乾《ひから》びてしまうまで。

これも憑物士……？

〈黒きメダル〉を人体に埋め、悪魔化したものが憑物士。半人半獣の姿となるから、頭部が崩れて変形するというのは珍しい。彼らは存在そのものが怪異だ。人でありながら人の理《ことわり》を踏み外したもの。〈黒きメダル〉を手に出来るのは、〈影の運び屋〉がいるからだと云《い》われていて――

影の……?

「皆、〈墓荒らしの巨人〉の話が怖かったわよね⁉　実体験だもの！」

「〈ヒル人間〉の方が怖いに決まってるわ！　だって、これは最近の話なのよ！」

シュガーとリンドが睨み合っているので、スコーンを半分に割りそれぞれに渡した。

その後、解散。ハンナとミリアムの寝台をくっつけて、コニーは彼女たちと就寝した。


翌朝、コニーは女中寮からお仕着せに着替えて出勤した。

ミリアムたちと洗濯場で作業をし、それから使用人食堂の厨房を手伝い、小聖殿の掃除をする。

さらに王宮厨房で働くリフを陰からチェック。彼の勤務態度について、周囲で聞き取りをする。

十分ほどして気づいたリフが、スカートを翻《ひるがえ》して駆け寄ってきた。

「ほんとに来たんだ……」

「チェックすると言ったでしょう?　困ったことはありませんか?」

彼は目をまるくして「え、いや……別にないけど」と戸惑ったように言う。「では仕事を続けてください」と言い置いて去ろうとすると、呼び止められた。

「あのさ、あ……あの人はなんて?」

「リフ、評価してもらいたいなら、今出来ることを全力でしなさい」

彼は悔しそうな、情けない顔になる。

「それに女中業もいいものですよ。極めれば、どこでも難なく雇ってもらえます」

「ぼくは……っ」

彼は眉を吊り上げ睨んできた。〈黒蝶〉に戻りたいんだ――そんな愚直な心の声が聞こえてくるようだ。

「わたしは無駄なことは言いません。暇でもありません。あなたは人の言葉を真に受け過ぎです」

昼前の厨房は騒がしい。コニーは彼に詰め寄り、その耳にだけ届くよう囁いた。

「だから利用されるんです。それは致命的な欠陥です。疑いなさい。考えなさい。あなたは蝶になったつもりの芋虫なんです。飛ばない芋虫はいずれ踏み潰されます。与えられた機会は無限ではありませんよ」

呆然とするリフに背を向け、食事を包んでもらったコニーは近くの庭師小屋へと向かった。

テーブルにご飯を広げてお茶の準備をしていると、窓の端を何かがよぎる。覗き見？

すっと立ち上がり足音を立てずに入口へ行くと、扉を開けて外に出る。いない。先の一瞬でどこかに隠れたのか。気配を消すのも得意なようだ。

「――変ですねぇ、誰かいたと思ったのですが。最近、ず～っと見張られているようで気持ち悪いです。近いうちに、ダグラー副団長にご相談しましょう！」

わざと大声で言い、コニーは小屋に戻って食事を済ませた。

――これで釣れますかね？

午後からは城の西側にある客室をいくつか掃除して、迎賓館の裏庭掃除、温室の花の世話を手伝い、薬草を刈って西塔の薬師局《くすしきょく》へと届けた。軍施設に向かうという薬師の魔獣車に一緒に乗せてもらい、途中、官僚宿舎の前で降りる。

午後三時半。本日分の女中業務は、いつも以上のハイペースで終わらせた。

自室へと戻り女官服に着替える。これから執務棟の書庫で調べものをするので、女中服では入れないからだ。ちなみに経理の仕事もないので、夜警をする十一時まで時間がある。

執務棟へ向かうため、歩いて北西の森に入った。森の中ほどで、せまい道を塞ぐ男が現れた。

——やはり、義兄の名を使ったのは効果があったようだ。

帽子を深く被り、濃いヒゲで顔も見えない、右腕に大きな傷のある庭師……の割に、やけに上腕筋がムキムキと発達している。右手に握るのは枝打ち鎌。

コニーはにっこりと笑った。歩みを止めずすたすたと男に近づく。

「こんにちは、よいお天気ですね」

男は返事をしない。すれ違いざま、鎌を振り上げてきた。そんな動きはお見通しだ。

その右手首をバシッと右手で受け止め、外側に思い切りひねって地面にその体ごと叩きつける。男が起き上がる前に、その分厚い胸板を容赦なく——高速かつ猛烈な勢いで踏みつけた。一、二、三、四——……九十八、九十九、百！　白目を剝いて失神した。女官用の靴にも金属板を仕込んでいるので、しばらく靴跡が残るだろう。

「さて、釣れた魚はどう料理しましょう?」

軍施設が近いので引きずって行くと、ちょうどその入口で義兄に出くわした。「鎌で襲われまし

た」と言って引き渡し、仮牢にぶちこんでもらった。間者疑惑が濃厚なことも付け加えたので、裏

が取れたらそれなりの処分が下されるだろう。

4　恋の小火《ぼや》には気づかず

執務棟の一階には巨大書庫がある。

「まずはこのぐらいで」

窓際の机に運んできた本を、五十冊ほど積み上げる。

昨夜の怪談大会をきっかけに、コニーは大陸定番の怪異に目を向けた。

憑物士を生み出す〈黒きメダル〉を運ぶ〈影〉。イバラが消したという〈影の子供〉、ネモフィラの逃亡を助けた〈影〉。これらと関係があるのではないか——そう考えた。ゆえに、憑物士に関する文献等をこれから調べるのである。

ジュリアン様や揚羽隊長なら、とっくにこれらも視野に入れて調査しているとは思いますが……〈黒蝶〉の共有情報をもらえないので、調査の進み具合が分からない。

さっそく本を開いてページをめくりつつ〈影〉や〈運び手〉に関する記述を探した。

積み上げた本が読み終わると本棚に戻し、また数十冊運んでは読む。幾度かそれを繰り返している内に、夕食を取りに行くのも忘れて没頭していた。

……あら。いつの間に……

気づけば書庫内には魔法燈が点灯していた。形はランプと同じだが、その灯は揺らぐことなく熱も発しない。精霊石を用いた魔道具の一種で高価なもの。執務棟では大量の紙類を扱うので、火災防止のために使われている。

そろそろ切り上げないといけませんね……

最もポピュラーな本を手にとる。子供にも分かりやすく絵本にもなっている内容だ。


五百年ほど昔のこと。クレセントスピア大陸にて。

「願いを叶える」という〈黒きメダル〉が大量にばらまかれました。

困窮する者、欲深き者は、物は試しとそれを手にしたのです。

彼らは獣のような異形に変化《へんげ》し、欲望のままに暴れました。

人や家畜を襲い、財や食料を奪います。時におぞましき食人行為にも走ったのです。

〈黒きメダル〉――それは、悪魔の召喚陣でした。のちに〈憑物士〉と呼ばれるこの悪魔憑き。

駆除するには魔法や魔力をまとう特殊武器でしか効果はなく。

その対策に人々は街や村に結界を張りめぐらせたのです。

今もなお、親は子供に語り継ぎます。

仄暗《ほのぐら》き世界より〈影人《かげびと》〉が運び来る、〈黒きメダル〉に手を出してはいけないと。

「今昔《こんじゃく》、悪魔憑き伝聞録」より

コニーは机に備え付けの羽根ペンと紙を使って、本から抜き出した部分をまとめる。

「〈惑わしの影〉〈影人〉〈影の手〉〈暗澹《あんたん》を運ぶ者〉……呼び方は様々でも、すべて同一の存在を示す。〈黒きメダル〉を与えるにふさわしい人間に近づく。人間の欲や絶望につけこむ。地涯《ちがい》に棲《す》む悪魔を人の世に放つことが彼らの役目だ、と云われている。世界に混沌や恐怖を招くために。影は人の作る結界を通り抜けはできない。影はその形を変幻自在に変えることが可能――」

最後の一文がちかりと記憶を刺激する。コニーを誘《おび》き出した警備兵の影は、子供の影に変化した。ネモフィラを包んで逃がした影は、底なし沼のように変化した。

「人外ではあるが、これを悪魔とは呼べず。何故なら、その意思が薄弱なもの多し。悪魔憑きを人の世に放つための、橋渡しをする存在。彼らが何処《どこ》から来るのか、何者かは分からない」

結論から言うと、「曖昧な存在」ということしか分からなかった。

――この〈惑わしの影〉が、過去に単体で起こした事件でもないだろうか？

コツコツと床を鳴らして近づく靴音に、ハッと顔を上げる。

「コニー、こんな時間まで調べものを？」

経理室長のアベルだ。彼は机の上に大量に積まれた本を見て尋ねてくる。

「ええ、少し気になることがありまして」

「知りたいことは見つかったか？」

「一通り探しましたが……これ、というものはないですね」

「人外のことなら、もう一人の上官に尋ねた方が早いのではないか?」

本の題名を見て彼はそう言った。もう一人の、とは〈黒蝶〉の長のことだ。彼は魔法士団の幽霊団長でもあるので、そっち方面に詳しい。広い書庫内には、司書と閲覧者が数名いる。距離はあるが、声が響くのでコニーも言葉には気をつける。

「しばらくは無理だと思います。情報がわたしに回らないようにと、〈配慮〉されていますので」

すると、納得したように頷かれた。

「貴女《あなた》はよく無茶をするからな。今日はもう遅い、送って行こう」

「アベル様は、まだお仕事なのでは?」

「最近はニコラがうるさくてな。零時《れいじ》前には終えるようにしている」

零時……?

書庫の中央にある立派な柱時計を見上げた。十一時半。えっ、うそ⁉

六時と九時に鳴る鐘を聞き逃したことに、呆然とする。集中していて聞こえなかったようだ。

夜警の勤務に三十分も遅れている。

「いえっ、送りは結構です!　これ片付けたら、仕事に出ないとっ!」

わたわたと本の山を抱えると、彼は目をまるくして笑った。

「では、俺も手伝おう」

断ろうとする前に、さっと机にある本の一山を抱えて歩き出す。

「すみません、それではお言葉に甘えて……」

コニーも書架の間を走り、本を元あった場所へと戻してゆく。特別閲覧室から出した貴重な本もあったので、アベルはそれを戻しに行ってくれた。

書架に挟まれた通路を出ようとすると、その出口に誰か立っている。魔法燈の届きにくい場所であるため、顔がよく見えない――が、シルエットに見覚えがあった。庭師だ。ここに来る前に仮牢にぶち込まれたはずの――

反対側の通路は壁で塞がれている。男のいる位置からしか出られない。蹴り飛ばして出るか。だが、何か異様な空気を感じる。男は片手にバケツ、もう片方に火の揺れるランタンを持っている。近づいてはいけない――本能的に感じた。しかし、男はみしみしと木目の床を軋《きし》ませて近づいてくる。コニーは後退し行き止まりの壁際まで下がった。

バシャッ！

バケツに入った液体を撒かれた。避けたものの、狭い通路。紺ドレスの裾にかかった。強烈な油の臭い！ さらに、奴《やつ》はランタンを投げつけてくる。とっさに棚を掴み、靴先をかけて一気に書架を登った。ガシャンと硝子の割れる音、あっという間に火柱が上がる。間一髪、火だるまになるのを免れた。男はすでにこの場から遁走している。

コニーは呼子《よびこ》を吹き鳴らしながら書架の上を走り、「三十二番の棚が火事です！」と、カウンターにいる司書に叫んだ。特別室から出てきたアベルと男が、鉢合わせするのが見えた。

「アベル様！ その男、放火犯です！」

男が腰に下げた鉈《なた》に手をかける前に、アベルの拳が唸った。相手の顎《あご》に強烈にヒット。男はよろけ、さらに足払いされて俯《うつぶ》せに倒れた。書架を蹴って飛び下りたコニーが、砲弾並みの威力でその背中に着地。彼女は気絶した男を、ポケットから出した細縄で縛り上げた。

燃える書架は庭の噴水から水を引く魔道具で、司書たちが消し止めてくれたようだ。

駆けつけてきた警備兵らに、放火犯を連行してもらう。行先は軍施設。それにしても、どうやってこの男は脱獄したのか。疑問に思っていると、コニーの体が宙に浮いた。

え⁉

アベルに抱えられていた。彼は足早に駆けながら「すぐに薬師局へ！」と言う。

疑問符が頭上を飛ぶ。戸惑いながらも彼を止めた。

「あの、怪我《けが》はしていませんよ……？」

「だが、その染みは？　血ではないのか……？」

彼は足を止めると、コニーを見下ろした。紺ドレスなので、濡れた部分が血痕と見間違われたようだ。

「これは油をかけられたのです」

「油だと……？」

険しい顔で眉をひそめる。火事が起きたことからも、コニーの命を狙ったと気づいたのだろう。

最近、付け回されていたことや、昼間、よく似た人物に襲撃されたので捕まえて軍に引き渡したことを話す。

「警備を抜けてくるあたり、素人ではなさそうだ。狙われた心当たりは？」

「まぁ、なんとなく。主犯についてはまだ推測の域ですが……」

「その推測、若い女性ではないか？」

「はい」

何かを察したのか、彼はコニーから視線を逸らすと、「あいつめ！」と小さく舌打ち。

「アベル様？　わたしは大丈夫ですので、下ろして頂けますか？」

見上げながらそう言うと、彼はふっと表情を緩めた。

「――貴女はいかなる時にも冷静だな」

「このぐらいの小火騒ぎは日常茶飯事です」

「いや、そうではなく……」

「そうではなく？」

小首を傾げて問うと、アベルは苦笑しながら腕の中から下ろしてくれた。

そして、コニーを見つめ、その両手をそっと優しく手にとる。憂いを帯びた真剣な眼差しで。

「俺は、大事な部下が害されるのを見過ごしたくはない。何かあった時には、遠慮なく頼ってくれ」

「お心遣い感謝いたします」

一部下に過ぎないのに、こんなにも気にかけて貰えるのはうれしい。

――でも、何だろう。上官と部下における親密さとは、何かが違うような……これは気のせいなのか？　部下を姫抱っこしたり、手を握って見つめるのはよくある事なのだろうか？

考え過ぎ……ですね、〈大事な部下〉って言ってますし……

このあと夜回りついでに軍施設へ行くことに。放火犯が脱獄したのではと、アベルも気になったようで一緒についてきた。結論から言うと、あの鎌男は仮牢の中にちゃんといた。

顔が倍に腫《は》れ上がり鼻から流血、白目を剝いて瀕死の蛙みたいにひっくり返っている。隣の牢には先ほどの放火犯。双子だったらしい。

「なかなか吐かないと思ったら、仲間がいたからなんだね」

穏やかな笑みで出迎えてくれたリーンハルトは、鎌男を尋問してくれたようで。

彼の背後の机にある凶器の鎌。その握り柄に赤いものが付着している。あれで殴ったのか。まさか義兄が……？　その視線に気づいた義兄が肩をすくめて言った。

「ちょっと手が滑って、顔面に一発入っただけだよ」

「……まぁ、たまに滑りますよね。分かります」

彼らは二人捕まったことで、あっさりと白状した。

暗殺者としては三流だが、双子であることの利点を生かして暗殺の成功率を上げていたという。例えば、今回のように片方が失敗して捕まった時には、標的が油断したところをもう片方が仕留めて、行方をくらます。捕まった方は後で逃がす予定だったらしい。

依頼をしてきたのは、〈代理人〉を名乗る中年男。凡庸な容姿で身なりがよい以外は、これといった特徴もない。「ダグラー副団長の〈本命の女〉を探し出し、始末してほしい」「無理なら、顔を二目と見られないほどの傷物に」と。前払いでもらった報酬の半分は、相場の五倍だったという。

コニーを狙ったのは彼と接触が多かったから。間違いではないかと何度も調べたが、他に女の影が見当たらず。正直、疑問は残るが後金をもらうためにも実行した、と――

「過去の女との関係は清算しておけ、と言っただろうが！」

「だから、それは済ませてるんだよ！」

言い合いを始める上官と義兄を見ながら、コニーは考える。

相場の五倍も報酬を出せるなら、腕の立つ暗殺者を雇いそうなものだが……何故この程度の暗殺者にしたのか？　殺せないなら顔を狙えとは、義兄の本命が相当な美女だと思ってるのでは？　やはり、ミリアムの言っていた〈螺旋赤毛の令嬢〉なのか？

義兄への執着心が強い――というだけでは、まだ確たる決めつけは出来ないが。

「とにかく、その〈代理人〉を探し出して黒幕を突き止める！」

憤《いきどお》りを隠せない様子で、息巻く義兄。だが、それでは時間がかかりそうだ。何か、もっとダイレクトに突き止める方法はないか。ふと、コニーは閃いた。

「――わたしの名は依頼人に告げたのでしょうか？」

檻の中にいる鎌男に問うと、ビクッと肩を震わせて高速で頭を横に振る。

義兄が説明をしてくれた。

「代理人との接触は前金をもらった一度だけ、と聞いているから。まだだね」

「でしたら、よい考えがあります。リーンハルト様の許可さえ頂ければ、ですが」

「言ってみて」

「あなたの〈本命〉が暴漢に襲われ怪我をしたと、嘘の噂を広めてはどうでしょう。名前や怪我の状態など、詳しい事は一切伏せて。暗殺依頼の内容からも、黒幕はあなたを慕う裕福な女性でしょう。噂の真相が気になって直接探りにくると思います。まぁ、便乗して近づく野次馬も一人二人ではないと思いますが……先に黒幕にあたりをつけて、その周辺から代理人を探し裏付けをとるのが早いのではないでしょうか」

「闇雲に探すよりは効率がいいな」

「よい考えだね、やってみよう」

アベルが感心したように頷き、義兄も承諾してくれた。報酬を大盤振る舞い出来ることからも、貴族絡みと思われるので、本人が吹聴した方が噂回りも早い。

これにより、「もしや、義妹が彼の〈本命〉では？」という勘繰りの否定も出来て、一石二鳥！

同僚のミリアムが気づいたのだ。その手のことに敏感な者なら、気づいている可能性は高い。あくまで〈本命〉が別にいることにしておけば、お花畑の住人からの襲撃はなくなるだろう。

本日、一連の事件については〈黒蝶〉の長にも報告をしておいた。

5　パイ作りと崩れた星

四月十九日

城の客室掃除を早めに終わらせて、正午の鐘とともに官僚宿舎へと駆けこんだ。

汚れたエプロンをきれいなものにつけ替えて、共用の調理場へと入る。

昨日の夕方、イバラから依頼を受けたのだ。

『以前、そなたが献上したパイは美味であった。この苺で十台作ってくれぬか？　明日の午後一時、客人が来るのでそれに間に合うように』

彼が持参した籠三つには、輝きを放つ大粒の苺が山盛り。緑の高位精霊が持ってきたのだ。味も最高品質に違いない。

しかし、一番大きな焼き型で作っても、籠一つ分を使い切ることはない。それを伝えると、『余った分は好きにしてよい』と仰るので、二つ返事で引き受けた。

氷室《ひむろ》へと行き、早朝作って寝かせておいたパイ生地と、苺の入った籠を取り出してくる。

生地を伸ばしてパイ皿に敷きこむ。底にフォークを刺して空気穴を開け、重しに一回り小さい皿を重ねる。念のため、予備に五台焼いておこう。石窯は二つ使って焼き上がりを五分ずらす。予熱したその中に、手早くパイ皿を並べて鉄扉を閉めた。パイに詰めるカスタードクリームもすでに作り置きしている。つまり、あとは苺の下処理を済ませて、焼き上がったパイを飾り仕上げるだけ。

パイ生地をすべて焼くだけで、三十分はかかる。それ以外の作業を考えても、順調にいけば一時より十分前には終わる。

水場で手押しポンプをガンガン押して、大きめの木桶に水を溜めていると――視線を感じた。

振り向くと、扉の隙間から覗いている白金髪の騎士と目が合う。何故、声をかけない。

「……何か御用ですか？」

呆れた顔で尋ねると彼は嬉しそうに、にこりと笑った。

「君が宿舎に戻るのが見えたから、食事に誘おうかと。自室にいなかったから、こっちかなって」

この調理場は、コニーの部屋から廊下を挟んだ反対側に位置する。

「あいにく今、ご飯を食べている暇はないのです」

「何をしているの？」

「イバラ様のご所望されたパイ作りです。急ぎですので」

そう言いながら、溜めた水に大量の苺を投入。傷つけないようにゆっくり回しながら洗う。

「――パイ？　以前、彼に献上してなかった？」

裁定者探しの時、主を投げてイバラにぶつけ、彼を捕まえたことがある。その無礼を不問にしてもらうためパイを献上した。一月初旬の話だ。

「あれとは別です。お客様がお見えになるそうですので、その時のお茶請けに」

汚れた水は流し、また新たに水を入れて苺を洗う。

「……ふーん、……私はまだ一度も、君の作ったパイを食べたことがないのだけど。裁定者には二度も差し入れするんだ……まさか、タダ働きじゃないよね？」

国の守護精霊を妬む義兄。再度、呆れた視線を送る。

「美味《おい》しい苺をたくさん頂きました」

新鮮な内にと、すでに一籠分を仲のいい同僚たちにお裾分けした。あと一籠分は半分食べて、半分はジャムにしようと思っている。コニーとしては金銭よりも嬉しい報酬だ。

「苺だけで……」

若干の恨み節を感じる。また面倒な絡み方をされる前に追い出すか、いや、それよりも……今は猫の手も借りたい。

「休憩中ですよね？　いつまでですか」

「あと一時間はあるよ」

「手伝ってくれるなら差し上げますよ、苺パイ」

よほど意外だったのか一瞬、きょとんとした後――

「もちろん、手伝うよ！」

少年のように無邪気な笑みを返してきた。コニーは水切りのため、苺をザルに上げて言った。

「まず、手を洗ってください」

何故か彼の表情が固まる。不思議に思いつつも促す。

「苺のカットをしてもらいますので。手袋は外してくださいね？　染みになりますよ」

「えっと……そ、……うだね……」

急に声が小さくなりぎくしゃくと頷く。さっきのテンションは何処へ？

「どうかしました？」

「……その、手元は見ないでくれると……アザがあるから」

視線を彷徨《さまよ》わせながら、歯切れ悪く答える。

「怪我をしていたのですか？　でしたら無理はしない方が」

すると、彼は焦ったように顔を上げ、それを否定した。

「古傷だから大丈夫！　ただ、ちょっと見た目がよくないんだ」

どうやら、人前に晒せないほど酷いらしい。そして、パイに釣られて見られる可能性を失念していた……と。毒サブレ事件の時もそうだったが、義妹のお菓子にどれだけ浮かれているのだ。

「では、水場近くの作業台でやってもらいますね。わたしは向こうの作業台を使いますので」

室内の端と端まで離れたら、彼も気にならないだろう。苺を半分渡し、ヘタ部分を落として半分に切るようにとお願いした。コニーの包丁さばきはプロである。苺を潰さないように次々とカットしてゆく。苺は花びらが舞うようにボウルの中に積み上がる。その手元は次第に見えないほど加速し――

「君の手には魔法でもかかっているのか……？」

離れた位置から、唖然とした顔で義兄がこちらを見ていた。コニーも背中を向けているので手元は見えてないだろうが、積み上がる苺の速度に驚いたのだろう。

「急ぐのです、ハルト義兄さん」

「あ、うん……分かった」

しばらくして振り向くと、無心で作業してる義兄の背中。大きなボウルが切った苺で山盛りになっている。初心者にしてはけっこう速い。コニーの方はすでに終わったので声をかける。

「こちらは終わりましたので、少し分けてください」

「本当に速いな……」

左手で未処理の苺の入ったボウルを渡してきた。右手を隠しているので、そちらを見られたくないようだ。コニーが多めに苺を持っていったので、その作業はすぐに終わった。

「パイ生地が焼き上がるまで、まだ十分ぐらいありますね」

そこへノックの音がして、一人の騎士が入ってきた。何でも新入りの騎士たちが喧嘩をしている、と報告に来たらしい。

「下らないことで私を呼ぶんじゃないよ、小隊長か騎士隊長に頼んでくれ」

「それが、その、見当たらなくて……大乱闘で、誰も止められなくて……！」

やってきた騎士も新人なのか、しどろもどろで説明している。義兄はため息をつきつつ「すぐ戻るから」とコニーに告げ、調理場を出て行った。

——休憩もゆっくり出来ないなんて、副団長も大変ですね。

それはそうと、焼いたパイを皿から外すには粗熱が取れるのを待たなくてはいけない。これは時間がかかる。

氷室で冷ませば、時間短縮になりますね！　移動するにはワゴンが必要。

貯蔵室で見かけた気がする。調理場から廊下に出て、隣の貯蔵室へと入る。この二部屋が中で繋がっていないのは、調理場の熱気が貯蔵室に入らないようにするためだ。食材の劣化を防ぐためである。

貯蔵室の隅にワゴンはあった。ついでに、作り置きのカスタードクリームを出しておこう。

奥には小さな氷室に続く扉がある。中に氷を作る魔道具が設置されているのだ。零下なので室内が氷柱《つらら》と霜で白く覆われている。

貴重な魔道具であることと、扉を開けっ放しだと温度が上がって中の食材が傷《いた》んでしまうため、扉は鍵付き。怖い話だが、閉めてしまうと中からは開けられない。

貯蔵室に来た別の人が誤って鍵を閉めて、閉じ込められた人が凍傷を負った——という事故が過去に何度かあったと聞いている。閉める前に確かめればいいのに、そうしない人が多いのだ。

だから、ここに入る時には必ず二人で、あるいは扉に太い薪《まき》を一本挟んでおく、というルールがある。そうすれば事故は未然に防げるのだ。

コニーはカスタードクリームの入ったボウルを戸棚から回収し、さて出よう、と扉を振り返った。

そのとき——薪が床を滑ってくるのを見た。

え？

バタン！　ガンッ！

貯蔵室からの明かりが遮断され、氷室は真っ暗になる。

床は凍っていない。誰かがわざと薪を蹴って、扉と鍵を閉めたとしか思えない。取っ手を摑み、ガチャガチャと鳴らす。

どうしよう、扉を蹴り壊す？　そうすると、わたしが弁償することになるんですよね？　もうすぐパイが焼けるのに——！　よし、こうなったら、鍵部分だけ狙って壊そう。被害は最小限に——

ふと、何か聞こえた気がして耳を澄ます。氷室の扉は冷気を漏らさないため、分厚い金属仕様。だが、極めて聴力のよい彼女にはかすかに聞こえる。拾った薪で扉をガンガン叩いた。

それを聞きつけたのだろう、すぐに扉が開いた。

「コニー！　大丈夫かい⁉」

現れたのはリーンハルト。戻るの早くないか？　いや、それよりも。

「大丈夫じゃないです！　早くパイを窯から出さないと――！」

急いで調理場へと戻る。コニーはミトンを手にはめて、次々とパイ皿を石窯から取り出してワゴンに並べた。ほぼいい狐色だ。しかし、端の二枚は少々焼き過ぎた。これはイバラには渡せない。同時に義兄にも予備のミトンを使って、もうひとつの石窯からパイ皿を出してもらった。

「そちらは全部きれいな焼き色ですね、よかった！」

ホッとしつつ、ワゴンに積み氷室に冷やしに行った。戻ってくると、義兄の顔色が優れない。

「どうしました？」

白手袋をつけた右手を、左手で押さえている。不審に思い尋ねると――

「ミトンを外したあとに、ひとつパイを窯から出し忘れたのに気づいて……うっかり自分の手袋をはめて摑んでしまって……ちょっと熱かった」

「火傷《やけど》したんですか⁉　すぐ冷やさないと！」

彼を水場に連れて行こうとすると、「大丈夫だから」と抵抗された。それで、右手を見られたくないのだと気づいた。

「手袋に皮膚がくっついて剝がせなくなりますよ！」

ぐいぐいと彼の背中を押して水場に連れてゆく。木桶に水を溜めて、そこに手を沈めるよう指示。

観念したのか、やはり痛かったのか、リーンハルトは素直に従った。

手袋は彼の了承を得て、鋏《はさみ》で慎重に取り除いた。手の内側は指先が赤くなっているが火膨れはしていない。それでも、しばらくは痛むだろう。手の甲側を見ようとしたら、サッと手を引いて隠された。

「こっち側は平気だからね」

「では、パイの仕上げを終わらせますので。そのままよく冷やして。手当てはあとでしますから」

コニーは再び氷室に行くと、粗熱の取れたパイ生地の載るワゴンを出す。ついでに、折ってきた氷柱を、義兄が手をつけた水に浮かべた。

「手伝うつもりが手間をかけてしまったね」

「いいえ、氷室から出してもらって本当に助かりました。扉を壊すか迷っていたので。そういえば……喧嘩の仲裁に行かなくてよかったのですか？」

「途中で騎士隊長に会ったから、彼に任せたんだ。ところで、なんで氷室が閉まってたの？　あれって、外側からしか鍵はかけられないはず――」

コニーは手早くパイを皿から外しながら答える。

「誰かの悪戯《いたずら》でしょう。扉に挟んでおいた薪を外されましたから」

官僚宿舎に入れる人間は限られる。官吏の誰か。最近、他人の悪意でストレスフル。

「悪戯なんて可愛《かわい》いものじゃないよ！」

「女中が臨時官吏をやったり、副団長の義兄が出来ると、敵が湧くものなのですよ。まぁ、これらは想定内です。やられっぱなしでは〈黒蝶〉の名折れですからね。犯人を見つけたら、ぐうの音も出ないほど仕置きしてやろうと思います。放火犯たちの雇用主についても、分かったことがあれば教えてくださいね」

「それは、もちろんだけど……君が冷静過ぎて、自分の怒りのやり場に困るな……」

コニーはパイの内側にクリームを詰め始めた。苺は華やかにたくさん飾る。粉砂糖を少しだけ振りかけた。その作業を繰り返し、十五台作って完成！　特に綺麗《きれい》な仕上がりのものを十台、イバラに渡すことに。蓋付きの手提げ籠五つに清潔な麻布を敷いて、二台ずつ入れる。これで準備は完了。

柱時計を見るとあと十分で一時になる。何とか当初の予定通り。

後ろを振り向くと、義兄がガン見していた。

「……何です？」

「君の鮮やかな手並みに見惚れてしまって」

ストレートな誉め言葉と、興味津々な瞳の輝き。背中がむずっとする。

「大した事ではないですよ、慣れです」

「プロ級の慣れだね。ところで、それはコニーが届けに行くのかい？」

「いえ、イバラ様がお使いを寄こしてくださるそうなので……」

コツコツと小さなノックの音がした。来たようだ。「どうぞ」とコニーが答えて扉を開けると、緑色の小さな何かがするっと入ってきた。

「!?」

それは三十センチぐらいの高さにある――緑の衣装と靴、宙に浮いた緑の帽子。中身がないのに立体的に膨らんでいる。緑の袖を振り回し、作業台にある手提げ籠を指しているように見える。

……これは、ひょっとして透明な小人？　精霊？

「緑の眷属《けんぞく》かな？」

こちらに近づいてきた義兄がそう尋ねると、透明な小人の帽子が頷くように前に動いた。そして、袖をふりふり、ポンッと懐中時計を出して掲げてくる。白緑の光を帯びたそれ。イバラの魔力の色だ。なるほど、お使いの証明か。

「イバラ様のお使いの方ですね。パイの入った籠は五つありますが、運ぶことは出来ますか？」

透明な小人はまた、頷いた。懐中時計をしまい、ひょーいと飛んで作業台に立つと、パチンパチンパチンと弾ける音がして、小人と籠は緑光の飛沫《しぶき》を残して消えた。転移魔法なのだろう。

「……では、手当てをしましょうか」

コニーは部屋の隅にある戸棚の下段から、薬箱を取り出す。調理場ゆえに、火傷や切り傷を負った時のためのものだ。

「ありがとう、自分でやるよ」

よほど見られたくないらしい。それならと、コニーは薬箱を渡して調理場の後片付けを始めた。

しかし、それが終わって見に行くと、彼の手は包帯で巨大なミトン状になっていた。

包丁さばきが上手《うま》かったので、器用な人かと思っていたが……

「薬箱、貸してください」

「……血が出てるみたいに見えて、気持ち悪いと思うから」

コニーは首を傾げた。「アザがですか?」と問い返す。彼は肯《うなず》いた。

「流血には慣れてます」

しれっと言い、椅子に座る彼の右手首をさっと掴んで、盛り盛りの包帯をびゃっと解く。

その手の甲には——なるほど鮮血が滲んだような五センチほどのアザがあった。何だか星が崩れたような形をしている。義兄を見ると左手で顔を覆っていた。

あれ、なんかすごくマズイことやらかした? 強引過ぎただろうか? いや、だってあんなにみっちり圧迫したら傷が悪化しそうだし——

コニーは右手の負傷部分にささっと軟膏を塗り直し、包帯をきれいに巻き直した。

「口外しませんので、安心してください」

「そんな心配してないよ……」

じゃあ、何を心配していたのか? そう思っていると、彼は諦めた顔で説明をした。

「本当のことを言うとね、これは、ダグラー公爵家の嫡子が生まれた時に刻む、武運を招くまじないなんだ。元々、はっきりとした星の紋様だったのだけど、年々少しずつ崩れ始めてて……」

そのことが、武家の次期当主としてふさわしくない材料になることを、彼は懸念しているのだという。だから、誰にも話していないのだと。彼は一人っ子だが、親戚は多い。彼らは、この特別なまじないがあってこそ、公爵家跡取りが〈武の才能〉に恵まれるものだと信じている。

「君も私の〈秘密〉を知って、余計なトラブルに巻き込まれたくないだろう……と思っていたのだけど」

「要らぬお節介をしてしまいました。猛烈に反省しています」

コニーは真面目な顔で、見事な仕上がりの苺パイを一台持ってきた。

「今後、あなたから距離を取ってよいでしょうか？　お餞別はこれで」

「いや、君と深く親密になれるチャンスだと、前向きに考えるから。あと、それはお手伝いの報酬だからね？　餞別にすり替えるのはなしだよ」

――まぁ、よく考えたら義兄絡みのトラブルは今更だ。彼が義兄で、主の側近で、コニーが〈黒蝶〉である以上、この縁《えにし》の糸はたやすく切れそうもない。

「……ところで、そのおまじないという紋様、崩れても大丈夫なのですか？」

「十年ぐらい何事もないから、ただの形式的なものだと思うよ」


夕暮れ時、城の西中庭を掃除していると声をかけられた。

「そこの娘」

辺りを見回すと、バラのアーチの下にちょこんと佇む幼女がいた。六、七歳ぐらいだろうか。

鮮やかな赤毛と、深い湖のような青緑の双眸が印象的だ。貴族の子なのか、上着が騎士服のようにかっちりとした意匠で、その下は膝丈のドレス――という変わった格好をしている。

「わたしのことでしょうか？」

「さよう。苺パイの礼をしたい。こちらへ」

その言葉でイバラの客人だと気づいた。だが何故、自分だと分かったのだろう？　周辺にイバラがいる様子もない。疑問に思いつつ、彼女が小さな手で手招きするので、傍まで近づいた。

「さぁ、右手を出すのだ」

命令することに慣れた口調。しかし、見上げてくるその大きな瞳や声の高さ、ふっくらした艶のある頬、小さな手を突き出してくるのを見て、えらそうと思うより先に——微笑ましさがこみ上げてくる。警戒もなくコニーが右手を差し出すと、彼女は何か小さな硬いものを握らせてきた。

見るときれいな乳白色の丸い石がある。

「これは、邪《よこしま》なものは寄せつけぬ魔除け石。肌身離さず持っておくがよいぞ！」

自信満々でそう宣言する。腰に手を当てた尊大な仕草が可愛らしい。

「まぁ、ありがとうございます」

頭を下げて礼を返すと、「うむ」と満足げな微笑みを浮かべ、彼女は軽やかな足取りで跳ねるように去ってゆく。

——あ、名前を聞いてない。

すぐに追いかけたが、巨大なトピアリーの角を曲がるともういない。小さな子なので、その辺の茂みを潜って行ってしまったのだろう。

もらった石は、手間のかかる真球に磨かれている。幼女の高貴な身なりと言葉遣い、そして、イバラがもてなす相手であることを踏まえると——これは貴重な石と見た。

邪なものは寄せつけぬ魔除け石——最近、煩わしいことが多いですからね。

女中の仕事を終えて自室に戻ると、マクラメ用の白糸を使ってその石を編み込み腕輪を作った。

義兄とアベルに編み物は得意ではない、と言ったのはもちろん嘘ではない。

基礎的なマクラメ編みしか知らないので、ものすごくシンプルな腕輪になった。

つまり、人様にあげるレベルではないのである。何せお守りの腕輪というものは、派手なほどに相手を想う証だと云われている。同僚の女中たちが作るものとて、守り石はいい値段がするのでひとつだが、糸は三色以上、さらに硝子や木彫りのビーズを多用し、編み方も数種類用いて複雑な紋様を編む。

コニーの完成品は白糸に乳白色の石と地味。自分用なので、これで十分。

それから日付も替わった頃、夜警中にイバラと会った。

「よいものをもらったな」

マントの下から覗く腕輪の石を見て、意味ありげに言われた。

「お名前を聞きそびれてしまいました」

「あれは、第三支部騎士団が常駐する、ハビラール砦から来た。〈砦の母〉と呼ばれている」

あぁ、それで騎士服のようなドレスを……え?

聞き間違いかと、彼の濃い緑の双眸を見上げる。

「〈砦の母〉と仰いましたか?」

清麗なる人外は「そうだ」と肯定する。

それは……確か、ボルド団長の想い人ではなかったか?

コニーは青色調査の時に、彼の執務室で手紙の束を見つけた。差出人は〈砦の母〉。厳重に保管していたことから、そこに一方通行の思慕を見た。筆跡やその差出名から、当然、大人の女性だと思っていたわけで――

まさかの幼女趣味なんですか――っ⁉

いや、待て。緑の佳人の客人である。ならば、見た目通りの年齢ではないということも。

「もしや、彼女はイバラ様の眷属ですか？」

「人間だ」

「そ、そうですか……」

豪気な剣師の意外な一面を知り、コニーはショックを受けていた。

☆

街の結界を一歩出れば、悪《あ》しき人外がはびこる世界。

それらに対峙した時、魔力の有無が自身の生存を左右する。だからこそ、生まれつき魔力を持つことは、幸運であるともいえる。

しかし、人並外れた魔力というものは、個々により副産物といえる事象を起こすこともある。

第三支部騎士団の騎士たちに慕われ、〈砦の母〉と呼ばれている彼女の場合、身近な相手限定ではあるが……よくない兆しが、色や影絵のようなイメージとなって見える。

最近、ハルビオン城によくないイメージが見えるようになった。

正確に言うなら、第二王子ジュリアンが立太子した今年の三月半ばからだ。

血色に染まる城の中で積み上がる大量の死体が、影絵のような幻で現れる。

その城には、砦への移住を許可してくれたハルビオン国王と、茶飲み友達の高位精霊がいる。そして、砦から巣立っていった〈我が子同然〉の騎士も。

彼らに急ぎ知らせねばなるまい。魔法で先駆けの手紙を飛ばすと、すぐに付き人を伴い砦を発《た》った。体力がないので、国境沿いの砦から中央の王都まで、魔法で飛ぶことも出来ない。二日後、到着した時には、ハルビオン城のみならず、王都全体が不気味な紅色に染まって見えた。

「イバラ！　相変わらず目映《まばゆ》いな！」

「ティ、会うのは一年ぶりであろうか」

輝きを宿す白緑の髪が、銀と緑の精緻な刺繍《ししゅう》に彩られた白衣の肩をすべる。浮世離れした美しき高位精霊イバラ。その長身を屈めて抱擁の挨拶をしてくれた。

通されたのは広いテラスにあるサロン。そこにハルビオン国王も待っていた。白髪《しらが》まじりの髭《ひげ》を蓄《たくわ》えた穏やかな笑み。

「マルク！　しばらく見ぬ間に皺が増えたな！」

「ティ、息災で何より」

両手を伸ばし身を屈めてくれる彼とも、抱擁の挨拶を交わす。彼女の愛称である〈ティ〉と呼ぶのは、彼女にとって〈特別〉に親しい相手のみ。そして、国の守護精霊と国王の名を気安く呼ぶのも、ティぐらいだろう。ちなみに、国王の正式な名はマルクトギーヴ・スティル・ハルビオン。マルクは愛称である。

ティは二人に例の不吉なイメージを一月《ひとつき》以上、見続けていることを話した。彼らは、笑ったり杞《き》憂《ゆう》だと言ったりせず、真剣に耳を傾けてくれた。

「――それは王都が攻め落とされる、ということか？」

眉根を寄せる国王に、イバラは疑問を投じる。

「最初に見たのが城から……というのも引っかかる。城の内部から攻略されて、被害が王都に広がる――ということも、ありうるかもしれぬ」

「軍の強化はしておくのがよかろうな」

ティがそう告げると、国王はすでに大国レッドラムとの摩擦も考え、強軍国家であるエッセンデルに同盟を結びに行かせているのだと言った。

「そうか、エッセンデルは軍に魔法士が多いと聞くから、手を組めば安心ではあるな。しかし、あの国の王はかなり頑固者だと噂に聞いておるが……」

彼女の言葉に、国王は困ったような顔を向けてきた。

「実はその役目を担っているダグラー公爵から、連絡が途絶えているのだ。三月より少し前であろうか。先日、彼のもとに使いを送り出したところだ」

お茶とともに出された苺のパイを、ティは頬張る。熟した甘い苺にクリームのあっさりした甘さが丁度《ちょうど》良い。さくさくとした食感。あっという間に自分の皿にあった三切れを平らげた。

「これ、いくらでも食べられる……！」

思わずそう言うと、小さな精霊が飛んできて、まん丸な苺パイを一台、目の前に置いてくれた。ティがイバラを見ると、彼はその口許に笑みを湛《たた》えた。

「たくさん用意している。好きなだけ食べるとよい」

小精霊がポットを抱えて浮いたまま、ティのお茶も注《つ》いでくれる。国王が「わしにも、パイ二切れとお茶のお代わりをくれぬか？」と言うと、あわあわしながらも用意する。

ティとイバラには力の弱い精霊も見えているが、魔力を持たない国王には見えない。宙をふわふわと移動するパイやポットで、その存在を知るのだ。

「イバラの護《まも》る城が攻め落とされる――という時点で、敵に人外が関与していると思うぞ」

ティはそう告げる。しばらく談義したあと、多忙な国王は途中で席を外した。

「この一年でマルクは老《ふ》けこんだな。愚息の幽閉は気が重かったであろう」

「むしろ肩の荷が下りたのではないか？　あれは性根が腐っている」

「我が砦に来たなら、叩き直してやったものを……」

城から左遷された問題のある騎士たちを、ティは指導し更生させてきた。世間では愚王子と呼ばれた第一王子を、少しだけ哀れに思う。何故なら――

「凡庸な人間が王の資質を兼ね備えた者と、競わざるを得ない道に立たされたのだ。王妃や周囲の期待に応《こた》えるべく手段を選ばなくなれば、歪《いびつ》にもなろう。――無論、暗殺はダメだがな」

「自身で楽な道を選んだ結果だ。自業自得と言えるのではないか」

小精霊に苺パイの追加を所望しながら、ティもそれはやむを得ないと思う。すでに廃嫡された王子を引き受けるなど、ティにとってもリスクが高いからだ。王位継承権を剝奪されようとも、彼は王族。第一王子の派閥はなくなっても、その残党が彼を御輿《みこし》に担ごうとするだろう。

「……ところで、ジンは軍施設におるのか？」

「先ほど、王太子が四つの友好国を訪問していると話したであろう。その護衛についている」

十年前、ジン・ボルドはハビラール砦の一騎士から、ジュリアン配下である第二王子騎士団の団長として昇格、就任した。現在は、名を改めた〈王太子騎士団〉の団長である。

己の力を過信するあの筋肉馬鹿に、防御術を込めた魔除け石を渡しておきたかったのだが——がっかりした様子に気づいたイバラが尋ねてきた。

「何か大事な用でもあったか？」

「土産《みやげ》があった。ティ特製の魔除け石だ。王太子の分とふたつ用意しておいた」

「我《われ》に預けておくのはどうだ？　彼らの帰還時に渡しておく」

「——いや、件《くだん》の変事がいつ起こるか分からぬ。彼らに渡すのは諦めよう。その代わり——王太子の〈護りの剣〉ではあるが人外に対する防御が弱い者に与えたい」

「ふむ、ならば……」

教えてもらった一人は苺パイの作り手だった。王太子の影、コニー・ヴィレ。その実力は〈黒蝶〉隊員の中でもトップに並ぶと聞く。魔力はなし。短剣だけで憑物士に挑む無謀さもあるらしい。腰が低く謙虚そうな娘だった。とても無茶をやらかすようには見えなかったが……

パイの礼だと言うと、彼女は魔除け石を素直に受け取った。

もう一人はシルヴァン・チェス・アイゼン。十代半ばに近衛騎士《このえきし》となるが三年で退団。王都外での国王の護衛中、巨大な魔獣から一人で国王を守り切った。伯爵位を叙されたものの、その時の負傷がもとで退団。数年後、王太子の命により人事室長に就任——と、華々しい経歴の持ち主だ。現在は、文官ゆえに日頃から武器を所持することもない。

執務棟で迷子のフリをして、アイゼン卿に外へと案内してもらった。「何故、こんな所に幼女が……」と怪訝な顔をされたが——これで礼と称して、魔除け石を渡すことが出来た。

「小さくとも異変あらば、必ず連絡を」

ティはイバラに念を押し、城を去っていった。

絶品だったパイの残りをもらったが、自身は十分食べたので付き人への土産に一台、あと三台は御給仕してくれた小さな精霊たちに分けてあげた。

二章　嵐の前の平穏な日々（後編）

1　悪意降る

四月二十日

リフに対する集中指導が終わってのち、コニーは経理の仕事を週二日に戻した。

今朝は臨時経理官として出勤だ。執務棟の壁に沿って歩いていたところ、ふと、手元が気になった。アベルに見られると気まずいので、左袖の下に隠した腕輪。その石が一瞬、光ったような……？

そのとき、頭上から何かが落ちてきた。

コニーは疾風のごとく二階へと駆け上がり、経理室の扉を勢いよく蹴り開けた。蝶番《ちょうつがい》が壊れそうなほどの音が響く。さっと辺りを見回し、そこにいた一人の経理官のもとへと足早に近づいた。彼の机に両手で抱えていた大きな観葉植物の鉢を、ドン！　と置く。鉢の直径は三十センチ、重さは五キロ以上。

「こちらの素敵なプレゼントに心当たりは?」

「な、な、何をするんだ、無礼な!」

「無礼? それ、わたしの頭上にコレ落としたあなたが言うんですか? すぐに窓から離れたから見てないとでも思っているんですか? 見てますよ。だいたい今、この部屋にはあなたしかいないでしょうが!」

「言いがかりはやめろ!」

バンと机を叩いて席を立ち、男は背を向けてブツブツと口の中でつぶやく。

「これだから教養のない下品な女は嫌なんだ! 女中のくせに、抉《えぐ》れ胸のくせに……」

聞こえてますよ。わたしの胸は抉れてなどいません。

すると、男は大声を張り上げた。

「誰か! 誰か来てくれ! この女が言いがかりを――」

部屋の入口へ向かおうとする男の襟首を、コニーはガッと摑む。

「その陰気な海藻へア、飛び出た目玉に、痩せこけた頰、がたがたの歯並び、墓場から這い出た亡者みたいな顔! 一度見たら忘れられませんよ、ヘルモンドさん」

「やめろ、離せ! この三次元ブスがあっ! ボクのセリィヌたんを灰にしやがって! ふざけるなあああ!」

「セリィヌタン……?」

記憶に引っかかった。いつだったか、コニーの机に春画がべたべた糊《のり》で貼られていたことがある。隅に〈セリィヌたん〉と書いてあった。即、丸めて暖炉の火にくべたが、アレのことか。

出勤してきた経理官たちが、ちらちらと視線を寄こしてくる。

「ゴミを送りつけておいて処分されたと嘆くなんて、馬鹿なんですか？」

「そんなわけあるかあ！　ちくしょおおおお！　ボクのセリィヌたんをコケにしやがって！　呪われろ！　三次元ドブスがあああ！」

泣き喚きながら腕を振り回す。どうやら、彼にとっては大事な物だったらしい。となると、誰かが彼から盗んだということか。

「あら、手が滑りました」

摑んだ襟をぐいと半回転、その横っ面を植木鉢に衝突させた。キュウと床に撃沈する海藻男。

「何を騒いでいる⁉」

増えたギャラリーの間から、見た目いかにもなエリート経理官が出てきた。

七三分けの短い紫髪に、黒縁の四角いメガネ。真面目すぎて融通が利かない、フォレスター・ガンツ。以前、コニーとの計算勝負に負けた男だ。最近、残業しているのをよく見るので寝不足なのか、目の下のクマが濃い。

「また、貴様か……！　何をやっている⁉」

「見て分かりませんか？　危険人物を捕縛しています」

海藻男の胴と両腕、そして両足首を細縄で手早く縛り上げた。

経理室長は国王に呼ばれて城へ行っている。宰相が失脚し、頼れる王太子が旅に出ているためだろう。重大な案件について決める時は、的確な意見をくれるアベルを重用しているようだ。

あんまりちょくちょく呼び出されると、経理の仕事も滞るのだが。それとも、将来的に彼を宰相位にでも就ける気なのだろうか？

――これ、アベル様が戻るまで窓から吊るしておきますか。

「危険人物は明らかに貴様だろう！　やめろ、殺す気か⁉」

海藻男を窓の外にぶん投げようとしたら、ガンツに腕を摑んで止められた。そこで、二階から植木鉢を落とされたことを話したのだが――

「これがその植木鉢？　傷ひとつないようだが？」

「当然です。わたしが手で受け止めたので」

「嘘をつくな！　そんなこと出来るか！」

一階は吹き抜けの巨大書庫なので、高さは二十メートル近くある。落としたものは重力で何倍もの重さになる。信じられないのは仕方ないかも知れないが。

「ガンツさんには無理でしょうけど、わたしは出来ますから。避けることも出来ましたが、その場合、近くにいた通行人に飛散した鉢の欠片《かけら》が当たりますからね」

ガンツの手を振り払い、ぽいっと海藻男を窓の外に放り投げた。背後から悲鳴じみた複数の声が上がる。別に落としはしない。海藻男につながる縄の端を摑んで、蓑虫《みのむし》のようにぷらぷらさせる。

「と、とにかくヘルモンドを吊るすのは止めろ！　床に、床に下ろすんだ！」

ガンツは両手をこちらにかざし、まるで立て籠もり強盗でも宥めるように慎重に語りかけてきた。

「やったことの責は負うべきですよ。現場を見ていないあなたが口出しすべきではありません。あなたをはじめ、この職場で数々の嫌がらせを受けることはありましたが、直に命を脅かされたのは初めてです。いえ、昨日の件もありますから二度目ですね。たかが猥褻画《わいせつが》のために！　無事なら許してやれと？　それ、自分の頭に植木鉢が落ちてきても言えますか？　許せるのは相手に落ち度と悪意がない場合のみですよ」

意識を取り戻したヘルモンドが、窓の下で騒ぎ出した。死ぬ死ぬ死ぬ死ぬ落ちると叫んでいる。

「でも、そうですね……コレ、うるさくて皆さんの仕事の邪魔になってしまいますね。この中にヘルモンドさん所有の破廉恥《はれんち》画を送りつけた方がいるのは確かなので、正直、一緒に吊るしてやりたいぐらいムカついていますが。関係のない方には甚《はなは》だ迷惑ですよね。というわけで、コレは資料室の窓から〈静かに〉吊るしておきますね」

ひょいっと、片腕の膂力だけで海藻男を釣り上げた。コニーはそれを軽々と引きずってゆく。

「うわあああああああああ！　助け――」

隣の資料室の扉を閉める音。同時に、喚いていた男の声がぴたりと聞こえなくなった。

「コニー・ヴィレ悪魔説、支持」

「いやゴリラ説だろ」

「あの凶悪な噂、本当だったのか」

「見た目の地味さに騙されるな」

「おい、ガンツ、大丈夫か？」

「ヤバイ女の毒気にあてられたな」

普段は黙々と仕事をこなす、地味な印象しかなかった臨時女官。その苛烈さを目の当たりにし、息を潜めてなりゆきを見ていた経理官たちがざわめく。固まっていたガンツが息を吹き返した。

「――ハッ！　やはり、アレを経理室に置いては、いずれ室長が責を問われるは必至！　これ以上のさばらせてなるものか！」

壁が薄いので聞こえています。

しばらくドンドコと資料室の扉をノックされたが、鍵をかけたのでガンツは入れず。猿轡《さるぐつわ》を咬ませた海藻男には、再び窓の外で蓑虫を体験してもらった。


二時間ほどして、アベルが経理室に戻ってきた。

コニーが先の件を報告しようと彼のもとに向かうと、必死の形相のガンツが間に割り込んできた。

「クロッツェ室長、聞いてください！　彼女はヘルモンドが植木鉢を上から投げたと嘘をつき、彼に酷い仕打ちを！　窓から吊るしたんですよ！　許されざる行為です！」

壊れていない植木鉢を証拠に出してきた。しかし、アベルの眼差しは冷ややかなもの。

「俺も頭上に植木鉢を落とされたら、笑って許す気にはなれんぞ。ヘルモンドを吊るす力があるなら、植木鉢を受け止めることぐらい出来るだろう」

ガンツは絶句する。コニーは経理室を見渡した。アベルの言い分に「確かに」と頷く者、我関せずと仕事に打ち込む者、さっと目を逸らす者――

あ、この人ですね。ヘルモンドさんから破廉恥画を盗んだのは。

資料室に移動してきたアベルは海藻男に問い質す。

「植木鉢を落としたことに間違いはないな？」

「はい、申し訳ありません……」

彼は縛られた状態で、俯きながらも神妙に答えた。コニーが問い詰めたときは、「セリィヌたんを燃やした鬼畜には屈しない！」と叫んでいたのに。

――それだけ、アベル様に人望があるということでしょうけど。

海藻男はコニーの視線に気づくと、アベルの背中に逃げこみブツブツと悪態をつきはじめた。

〈セリィヌたん〉の単語が入るコニーへの呪詛なので、耳を傾ける価値などない。陰の気をふりまく風貌なだけに、上官に質《たち》の悪い悪霊が憑いたように見えてイラッとする。

「先ほどからわたしへの悪態ばかりで、反省も謝罪もなし。再犯確実かと」

アベルもそう考えたらしく、その場で処罰を下した。

「傷害未遂、当たり所が悪ければ殺人だ。ビリー・メッツ・ヘルモンドを解雇する」

「そんなっ！　ボクはちょっとその女を脅かすつもりで……出来心なんだ！　大体、その女は怪我もしてないじゃないか！　ボクを蓑虫みたいに吊るしたのに！　ボクだけ解雇だなんて不公平だ！」

コニーは上官の背後にはりつく男を引っぺがして、床に転がした。

「そういえば、あなた――官僚宿舎に住んでますよね？　昨日、一階の氷室に行きました？」

「ボクを苛《いじ》めてそんなに楽しいのか！　呪われろ雌《めす》ゴリラ！」

――どうやら彼は関係ないらしい。そこへ従者ニコラが警備兵を連れてやってきて、発狂して喚く彼を連行していった。アベルが怪訝そうに尋ねてくる。

「氷室？　何かあったのか？」

「いえ、大したことではありません」

あまり上官に心配をかけるのもよくないだろう。言葉を濁しつつ、資料室の戸口から覗く経理官たちを視界に入れる。野次馬の隙間から、無表情な顔でじっとコニーだけを注視してくる男がいる。

それに気づかぬふりで、アベルに話しかけた。

「――こんな形で経理官が減ることになるとは思いもしませんでした。仕事への皺寄せが心配です」

「ジュリアン殿下の御世《みよ》が始まる前に、宮中の膿《うみ》はすべて排除するつもりだ。陛下からも徹底してやるように言われている。じき、新人官吏も入る予定だ」

その日の内に、ヘルモンドの机は同僚らによって片付けられた。

「あの、室長。こんなものが出てきたんですが……」

その引き出しには大量の裸婦画が。描きかけのものもあり、彼のオリジナルであると判明。やけに本や資料が積み上がり机を囲っていると思ったら、描いてるのを見られないようにするためだったのか。仕事も同期に比べてかなり遅かったらしい。アベルはそれらを焼却するよう命じた。

「今後、仕事中に遊んでいるような輩《やから》は、即座に淘汰する」

何もかも、あの女の思惑通りに事が運んで面白くない。敬愛すべき上官は、自分の意見に耳を貸さない。ガンツは非常に腹立たしく思っていた。

——確かにヘルモンドは少々やり過ぎたかも知れないが……だからといって、何故、あの女の凶暴な行為を咎めないのか。不満が蓄積されてゆく。

王太子の配下には、謎に包まれた暗殺部隊〈黒蝶〉があるらしい。一時期、コニー・ヴィレがその一員だという噂が立ったことがある。もちろん、ガンツは信じてなどいない。一介の女中に務まるわけがないからだ。第一王子が〈黒蝶〉狩りを始めた時だったので、大方、あの生意気な女を排除したい誰かが流した噂だろう。

……あのとき、どさくさ紛れに始末されたらよかったものを。

本来ならば、下働きは執務棟に近づくことすら許されない。少しばかり計算が出来るぐらいで大きな顔でのさばり、官吏に意見し、さらに上官に気に入られている。なんと目障りなことか——

終業の鐘が鳴る。同僚たちは次々と経理室を出てゆく。さぁ、今夜も残業だ。

人生の目標とするクロッツェ室長に近づくべく、今年に入ってから仕事を多めに回してもらっている。毎日、自主残業！　休日も室長と同じく、月に一度しか取ってない。

——彼と同じハードスケジュールをこなせるのは自分だけ。周りも皆そう思っているはず。いずれ経理室長の補佐官に抜擢されること、間違いなし！

睡眠不足のせいか少々頭痛がしているが、慣れればなんてことはない。腹もあまり空かないが何か詰めておくか。官僚食堂に行くため廊下に出ると、あの女に出くわした。

「お先に失礼します」

わざわざ挨拶をしてくる。いつものように眉間に皺を刻んで「フン！」と無視すると――

「ガンツさん、いつになったら約束を守っていただけるのですか？」

――こいつは、たまに思い出したように口にする。

意味は分かっている。三ヶ月と二十三日前、計算勝負に負けたら頭を丸めるといった――くだらない口約束のことだ。いつもはこれも無視するのだが、その日は先の件でイラついていた。

「あのときは偶々、調子が悪かった！　もう一度、勝負すれば分かることだ！　私は経理官となる試験に、ただ一人満点で通ったのだからな！　だが、私は忙しい！　貴様と違ってやることは山積みだ！　二度も貴様の相手をしている暇はない！」

女はメガネの下で、すっと目を細めた。

「わたしも暇だからと、あなたがふっかけてきた勝負を受けたわけじゃないんですよ？　あなたが吐く〈根拠のない暴言〉が許せなかったからです」

こちらのいきり立った気持ちを逆撫でするかのように、淡々と続ける。

「すでに決着のついてることをグダグダと弁解する、ガンツさんは本当に格好悪い人ですね。嘘つきで、自分の言ったことを平気で翻す。間違ったことをしても謝罪ひとつしない。頭の中は相手を見下すことでいっぱい。本当に信用出来ない人です。それで、いずれは人の上に立つおつもりで？

笑止千万ですね」

「貴様！　黙って聞いていれば――」

痛烈な批判にカッとなり、思わず摑みかかった。身をかわす女の頭のリボンを摑み、むしり取った。まとまっていた藁色の髪が広がる。同時に、何故か――ガンツの足はもつれた。無様に床に転んで強《した》かに鼻をぶつけて呻《うめ》く。

「あとひとつ、体調管理も出来ないなら、毎日残業すべきではないと思いますよ？　この暴行未遂については、アベル様に報告しておきます。しばらくお休みください」

摑んでいたリボンをさっと引き抜き、去って行った。

わざと煽って私を嵌めたのか……っ！　なんて女だ、悪魔か！

その後、ガンツは経理室長に呼び出され、明日から三日の謹慎処分を命じられた。

ショックで言葉を失っていると、経理室長は深くため息をつく。

「いかなる時も正攻法を好むお前が、女性に手を上げるとは……よほど思考力が鈍っていたと見える。仕事を多く回しすぎたようだ」

「し、しかし、たかがリボンを取ったぐらいで……」

「たかが？　女性の身なりを荒らしておいてその言い草か……ヘルモンドの件があったばかりだ。お前に沙汰なしでは、少しぐらいの暴行なら許されると勘違いする輩も出るだろう。必要な戒めだ」

あの女を守るために、見せしめとしてこの私に厳罰を科すと……!?

怒りと嘆きで握った拳をぷるぷると震わせていると。

「ガンツ、お前が倒れる前に気づいてくれた彼女に感謝しろ」

――何故、人を陥れる悪女に感謝しなくてはならないのか。

「お言葉を返すようですが――！」

カッと目を見開き、鼻息も荒く説明をする。自分が罵倒されたことや、策謀的な煽りだったと
――すると、彼は手に持っていた書類の束をバシッと机に叩きつけた。

「いい加減、自分が気に食わないからと色眼鏡で見るのはやめろ！　彼女が普通に休むようにと気遣ったところで、お前は聞く耳を持ったのか！」

「……は？」

あの腹立たしい言動が遠回しの気遣いだと言うのか。そんな馬鹿な――

城下の自宅に戻ると着替えもせず寝台に転がった。

ガンツは平民だ。しかし、要領のいい彼は、幼少時からコネを摑んで貴族の邸に仕え、その突出した才能から学園に通わせてもらった。優秀な成績で卒業し、三年ほど前に城の経理官になった。

前経理室長の横暴で、経理室の機能が停止寸前にまで追い込まれて酷い目にも遭ったが――クロッツェ室長の就任で未来も開《ひら》けた。だからこそ、ガンツは彼を敬い慕う。そして、これまで粉骨砕身、経理室に貢献してきた。同僚を引き離してずっと先を歩いていた。

それなのに、自分に敗北を与えたのがまさかの平民下女――！　何故あんな女に彼は――

上官に見捨てられたような悲しみと、今日するはずだった仕事に思いを巡らせる。――いや、今日はもう仕事をしなくてもいいのか。そう思った途端、すぅと瞼が落ちていった。

目が覚めたのは三日後の夕方だった。その間、ただの一度も起きなかったことに愕然とする。自己管理が出来ていないことを認めざるを得ない。かといって、己の限界に気づいたのがあの女というのも――すごく腹立たしい。

☆

四月二十一日

フェンブルグ領にいる〈黒蝶〉から報告が届いた。

「先代ハルビオン国王の隠し子」に関する調査報告だ。

先王の愛人の名はサーシャ・コルトピ、豪農の娘。十年前、同居の父母、男児とともに賊に襲われて全員が死亡。当時八歳だった男児のみ、首を切り落とされ――その頭部は見つからず。

〈黒蝶〉内の共有情報とされたそれを、コニーに教えてくれたのは梟だ。

「よいのですか?」

主に情報の横流しをせぬように、と口止めされていたはずだが。

「一月《ひとつき》以上、情報回してない。コニー、よく休んだ。緊急時に備えるべき」

スレンダーな体を簡素な黒衣に包み、無機質で整った顔立ちの青年はそう伝える。

彼の独断らしい。コニーはにっこりと微笑んだ。

「緊急時に備える、まったくもってその通りです。怪我の完治していないガーネットですら、調査に出かけているのです。健康なわたしが、〈黒蝶〉として役立たずではいけませんよね」

隠し子調査には、ガーネット、スモーク、スノウの三名が出かけている。王都にいる〈黒蝶〉は、揚羽、梟、コニー、コーン、チコリの五名しかいない。梟は話を続けた。

「殺害された男児、先王の御子か、否か、確認取れてない」

「ですが、首がないのは持ち去られたと見るべきですよね」

執念深さを感じるその行為。長年にわたり、主に刺客を送り続けた女の顔が思い浮かぶ。

やりそうだ。しかし、仮にそうだとしても疑問が残る。国法において、庶子に王位継承権はない。つまり、現国王の元王妃、キュリアが危惧する〈息子と玉座を争う相手〉にはならないわけで……

そう話すと、梟がもうひとつ報告があると言った。

事件の八日前、フェンブルグ小聖殿が原因不明の火事で全焼。聖殿従事者六名が焼死。

これまた、きな臭い。先の件と関係がある？　聖殿は、聖人を祀《まつ》る以外は冠婚葬祭を執り行う場所で……あ。

気づいたコニーの顔を見て、梟はこっくりと頷いた。

「先王、婚姻してた、可能性高い」

先王は若い頃に王太后とは離婚している。だから、再婚も可能だ。正直、予想はしてなかった。

王族と農民の身分差婚。よほど愛し合っていたのか。聖殿で婚姻の儀式を執り行えば、生まれた子は正当な嫡子となる。王位継承順位は三番目——だからこそ、殺された。

蛇のような執念で、彼を見つけた元王妃。聖殿の関係者、及び保管された婚姻記録を燃やして、二人の婚姻と御子の存在自体をなかったことにしようとした。

「ぞっとしますね……」

すでに、幽閉地にいる元王妃を聴取すべく、人事室長が派遣されたらしい。国王命令だ。

現在二十八歳のアイゼンは十代半ばの三年間、近衛騎士団に所属していた。研《と》ぎ澄まされた白刃のような美貌を持ち、文武両道の近衛の中でもひときわ群を抜いていたという。そんな彼に、当時から元王妃のすり寄りはあったようで……思慕を抱く相手なら口を滑らせるだろう、という訳だ。

ふと、コニーは思い出した。以前、青色調査をした時のことだ。彼の私室にある暖炉に炭化した額縁があった。生活臭のしない部屋で、そこだけやけに強い思念を感じていたのだが……

後々、知った。彼のもとには、幾度も元王妃の肖像画が贈られていたということを。冷ややかにあしらっていたので無関心ぐらいに思っていたが、燃やしてしまうほど毛嫌いしていたのか。せっかく鬱陶しい女から解放されたのに、なんで自分から会いに行かなきゃならないんだ——といった心境だろう。気の毒に。

「元王妃、錯乱してる。証言取れるか……分からない」

梟の懸念に対し、コニーは尋ねる。

「事件当時の目撃者や、賊については？」

「目撃者なし。賊の情報なし。だから、情報屋、バットマッド探す。ボスの命令」

より確実な情報を掴むため、〈神出鬼没の情報屋〉を探す。元王妃が昔使っていたと思われる人物だ。変装が得意らしくなかなか捕まらないというが……別の情報屋から最近、王都にいるのを見かけたという情報がある。

「バットマッドは、ジュリアン様の暗殺未遂にも関与を？」

「関与した者、すべて捕縛済み」

――ということは、一度、王族暗殺に関わったあとに手を引いたということか。

バットマッドの特徴は、左手の小指が半分欠損しているため必ず手袋をしている。首筋の左側には、七センチほどの引きつれた傷痕。

「わたしも城下に出た時には探してみますね」

◆耐える義兄と企む令嬢

『ダグラー副団長の〈本命〉が暴漢に襲われ怪我をした――』

この噂を流して、三日が経《た》つ。

道を歩くだけで頻繁に、リーンハルトは女性たちに足止めされる。

彼女たちは心配する素振りで己の存在をアピールしてくる。貴族といえどその財産はピンキリ。三流の暗殺者にも気前よく大枚《たいまい》をばらまけそうな金持ち令嬢のみを、黒幕候補としてリスト化した。

コルセットで絞り上げた胸の谷間と、獲物を追うぎらつく目、彼女たちの様々な香水の匂いが混じり合う。

――吐き気がする、気持ち悪い。女人型魔獣ビオラスィートに追い回されたトラウマは、未だ健在だ。女性の集団に囲まれると恐怖で思考が停止しかねない。顔を確認する間に少しだけ受け答えをして、とっとと逃げる。だが、たまに出会い頭に飛びついてきたり、去り際も袖やマントを掴んで離さない令嬢もいたり……まるで着飾った野犬や猿のようだ。

義妹の提案は良い考えだと思ったが――思いの外《ほか》、心理的負担が大きい。予想しなかったわけではないが……

いや、暗殺者に狙われた彼女のことを考えたら、このぐらい何だ！　耐えろ！

この件以外にも、彼女は氷室に閉じ込められた。あれの犯人は、また別だ。

あの日、パイ作りの手伝いをして軍施設に戻ると、新人騎士らによる揉め事は実際あったと聞いた。だとすれば、自分が官僚宿舎から離れることになったのは、単なる偶然。その様子を窺っていた誰かが、故意に氷室に鍵をかけたことになる。官僚宿舎の周りには警備兵がいて、不審者は入れない。犯人は宿舎の住人だ。それも義妹と関わりがある――経理の同僚と見るべきだろう。

クロッツェは知っているのだろうか？　彼女には自力で解決しようとする気丈さがあるから、言ってない可能性も――

「リーンハルト様ぁ！　お久しぶりでございますわ～！」

鼻にかかったような甘ったるい声に呼び止められた。

城での会議を終えて、軍施設に戻るため北回廊の入口を出たところだった。左側からやってくるのは、日傘を差したややぽっちゃり美人。明るい赤毛が螺旋を描き、急ぎ足に合わせて軽快に揺れる。重そうな胸もゆさゆさ揺れる。また強烈なのが来た。

四ヶ月ほど前、リーンハルトが使う兵舎の仮眠室に無断侵入したことがある──夜這い未遂前科あり、伯爵令嬢キャリエル・フェズ・ボーン。すでに身元は調べてある。親が平民上がりの超成金、これも黒幕候補のリストに追加。ここで関わる必要はない。

すぐさま進路を右にとり駆け出す。

「お待ちになってぇ！　大事なお話がありますの！」

鈍足令嬢も日傘を持ったまま、必死になって追ってくる。しかし、リーンハルトの俊足に敵うはずもなく、あっという間に遠ざかる。

「〈本命〉様の──お顔の──お怪我のことでぇ──よいお薬がぁ──ありますのよぉ──っ！」

聞き捨てならない台詞に、彼は足を止めた。

……何だって？

ボーン伯爵令嬢のもとへ足早に戻る。レースのハンカチで顔の汗を拭いながら待っていた彼女は、にっこりと微笑んだ。

「──少し話をしようか。君に聞きたいことがあるんだ」

「嬉しいですわ！　ここでは何ですので、お茶を飲みながらでもよろしいかしら？　走ったせいか、喉が渇いてしまって……」

羽毛の付け睫毛《まつげ》をばささささせながら、上目遣いで媚びてくる。

舌打ちしたい気持ちを抑えながら、それに応じた。

☆

キャリエルは幼い頃に平民から貴族になった。

それは豪商であった父が、貧乏伯爵を金袋で殴って爵位を買ったからだ。

元々、贅沢には慣れていたが、やはり貴族の生活ともなるとそれは別世界だった。

豪華なドレスと宝飾に身を包み、絵本で夢見た騎士のいる社交場へと招かれる。だが、周りは爵位を買った平民を蔑む貴族ばかり。ボーン家を〈金の亡者〉と罵る陰口はついて回った。

しかし、社交界を制するのは金。流行の最先端を追える大金を持つ者だけだ。口先だけの矮小《わいしょう》貴族は、黄金の輝きを前にすれば浅ましい本性をさらけ出し、簡単に掌を返す。

なびかないのは、全てにおいて高みにいる者だけ。秀でた剣術に麗《うるわ》しい容姿。王太子騎士団の副団長であり、ダグラー公爵家の跡取り息子。彼こそ、自分の相手にふさわしい。

キャリエルの願いは彼の妻となり、将来的に公爵夫人となることだ。そのためなら何だってする。

騎士を買収して兵舎に潜りこみ、透けたネグリジェで夜這いをかけたこともあるし、彼の〈本命〉を抹殺すべく、相場の十倍支払って〈一流〉の暗殺者も雇った。

〈本命〉が何者かは誰も知らない。社交界にも出られないような地方の貧乏貴族？　彼の心を掴んで離さないのだから、とんでもなく美しい容姿に違いない。命を奪えないなら顔を傷物にするように、とも指示を出した。彼が愛想を尽かすように。

かねてから、父が言っていた。悪事を行う時には「捨て駒に出来る者を間に挟め」と。だから、情報屋を挟んで暗殺者に依頼し、直接会うのは避けた。

——結果、執務棟に放火した暗殺者は捕まったが、女は怪我をしたと噂で知った。火をかけられたなら、女も大変なことになっているだろう。彼によい薬があると声をかけると、これまで無視されてきたのが嘘のように、快くお茶の誘いを受けてくれた。

西中庭にあるあずま屋で、付き添いの侍女にお茶の用意をさせていると、彼は尋ねてきた。

「ちょっと気になってね。どうして私の想い人が顔に怪我してると思ったのかな？」

「先日のお茶会で聞いたのですわ」

「誰に？」

「出席されていた皆様、知っていたようですけど」

「そうなんだ？　あまり言い触らされると困るのだけど……」

そうですわよねぇ、お顔が醜くなられたのではねぇ。ふふ……

そんなことはおくびにも出さず、キャリエルはふっくらした頬に片手をあて、小首を傾げて見せた。己を一番美しく魅せる角度だ。

「皆様には口止めしておきますわね。そうそう、こちらのお薬を差し上げたかったんですの」

侍女に目線で指示して、薬の瓶をテーブルに置かせる。彼はそれを手に取り聞いてきた。

「軟膏のようだね」

「ええ、火傷痕によく効きますのよ」

こちらの気遣いに感動したのだろう、彼は微笑んだ。

キャリエルの心は浮き立った。今ならアレも受け取ってもらえるはず、と。

「それと、もうひとつお渡ししたい物がございますのよ」

再び侍女に合図を出して、赤いビロゥドの箱を彼の前に持って来させた。ずっと渡しそびれていたマクラメ編みの腕輪だ。御前闘技大会に出る彼のために、自ら作ったお守り。

去年まで、彼はどの子からも受け取っていた（その代わりどれも身に着けることはなかった）。それが今年はすべて受け取り拒否。その理由は言わずもがな。

キャリエルの腕輪には、守り石として最高級の宝石がふんだんに使われている。城下の大聖殿で、大枚をはたいて特別に祈祷《きとう》してもらったものだ。虹色に輝くそれは超豪華。きっと彼の心も動くはず――

「ボーン伯爵令嬢」

彼は箱の中を一瞥しただけだった。口許は笑みなのに、視線がやけに冷たく感じる。

あれ、どうして？　そう思っていると――

「確かに、私の大事な人は怪我をしたことになっているけどね。何故、火傷だと思うのかな？」

何か今、言葉に違和感があった。怪我をした……ことになってるって、え？

「そ、それも噂で――」

「彼女が火事場にいたことを、私は誰にも言ってない。なのに何故、君は知っている？」

そこでようやく自身の失態に気づいた。

『ダグラー副団長の〈本命〉が暴漢に襲われ怪我をした』という噂の中に、場所の情報はなかった。うっかり自分だけが知っていることまで話してしまった――早く誤魔化さなくては！

「え、ぇと……それはですわねぇ、どなただったか、お顔に酷い火傷をされた、と話しておられまして……」

『顔に怪我はしてないよ』

――最初から疑われていたのか。だから、探るためにお茶の誘いを受けたのか。マズイ、なんとかこの場をうまく切り抜けなくては――！

しかし、頭の中はパニックで真っ白になっていた。

「――も、申し訳ございません！　噂に翻弄されてしまいましたわ！　ご気分を害したなら謝ります！　悪気はなかったんですのよ、信じてくださいませ！　心より〈本命〉様のご快復をお祈りしておりますわっ、失礼しますごきげんよう！」

椅子を蹴ると、ドレスの裾を摑んで駆け出した。

どうしよう、バレてる！　なんで、どうして、どうしたら――

息を切らして背の高い生垣の道に飛びこむ。ばくばくする胸を両腕で庇いながら蹲《うずくま》り考える。

落ち着いて、大丈夫……まだ大丈夫、つい口を滑らせてしまったけど、まだ「噂で聞いた」で誤魔化せるはず！

自分が発信源ではない、と主張し続ければいいはずだ。暗殺者を雇った証拠は摑まれてない。彼らとは会っていないし、こちらの名も教えてはいない。

そうだ、あの情報屋をすぐに始末しなくては！　街のゴロツキに金を撒いて口を塞ごう！

だが、件《くだん》の情報屋が住むボロアパートを襲撃させるも、もぬけの殻で――その後も見つかることはなかった。

2　義兄と成り行きデート

四月二十二日

城下街で義兄に会った。何故か、お使い中は彼との遭遇率が高い。

彼も城下で巡回警備にあたることがあるので、偶然もあるだろう。だが、いつも同じ店に行くわけでもないのに……どうやって見つけてくるのか不思議である。

女中寮の不足備品を発注しての帰り道、裏通りを歩きながら義兄の話に耳を傾けていた。

昨日、彼がやりとりしたある令嬢について。

「あくまで噂のせいにして逃げられたけどね……間違いなく、彼女が鎌男や放火犯をけしかけた黒幕だよ」

一瞬、コニーはぽかんとしてしまう。驚くほど詰めが甘い。ずいぶんと残念な頭の……いや、もしかしたら、お茶に誘えたことに浮かれて、自身の悪事を忘れていたのかも知れない。

「やはり、ボーン伯爵令嬢でしたか」

「心当たりが？」

「そんな気がしていた、というだけなのですが……あなたへの凄まじい執着心を周囲に見せつけているると、同僚から聞きましたので」

一応、調べておいたが……あちこちでトラブルを起こしては、お金で解決している人だった。

「……聞くのが怖いけど、具体的にどんなことを？」

「あなたの〈大本命〉は自分だと。ベリーシスターズ三月限定のお菓子をあなたから頂いたそうで」

「ありえない！　虚言だよ！　私はあんなギラつく女に興味はないからね！　大体あれは最後の一品で——」

彼は慌てたようにかぶりを振り、必死に弁解してくる。そして——

「今、部下たちにボーン伯爵令嬢の周辺を調査させているんだ。彼女と暗殺者の仲立ちをした者を捕まえれば、それを証拠に罪に問えるよ」

この件は、執務棟の一部を焼失させたことで、国王からも早急の黒幕捕縛命令が出ている。

被害は書庫のみとはいえ、ここにしかない貴重な本もあった。また上階にまで類焼する危険性もあり、その場合、残業中の官吏や国の中枢を担う数多の書類が燃え、その損失は計り知れないことに——証拠が揃えば厳しい処罰が下るだろう。

「コニー、他にもお使いはある？」

「いえ、あとはまっすぐ城へ戻るだけです」

「じゃあ、送っていくよ。そろそろ昼休憩だしね。よかったら、これから一緒に食事をしよう」

にこにこと輝かんばかりの笑顔で誘ってくる。

コニーも同じく昼休憩——だが、義兄ファンの燃え盛る嫉妬に油を注ぐつもりはない。このまま彼と表通りに出るのは避けねば、と思っていたところだ。

「お断りします。揉め事はもうお腹いっぱいですので」

「大丈夫だよ、用意はしてきたから」

……何の用意？

すると、路地裏の石畳をぱかぱかと軽快な音を立てながら、翼を畳んだ白馬がやってきた。義兄の相棒だ。魔獣とは思えないほど穏やかな顔つきで美々しい。

「……このコ、繋いでなかったんですか？」

「リズは賢いからね。自由にさせておくほうが役に立つんだ」

鬣《たてがみ》と足元をふっさりと覆う真珠色の長毛、首飾りのように並ぶオパール色の鱗。彼女は体格も大きくて優美だ。銀色の大きな瞳でコニーをじいっと見てくる。傍までくると突然、鼻づらでコニーの肩を押してきた。何かせっつかれているような感じがする。

「なんです？」

「彼女も遠乗りに行くのが嬉しいみたいだね」

遠乗り……？

「って……えっ、今からですか⁉」

「空を飛ぶからすぐだよ。ほら、お弁当も用意してる」

白馬魔獣の背中に括りつけられた、一抱えもある蓋付きの籠。食べ物がたくさん入っていそうな……義兄はそれほど大食漢ではないはずだが。

「わたしとここで会ったのは偶然ですよね？」

「うん、偶然だよ」

「何故、そんなにたくさん用意してあるのですか？」

「私の邸の料理人に頼んだら、張り切って作り過ぎたみたいなんだ」

「そ……うなのですか？」

てっきり、わたしの予定を把握して準備してきたのかと思いましたが……

いや、それは無理だろう。コニーの仕事の予定はランダムに組んであるので、他人が把握するのは難しい。突発的に別の仕事を入れることもよくあるので、なおさらだ。

ただ、それでもこの人、よくわたしの居場所を見つけてくるんですけどね……

「一人じゃ食べきれないから。コニーにも食べてもらいたいんだ」

公爵家のお抱え料理人が作ったご飯ですか……

「それなら仕方ありません」

白馬魔獣に先に乗るようにと言われるが、コニーは後ろがいいと頼んだ。

お腹に手を回されるのが嫌なのである。何度か乗せてもらったことで、あの心許ない浮遊感にも慣れてきた。こちらから彼に摑まる形にはなるが、こっちのがましだ。

危ないからと渋る義兄に、「大丈夫ですから！」と押し切ると、彼は自身の翡翠のマントを外してくるりと丸め、白馬につけた荷袋にしまう。

「じゃあ、しっかり私に掴まってて」

風ではためくマントが邪魔にならぬよう、配慮してくれたらしい。

——意図せず、わがままを言った風になってしまいました……

白馬は翼を羽ばたかせて垂直に上昇する。路地裏を脱すると、空へと斜めに駆け上がる。落ちないように、彼の腹部に回した両腕。華やかな顔に騙されるが、腹筋がしっかりついている。足下を見れば、表通りでごった返す人々の群れが遠ざかってゆく。

高台にそびえる城の上空を通り過ぎて、旧貴族街の隅にある北街門へと一度降りる。その門を抜けて王都の外へ。そこから北西の山へと向けて飛ぶ。

着いたのは、山間にある湖を見下ろす白い岩場。急斜面に突き出たそれは、平たくどっしりと安定している。日差しに輝く碧瑠璃色《へきるりいろ》の湖面。両側の白い岩壁と、青々と茂る草木が半々のコントラスト——そこに春の美しさを感じる。

「素敵な眺望ですね。よく来るのですか？」

「城の騎士になってから、よく鍛錬に来ていた場所なんだ。最近はたまにしか来ないけど……」

北側にあるハラス山では、ボルド団長がよく剣稽古をしている。義兄もここが、個人的な修行場のようだ。

「魔法剣と私の腕力が合わさると、城の鍛錬場では被害が出てしまうからね。そこにある湖も、私が地下水脈を打ち抜いて出来てしまったものなんだ」

「それはまた……すごいですね」

やはり、若くして副団長に選ばれるだけのことはある。

お昼ご飯を食べることにした。敷物も用意していたらしく、彼がそれを広げる。その間、コニーは銅の水筒からカップにお茶を注いで準備。そして、わくわくしながらご飯の入った籠の蓋を開けた。中には丸くてぶあついパンが六個立てて入っていた。直径三十センチはあるだろうか、ボールを半分に割ったような形。田舎でよく作られるライ麦入りのパンだ。入っているのはそれだけ。

ずいぶんシンプルだな……と思っていると。

「食べにくいと思うから切るよ」

義兄は籠の隅に入っていたパン用ナイフを使って、ひとつを半分に切って渡してくれた。すると、その断面には様々な具が顔を覗かせた。パンの中身はくり抜かれ、そこには焼いて塩胡椒したお肉、パプリカ、サラダ、水牛の白チーズ、トマトにバジル。それらが美しい色合いの層になって詰まっていた。

なんて食べ応えのありそうな……ぱくりとかぶりつく。

「このお肉……ほろほろ鳥ですね！　美味しいです！」

鶏肉よりもコクのある深い味わい。別のパンの中にも、あっさりした味付きの七面鳥や、ハーブとバターソースの利いた羊など違うお肉が入っていた。ふつうのサンドイッチよりもボリュームがあり、満足感がある。義兄は一つだけ食べて残りを譲ってくれた。やさしい。

「この辺は標高が高いせいか、お花は見かけませんね」

食後のお茶を飲みながらそう言うと、彼はとてもご機嫌な様子で答えた。

「あと二ヶ月もすれば、いろいろな種類の花が満開になるよ。すごくきれいなんだ。そのときに、また一緒にここでご飯を食べよう」

緑と岩だけのこの場所が変わる。見てみたいと思った。

「ええ、楽しみにしています」

だから、自然に笑ってそう返した。彼は深海色の瞳をまるくしてこちらを見つめ返す。

それから食事の後片付けをしたあと、白馬魔獣に乗ると彼は告げた。

「少し寄り道をしよう、見せたいものがあるんだ」

「休憩時間がなくなりますよ？」

「ここからすぐ近くだよ」

岩場から下降し、湖の上を滑るように飛行した。ほんの数分で、人里近い丘へと白馬は降り立つ。

周りが一面、群生する雛菊に囲まれていた。さながら白い絨毯《じゅうたん》のようにどこまでも続く。

そういえば……彼の私邸にあった古い童話にはさまれた栞《しおり》。あれも雛菊だった。

公爵家子息である彼が野草を栞にし、朽ちても捨てずにいることから、大事な人にもらったものではないか――とあの時は思った。

「雛菊、好きなのですか？」

彼は頷いた。束ねた白金の髪がやわらかい春風に揺れる。

「私にとっては特別な花なんだ。この花をくれた人の言葉が、私を支えてくれたから。聞いてくれるかな、昔の話」

めちゃくちゃ真剣な顔。美味しいご飯をいっぱいもらった手前、「いや、早く帰りましょうよ～」とは、さすがに言えなかった。

彼に促されて、巨木の張り出した大きな根に腰を下ろす。

「子供の頃の私はとても気弱でね、まともな会話どころか、人と目を合わせることすら出来なかったんだ」

リーンハルト様が対人恐怖症……!?

意外な過去に、思わずメガネの下で目を瞠《みは》る。

「家庭教師も苦手だから勉強も苦手で。剣術にだけは関心があったけど……病弱だった母が暴力行為が嫌いでね、剣を習うことを猛反対されたんだ」

ダグラー公爵家は代々、王家を支える武家だ。驚きを隠せない。

「それは、公爵様がお許しにならなかったのでは……？」

「母が亡くなるまでの十四年間、静養地で暮らしていたからね。その間、あまり父と会った覚えがない。ただ、当時の私は父にとって、期待外れだったことは間違いないね」

雛菊がそよそよと風に揺れる。のどかな風景を見つめながら、彼は話を続けた。

「母には隠れてこっそり剣を振るっていたのだけどね。全くの自己流だったたし、いざ人間を相手にすると加減がまったく分からなくて。十一歳の時に、初めて招かれた王宮で大失態をしてしまった。

公爵家跡取りとして相応《ふさわ》しくない、と悩んだよ」

今の自信に満ちた彼からは想像もつかない。

「あなたが変わる転機があったわけですよね？　それが雛菊をくれた人、なのですね？」

いささかの興味を持って、コニーは尋ねる。

「そうなんだ。ここから少し複雑で、不思議な話になるんだけど……」

ん？

「落ち込んでいたその時期に、何度も同じ夢を見たんだ。雛菊野原と、兎《うさぎ》によく似た五、六歳の女の子が出てくる……彼女に励まされて苦手を克服することが出来たんだ」

そんな都合のよいことがあるのですか、と言いそうになっていると。

「だけどね、その助言はとても的確だったから……実在する人ではないかと思っている」

大失態をやらかした後、彼は王宮を飛び出して、王都で横行していた誘拐事件に巻き込まれたそうで。戻ってきた時には、雛菊を手にその間の記憶だけを失っていたという。

夢の幼女とはその間に出会ったのではないか、と考えているようだ。

──あの童話の栞は、その時のものなのですね。

「でも、それだと……花をくれた相手までは分からないのでは？」

「夢の中で手渡される場面があったから」

ちゃんと繋がっているのですね。

「私にとっての恩人なんだ。だから、再会を願って髪に願掛けしてるんだよ。お礼をしたいからね」

――さらっと言ってますが、髪に願掛けするってけっこうヘビー級の思慕ですよね？

そこでハッとする。もし、その女の子が実在しているなら、再会すれば義兄の関心はそちらに行くのではないか？　いや、絶対行くだろう！　これは僥倖《ぎょうこう》だ。彼女が義兄の本命となれば、某伯爵令嬢のような勘違いトラブルもなくなる！

彼は青い瞳を細めて言った。

「失敗を恐れて尻込みしそうな時には、いつも彼女の言葉を思い出すんだ」

どんな言葉を聞いたら、そんな気弱な子が女誑《おんなたら》しの自信家になれるのか。

コニーは興味津々で耳を傾けた。

「自分を信じてあきらめないで。きっと道は開かれるって」

――え。

覚えのある台詞に瞠目する。

それは子供の頃から、窮地で自身を奮い立たせるために言っていた口癖と同じ――

まさか……？

彼が十一歳ならコニーは六歳。奇《く》しくも彼の恩人と同年代ではある。だが、彼に会った覚えなどない。キラキラ容姿の貴族の子が記憶に残らない訳がない。そして、自分の幼少期も変わらず凡庸な容姿だった。兎のように可愛いなどとは言えない。

――きっと、ただの台詞かぶり。コニーは頭を切り替えて彼に尋ねた。我が身の平穏のためにも、必要な情報を得ておかなくては。

「その女の子について、名前も分からないのですか？　特徴とか」

「名は知らないけど……兎によく似た顔だったから、会えばすぐ分かるよ」

何か、表現がおかしい気がする。

「兎のように可愛らしいのですね？」

「いや、兎みたいな顔。それ以外に表現のしようがなくて……」

……本当にそうなら、群衆の中でも簡単に見つけ出せそうだ。

まぁ、夢ですし、イメージで脳内再生されている可能性もありますね……

城へと戻るため、再びリズに乗せてもらう。行きと同じく後ろで彼に摑まりながら――袖下に忍ばせた腕輪の魔除け石を、そっと押しつける。それには邪なものを浄化する性質がある。自分へ向けられた下心を浄化できないだろうか、と。

安全飛行する彼は、前方の清《す》んだ空を見つめたまま呟いた。

「君と一緒にいると、温かい気持ちになるんだ。ずっとこの時間が続けばいいのに……」

――効果はないようだ。

3　神出鬼没の情報屋

四月二十五日

「あ、コニー！　いいところに！」

迎賓館の前庭で掃き掃除をしていると、女中頭マーガレットが駆け寄ってきた。

「ミリアムに洗濯場で足りない備品のお使いを頼んだのだけど、違う袋を渡しちゃって……お金が入ってないの！　追いかけて、このお金を渡してくれる⁉」

几帳面《きちょうめん》な彼女にしては珍しい失態だ。手渡された小袋の中身を確認しつつ、不思議に思い尋ねた。

「お金が入ってないなら、すぐ気が付きそうなものですが……」

「それが、裁縫中だったから……うっかり金属ボタンが入った袋を」

つい先ほどの事なので、走れば城のある高台から城下に続く坂道で追いつくだろう。そう思ったが……坂道を下り切っても見つからない。もしかして、下働きの荷車にでも乗った？　だとすれば、すでに雑貨屋に向かっているかも。コニーは人気《ひとけ》の少ない路地裏を駆け抜けた。

そして、雑貨屋に辿り着くも彼女はまだ来ておらず。しばし、店の前で待つ。

「あら、コニーじゃない！　偶然ね！」

一本編みの金髪を揺らしながら、女中服姿の美女が近づいてくる。

事情を話すと、ミリアムは鞄から出した小袋を開けて、「ボタン！」と叫んで脱力。

「——来る前にちゃんと確認するべきだったわ、ありがとう」

銀貨入りの小袋を受け取って、彼女は礼を言った。

「どういたしまして」

「それにしても、追いつくの早過ぎない？　魔獣車で来たの？」

「裏道を走ったのです」

「コニーが言うと冗談に聞こえないわよ！　じゃ、用事済ませてくるわね。帰りは近くの食堂に行かない？　お礼に奢《おご》るわ」

もうすぐ昼の休憩時間でもあるので、快く頷いた。

雑貨屋に一緒に入って待っていたが、暇なので窓から通りを見る。人々で混雑する様子に、食堂も多そうだなと思っていると、窓の前を通り過ぎる老女がいた。背筋が伸びてしゃきしゃきと歩いているが、手には杖を持っている。元気そうに見えてもあの年頃になると杖はいるのだな、となんとなく目で追っていた。そのとき、視界にいる人々がどよめいた。

何事かと、その視線の方向を見ると――一台の魔獣車がすごい勢いで表通りを横切った。人混みのいるギリギリの位置を通過したため、押された人がいっせいに倒れて悲鳴や怒号が渦巻く。

コニーは店から飛び出すと通りの先を見た。暴走魔獣車は大型の魔獣車を避け切れずにぶつかり転倒。魔獣ごと横倒しになっていた。原因を探ってみようと、事故現場へと足早に移動したが、途中、倒れた人々が積んだパンケーキのようになっているのに出くわす。上の人間がどかないせいで、下敷きになった人たちが助けを求めていた。

コニーはそちらに駆け寄ると、一番上で手足をばたばたさせている重量級のおっさんを引きずり下ろした。彼に手こずっていた周りの人たちが、下敷きになっていた人々を助け始める。

コニーも老女の両手を掴み起こすのを手伝った。滑りやすい絹の手袋をつけていたので、しっかり握って――一瞬、感じた違和感。

老女は軽く頭を下げ、背を丸めて杖をつきながら人混みへと去ってゆく。

「コニー！　何があったの⁉　事故⁉」

雑貨屋から出てきたミリアムに声をかけられた。

「えぇ、魔獣車が暴走したみたいで……すみません、急用を思い出しました。寄り道するので、食事はまた今度お願いします」

コニーは人波をかき分けながら、あの老女を探す。

――王都にいる〈黒蝶〉は、神出鬼没の情報屋を探している。元王妃が使っていた人物で、通り名はバットマッド、変装が得意で、欠損した左手の小指を隠すため手袋をしている。首筋の左側に七センチほどの目立つ傷痕。

老女の手を摑んだ時、手袋越しに左小指の先がないのが分かった。それに四月なのに首にしっかり巻きつけた黒紗のショール、窓から見た時と先ほど見た時の歩き方の違い。

――黒です！　バットマッドに違いない！

だが、手を触ってしまったことで警戒されたのか、あっという間に姿をくらました。人通りの多い時間帯だし、事故で野次馬がさらに増えている。しかし、ここで諦めると思ったら大間違い。

――逃がすものですか！

陽が沈んで街灯のオイルランタンが点灯する。

日銭稼ぎで暮らす労働者地区にやって来た。少々ここの住民は気が荒い。そして、酒場も多い。

建物と建物の隙間にある地下への階段を下り、古びた木の扉を開ける。場所からして〈犯罪者の取引〉にうってつけの穴ぐらだと思う。薄暗い照明の店内。客は七人。一歩踏みこんだ途端に舐めるように見てくる。労働が嫌いなチンピラ臭を感じる。

さて、どれが〈彼〉だろう？　さっと店内を見回し、カウンター席に座ってこちらに背を向けている男に目を留めた。首に黒い薄手のマフラーを巻いている。近づくと、不自然に分厚い革の手袋をしているのが見えた。この人だ。

「見つけました」

コニーの声に、男はゆっくりとこちらを振り向く。綿毛のように丸く膨らんだ縮れ髪にタレ目。不機嫌そうに口角の下がった薄い唇。年齢は二十代後半。だが、全体から滲む雰囲気が老成している。特にその瞳には、世渡りに慣れた狡猾さが垣間見える。この姿も変装だろうか。

「誰？」

「先ほどは助けてさしあげたのに、お礼の言葉もなく去って行かれましたね」

「は？　アンタ何言ってんだ？　人違いだろ」

「老女に扮する演技力もいまいちです」

「頭おかしいのか？　帰れ帰れ」

しっしっと手で追い払う仕草をする。

「ずっとあなたを探していたのですよ。バットマッドさん」

相手の口許が一瞬、引きつったのを見逃さなかった。

「わたしの主は、あなたの持つ情報を求めています」

背後に金持ちが絡んでいることを匂わせると、彼はあっさりと応えた。

「……依頼があるなら、まず名乗れ」

コニーはにこりと笑みを作った。

「わたしの名はコニー・ヴィレです」

「——は……っ⁉」

タレ目を見開き驚愕の表情をするも——すぐに一転、男は笑い始めた。

「なんてこった！　マジかよ⁉　賢弟王子の飼い犬じゃねーか！」

一時期、コニーが〈黒蝶〉だと噂になったことがある。のちに、不運にも巻き込まれただけと周囲に認識されたが、一部にはこうして執念深く疑う者もいる。情報屋は情報の真偽を嗅ぎ分けなくては商売にならないからだろうが——この男は、噂の女中が間違いなく〈黒蝶〉だと確信していたようだ。顔は知らなかったようなのに。

「それは勘ですか？」

「火のない所に煙は立たねぇってな。当たってんだろ」

火元が見えなければ、普通は疑わないものだが。

「店主、奥の部屋借りるぜ」

彼はカウンターの中にいた男に小金を渡し、席を立つ。「ついて来な」と、コニーを誘導して奥の扉を開いた。そこには長い廊下があり、突き当たりに扉があった。その先には小部屋。地階なので窓はなく、テーブルと椅子が数脚あるだけ。密談用の部屋らしい。

「で、アンタの主は、こんなしがない裏町の情報屋に何を聞きたいって？」

こちらに椅子を勧め、向かいに座ったバットマッドは足を組んで問いかけてくる。

「この国の元王妃が、御子殺しに関与したかを知りたいのです。金貨十枚お支払いします」

男の顔色が、サッと変わった。

「悪いが、これに関してはいくら金を積まれても答えられねぇな」

「金貨十五枚でも？」

「オレはあの王妃に関わったせいで、生死の境を彷徨った。見ろ、この首の太刀傷！　最近までずっと国外逃亡してたんだぞ！」

バットマッドは首のマフラーを引っ張って、その傷痕を見せた。元王妃に証拠隠滅のため始末されそうになったのか。だから、彼女の幽閉を知って王都に戻ってきた——と。

「金貨二十枚でどうです？」

交渉のため、王都銀行で下ろしてきた金貨入りの袋を鳴らしてみせる。ちゃりんと澄んだ音。男はそれでも難しい顔をしていたが……突然、パンと両手を叩き提案してきた。

「じゃあ、呑み比べでオレに勝ったら話してやる！　その代わり、アンタが負けたらオレの質問に答えるのでどうだ？」

「わたしが質問に？」

「オレだけがリスクを負うのは、割に合わねぇ。〈黒蝶〉メンバー全員の情報を賭けろ」

——強欲。〈黒蝶〉は、今や次期国王の諜報部隊だ。謎に包まれているが故、その情報は千金にも値する。喉から手が出るほど欲しがる連中が飛びついてくるだろう。

「いいでしょう。受けて立ちます」

コニーは自身が酒に弱いことは百も承知だ。だが、チャンスを逃す気はないし、ましてや負ける気もない。ミリアムと一緒の時には、つい油断したが——気さえ張っていれば、寝落ちを避けられることは経験上分かっている。

男は部屋を出ると、酒瓶を数本と小さなグラスを持って戻ってきた。


一時間後。

——思った通り、緊張感が酔いを妨げた。男が酒豪でなかったのも幸いした。

軽い酒から段階的に飲み進め、最後に一番強い酒。

先に飲み切ったコニーが勝った。グラスをたんとテーブルに置き、催促した。

「さぁ、話してもらいましょうか！　漢《おとこ》なら勝負に二言はなしですよ！」

頭がぐらぐらして気持ち悪いが、ポーカーフェイスでそれを隠す。あと少しの辛抱だ。

「う、あぁ……わ、かった……」

バットマッドは、少々ろれつの回らない口調で話し始めた。要約すると——

現王の元正妃であるキュリア・ベリル・ハルビオン。彼女は十年前、八歳になる先王の御子に刺客を送るよう、マーベル侯爵に指示を出した。侯爵から依頼されたのは、一流の暗殺者の紹介。声をかけたのはゾーラ・ドーラという姉弟の暗殺者。その報酬を渡す条件が、御子の首を刈り証拠として見せること。賊の仕業と思われるよう御子の母、祖父母にいたるまで殺害した。

それらを悪びれた様子もなく語るバットマッドを、コニーは冷ややかに見る。

──御子は亡くなったあとに人外になったのだろうか。

王の子を名乗った〈影の子供〉について考える。元王妃を錯乱に追いこみ、マーベル侯爵を死出《しで》蟲《むし》の苗床にした。亡き御子が復讐しているなら、動機としても十分だ。

イバラが消滅させた〈影の子供〉は、見つけにくいほどに魔力も微弱だったと聞いている。あれは、切り捨て可能なトカゲの尻尾みたいなもので──復讐を達成するためにも、本体は別のどこかにいるのでは？　〈影〉〈影の子供〉……〈惑わしの影〉……

ネモフィラを攫った影はコニーを呑みこみ、惨劇の過去を再現する形で干渉してきた。コニーの心を負の感情で満たし、どうするつもりだったのか？　アレの正体が〈惑わしの影〉であれば、折れた心に囁くつもりだったのかも知れない。この状況から脱したいなら〈黒きメダル〉を手に取れと……

溺れた者は藁をも掴むというが、それを狙ったのだろうか。

すでにコニーの中で、すべての〈影〉は同一線上に並んでいた。

「──その後、ゾーラ・ドーラは行方不明になった。口封じに始末されたんだろうよ」

酒の力か、バットマッドはよく喋った。

「ホント、あの残虐極まりない権力ババアが幽閉されて、ホッとしているさ。そういや、最近も似

たような傲慢ブタ女に使われてさぁ～金袋を頭に投げつけられて～」

御子殺しにどれだけ関与しているか分からなかったし、逃げ足も速いので情報の引き出しを優先させたが――

こいつ、とんでもない悪党ですよね。御子殺しの片棒をがっつり担いでるじゃないですか。半殺しの上、牢にぶち込んでからの事情聴取でよかったと思います。早まったぁ――

そう感想を抱いた直後のこと。ぷつん、と意識はブラックアウトした。

☆

――なんてやつだ！　酒、強過ぎだろおおおおお！

バットマッドは、渋々、コニー・ヴィレの欲する情報を提供した。

もともと、〈黒蝶〉の一員だという噂が流れてきた時に、彼女のことは調べておいた。怪力があり、下働きでの相談役のようなことをして、〈万能女中〉という大層なあだ名がついている。だが女中を本業としている時点で、〈黒蝶〉としては役立たずなのだろう、とも。

世間では暗殺部隊と思われている〈黒蝶〉。あれは第二王子への暗殺を阻むために作られた課報部隊に違いない。女課報員の役割は、ほぼハニートラップだ。男を誑しこむ色香があり、酒が呑めないと出来ない。本格的な課報活動をしないこの女は呑めないと踏んだ。酔い潰して、〈黒蝶〉の情報を引き出し、反勢力に売りつければ金貨数百枚！　そんな目論見はパアになった。

しかし、女も限界だったようで、話が終わった途端にテーブルに突っ伏した。

「ガラにもなくハラハラしちまったが……楽しかったぜぇ」

女の脇にある金袋を、するりと盗《と》る。足音もなく入口に向かい扉を開けると、ニヤついた男が四人立っていた。入れ違いに室内へと押し入ってゆく。

助けてやる義理などない。むしろ後片付けが出来て好都合。

情報屋はこれ幸いと見捨てて帰ろうとする。この酒場にいたのは、人殺しも厭《いと》わないチンピラどもだ。豊かな王都とて影もある。他国から流れ着いた犯罪者は、明るい道にいる者を妬んで絶望の淵に叩き落とすのが大好きだ。あれだけ酔い潰れてしまえば、反撃も出来るわけが――

ドンッ！　ドゴッ！　ドオオン！

背後から、何か重い物体を壁に投げつける音が響く。

「ぎやあああああ!?」

「やめでぐでえええええ！」

野太いおっさんの悲鳴。酒場に出ていたバットマッドは、「え？」と後ろを振り返る。

あの女がカツカツと靴音を鳴らし廊下をやってくる。まったく乱れのない様《さま》に唖然とする。

酒場にいた酔客二人が、赤ら顔に下卑《げび》た笑みを浮かべて女に近づいてゆく。

「よぉ、ネェチャン！　オデの相手を」

直後に裏拳で横っ面を張られ、カウンターまで吹っ飛んだ。もう一人の男が血相を変えて拳で殴りかかるも、女はひらりと身をかわす。足をかけてすっ転ばし、その背中を苛立つようにダダダダダダッと高速で踏みつける。男は白目を剥いて伸びた。女はすっと足を上げて床に下ろすと、こちらに向けて手を差し出してきた。目を据わらせて。

「わたしの金貨、返しなさい」

「ハ……ハイ……」

気圧《けお》されて金袋を渡した。女はそれを受け取ると、もう片方の手で胸倉を掴んできた。

「アレは聞いてませんよ？」

金袋で顔を強かに殴られた。歯が何本か折れて飛んだ。

「盗みたいほど、大好きなお金で殴られて気持ちいいですか？」

「わ、わりゅが、った……！　酔ぃ、ぎゃ、まばって、で……」

女はにこやかに微笑んだ。

「酔うと手癖が悪くなると？　では、特別に手伝ってさしあげます。酔　い　覚　ま　し」

がしっと女に襟首を掴まれた。勢いよく階段を駆け上がり、店の外に出る。いきなり地面に転がされた。少し離れた場所から、女が無表情ですっと片手を上げて言った。

「行きます」

助走をつけて突進してくる。逃げる暇もない。鉄のような硬い靴が、横腹を抉るように蹴り上げてくる。ドガンと体が吹っ飛んだ。夜空を舞い、アパートの屋上を見下ろした瞬間――恐怖に耐え切れなくなって意識は途切れた。

4　黒歴史の爆誕はスルーで

ゆらゆら揺れる感覚に意識がはっきりしてきた。

暗闇に浮かぶ明かりが街灯だと気づく。それを見上げながら視線を左に移動させると、リーンハルトの顔も見える。なんで彼を見上げているのか。疑問符を浮かべながら、この状況を考える。

「お姫様だっこはイヤです！」

掠れた声で叫ぶと、彼は瞬きしてこちらを見た。

「少しの間だから暴れないで」

横からぬっと出てきた白く輝く馬面《うまづら》が、ふんふんとコニーの頭を嗅いでくる。なんだ？　と思っていると馬の背に乗せられた。これは白馬魔獣のリズだ。

「うしろがいいです！」

「ダメだよ、落ちるから」

「何故ですか！　この間はいいって言ったじゃないですか⁉」

「今日は絶対ダメ」

淡々とそう言われ、お腹に手を回される。うぷ、吐きそう。吐き気に耐えている内に、リズは空に舞い上がる。びゅうびゅう冷たい風が全身を吹き抜けてゆく。

――そうだ、お酒をしこたま呑んだ。あの情報屋とはいつ別れたんだっけ？　話を聞いたあとの記憶がまったくない。いつ、義兄が迎えに来たのかも。

「どうして、ここに……？」

「官僚宿舎を訪ねたら君がいなくて。君とお使いに行った同僚から、途中で別れたって聞いたよ。まさか、あんな治安の悪い路地裏で倒れているとは思わなかったけど……一体、何してたの？　リズが君の匂いを覚えていたから、見つけることが出来たけど」

心配して探しにきてくれたらしい。しかも路地裏で寝ていたのか――

白馬のゆるやかに舞う振動で眠気も襲ってくる。説明が億劫《おっくう》だ。彼なら、ちゃんと官僚宿舎に届けてくれる――そう考えたところで意識が遠ざかる。

☆

「官僚宿舎に着いたよ」

声をかけると、彼女はパッと目を開いた。白馬から下ろしてあげると、平衡感覚が摑めないのかフラフラしている。そして、息が強烈に酒臭い。

これは自分で呑んだのか、それとも誰かに呑まされたのか……

彼女が酒に弱いのは一目瞭然だ。やはり、自分から泥酔するほど呑むとは思えない。経緯を聞き出そうにも、青ざめて辛《つら》そうに口を押さえている。吐きそうなのか。抱き上げようとすると拒否。

「義妹なのでっ！　それは要りませんから！」

何故、そこははっきりと声を大に出来るのか。お姫様抱っこはそんなに嫌か。

「じゃあ、こっちに摑まって」

しゃがんで背中に摑まるようにと言うと、これには抵抗がないのか、ぽふっとしがみついてきた。背負って立ち上がると。

「義兄さーん、すみませーん、ありがとうございますー」

酔っぱらいのテンションに、義妹が壊れたようで心配になる。

「どういたしまして……君、ちょっと酒癖悪いんじゃないかな？」

「あー……昔ですねぇ……こんなキラキラした毛の……ちっさなネコさんに会ったんです……大きくなったら背中に乗せてって……約束をしたんですよー……」

白金の髪を間近に見てか、唐突にそんなことを言う。猫には乗れないだろう、と思わず苦笑。

「白金の猫？　珍しいね」

「……いえ、……っとちがう……白くて……銀のもようが……？」

官僚宿舎の広い庭を突っ切り、玄関を通って一階の彼女の部屋まで辿り着く。

「到着です！　下ろしてください！」

背から下りた彼女は、スカートのポケットから鍵を出す。それで扉を開けて中に入ると、右へ左へと大きく蛇行しながら進む。

「コニー、吐きそうなら水場へ行った方が……」

心配になってあとをついていくと、寝室に入った彼女はくるりと振り返った。

「大丈夫ですっ！　もう寝ますから！」

バン！　と目の前で扉を閉められた。勢いよすぎて跳ね返る扉。その隙間から覗くと、彼女は床に伏せて寝ていた。

「寝るならせめて寝台に――」

肩を軽くゆすると、ペシッとその手を払いのけて、彼女はむくりと起き上がる。

「それじゃ、お風呂に入ってきますのでお引き取り下さい」

真顔でそう言い、すたすたと去っていく。風呂で溺れるんじゃないかと心配になった。そのため、別の部屋で待つことも出来ず、脱衣所前の廊下で立ち尽くす。

最初は給水ポンプを動かす音が聞こえていたが、そのうちまったく水音がしなくなった。

「コニー、大丈夫かい？」

浴室と脱衣所の二重の扉越しに声をかけるが、返事がない。

「コニー？　まさか溺れてないよね？」

ノックをするが返事がない。しんとした中、ごくかすかな泡の音を聞いた。慌てて浴室に飛びこむと、彼女は頭の先まで水没していた。即座にその体を湯から引き上げる。脱衣所にあるタオルで包んで抱き寄せ、息をしているか確認。ほっと安堵の息をつく。

「こんなに手のかかる子だと思わなかったけど！　今後は絶対、お酒は禁止だよ！　……コニー、聞いてる!?」

「……んにゃ……」

「待って、寝ないで！　ちゃんと拭かないと！　私がやることになるよ!?」

「……すふー……」

頬をぺちぺち軽く叩いても起きない。完全に寝てしまった。濡れたまま放置も出来ず、タオルでその体の水気をふき取る。

女性の裸は見慣れているが、コルセットの締めつけで歪に細い腰とは違うな、と思った。余分な脂肪はない。自然でバランスのとれたしなやかな体つきだった。鼓動が速くなる。本人の断りもなく見てしまった後ろめたさ。罪悪感と背徳感がせめぎあう。あと、知られた時の彼女の反応が怖い。

何と弁解すべきか考えつつ、もう一枚のタオルで彼女の髪を乾かしていて気づいた。

「これは……」

彼女の左手首にある白い腕輪。白糸で編まれ一粒の乳白色の石がはまっている。編み方といい、ずいぶんとシンプルだ。

前に「編み物は得意ではない」と言っていたはず……つまり、これは不得意ながらも誰かのために作ったが、あまり巧《うま》く作れなかったために自分用にした……ということか？

――残念ながら、自分がその〈誰か〉だとは自信を持って言えない。

タオルにくるんだ彼女を抱き上げて、寝室へと移動する。

春といえど夜はまだ冷える。彼女を寝台に下ろして、窓際のチェストの中を探す。きれいに整頓されている。そこから夜着と下着を出して手早く着せた。どちらも黒しかなかった。

人に見せない部分を黒で統一……好きな色なのか。

寝台に横たわる彼女に毛布をかけて、これからどうしようかと考える。

実は大事な話があったのだが、朝までここで待つのはマズイだろう。頬ちゅーしただけで、三日もガン無視されたことがある。裸を見たり触れたり下着を着せたりした――などと知ったら、この枯れ女子は過剰反応するのではないか？　一生、存在を無視されそうだ。

酔っぱらいの記憶が曖昧なのはよくあること。義妹も風呂に沈んでからは目を開けていない。この件はなかったことにするのが良策だ。一度、兵舎に戻って仮眠をとってから、朝訪ねよう。

――だが、その前に、おやすみのキスぐらいしてもいいのでは？　ずっと忍耐の二文字を抱えているのだ。そのぐらいは許されても……

ふと義妹を見ると、その周囲に寝そべる黒猫たちがいた。いつの間に。

「……君たち、そこは私に譲るべきじゃないのかい？」

苦笑しつつ右手を伸ばすと、一番大きな猫がシャッと爪を出して猫パンチしてきた。

「私は明日から遠くに行くんだ。だから、今だけ大目に見てくれないかな？」

しかし、そんな切なる願いは通じない。目が威嚇している。

「「「「フゥーッ」」」」

他の四匹も小さな牙を剥き出し威嚇してくる。寝台脇に手をつければ、五匹がいっせいに立ち上がり、毛を逆立てて激しく鳴き始めた。抗議というよりも、もはや臨戦態勢。手懐け過ぎだろう。さっきまで姿を見せなかったのに……何なんだ。

「……分かったよ、降参。もう帰るから」

幸せそうに安眠をむさぼる彼女を一瞥した。

「……この猫たらし」

小さな護衛たちの威嚇に、でこキスさえ叶わず。彼はすごすごと退散した。

☆

四月二十六日

室内の空気が夜明けとともに白んでくる。

頭がガンガンする。これが俗に言う二日酔いか。コニーは自身を見下ろした。

夜着だ。着替えた覚えがない。記憶を遡《さかのぼ》る。情報屋との呑み勝負のあと――義兄に白馬魔獣で送ってもらった。部屋の鍵を開けたあとの記憶がない。義兄からたくさん小言をもらったような気もするが……だめだ、思い出せない。

とりあえず女中のお仕着せに着替える。

えっと……メガネはどこに置きましたっけ？

いつもはチェストの上に置くのだが見当たらない。居間？　先にチェストの引き出しからコルセットや靴下、ハンカチを出す。おかしい。きっちり整理しているので、取り出す時は右側からと決めているのだが、夜着と下着の左側に空きがある。昨夜《ゆうべ》、酔っぱらっていたし……間違えた？

昨日着たものを洗濯しなくては。それらは脱衣所で見つけた。床に落ちてるお仕着せが何だか酒臭い。使用感のあるタオル。浴室を覗くと冷めた湯が溜まっていた。へべれけになりながら、それでもお風呂に入ったのか。あ、こんな所に。

浴槽の中に落ちていたメガネを拾い上げ、エプロンで水気を拭きとりツルを耳にかける。

残り湯を使って洗濯を済ませると、玄関ノッカーを叩く音が響いた。取っ手を摑んで鍵がかかってないことに気づく。あれ、昨日、鍵をかけ忘れてた？　不用心な……

そう思いつつ扉を開けると、そこには白い騎士服に翡翠マントを羽織った義兄。

「おはよう、コニー」

「おはようございます……？」

「体調はどう？　これ、二日酔いによく効く薬」

紙に包んだものを渡してくる。こんな朝早くから、まめまめしい気遣いの男である。

「……ありがとうございます」

「うん。それで昨日、聞きそびれたけど、何だって慎重な君が、正体を失うほど泥酔していたのかな？　君、お酒に弱いよね？　誰かに無理やり吞まされたのかな？　それとも、もしかして自分で危険に突っ込んでいったのかな？」

矢継ぎ早に問われた。路地裏に寝ていた、という醜態をさらしている以上、心配性の義兄がその原因を教えろというのも無理もない。ご近所に聞かれては困るので、彼を玄関内に招いた。

「元王妃が使っていたという情報屋を、偶然見つけたのです」

それで追いかけたこと。酒吞み勝負で勝ち、十年前の先王の御子暗殺の経緯と、ゾーラ・ドーラという姉弟の暗殺者が関与していたことを伝えた。

彼はそれを聞き終えると、顔を片手で覆い深くため息をついた。

「コニー、君は無茶をし過ぎだよ……」

「ですが、これで元王妃の暗殺関与の裏付けは取れました」

すでに〈黒蝶〉長から情報は渡っていたようで、彼も御子の死は知っていた。

「死して人外に堕《お》ちる、という例は聞いたことないけど……何らかの形でそうなって、かつ自身の死因を知っていたなら、元王妃や王家への復讐を考えるのは自然だろうね」

「ネモフィラを助けた〈影〉がその御子のような気がします」

「何か確信でも？」

「あのとき、子供の含み笑いが聞こえたのですよ。あんな山奥で不自然です」

「もし、そうなら――以前、城に侵入した〈影の子供〉を裁定者が消滅させたと聞いたけど、ダメージがなかったということかな」

玄関の外がざわつく。扉の取っ手を掴もうとすると、義兄に止められた。

「待って、部下たちが私を探しているんだ。今見つかると、君に説明する時間がなくなるから」

「説明？」

「今日から、憑物士の討伐遠征に出るんだ。前に話したよね、西と南の辺境地で憑物士の集団発生が度々あるって。それが北と東にも広がり始めたから」

各地でも対応は行《おこな》っていたが、被害が拡大しているらしく。原因を探るためにも、中央から王太子騎士団が派遣されることになったのだという。

「帰還がいつになるか分からないから、直接伝えておきたくて」

青い瞳から放たれるスキスキ光線。顔に無を張りつけてそれを撥ね返すコニー。

「そうですか、お気をつけていってらっしゃいませ」

「私がいない間は、くれぐれも無茶なことはしないようにね！」

そこへ玄関ノッカーを叩く音。彼の部下が呼んでいる。リーンハルトは念押しとばかりに告げた。

「じゃあ、行くけど……今後、お酒は絶対禁止だよ！　いいね⁉」

そんなことは分かっている。路地裏で寝てしまうようなことは二度としな……

ふと、前にも同じ台詞を聞いたような気がした。義兄の深い青の双眸を見上げる。

『こんなに手のかかる子だと思わなかったけど！』

『今後は絶対、お酒は禁止だよ！　……コニー、聞いてる⁉』

『待って、寝ないで！　ちゃんと拭かないと！　私がやることになるよ⁉』

『寝るならせめて寝台に――』

『コニー？　まさか溺れてないよね？』

突然、脳内で再生される彼の声。泥酔時、忘却の彼方《かなた》に流されていたそれ。

何故、今頃思い出すのか。そう、あのとき睡魔に勝てず目を閉じていたが、声だけは闇の世界に降り注いでいた。一度だけ、頑張ってうっすらと目を開けもした。背中を向ける彼がいた。チェストの前にいた。手に黒いものを摑んで……

——あれって……わたしの下着⁉

チェスト内のおかしな空きや浴槽内のメガネ、玄関の鍵——不可解な点が繋がった。

彼が部屋にいるにもかかわらず、お構いなしに入浴し、あげく溺れて引き上げられた。さらには着替えまで彼に——なんという醜態！

彼を責めるべき？　それは、さすがに理不尽だろう。助けた手前、濡れたまま放置も出来なかっただろうし。何度も声掛けしてくれたのに起きなかったのは自分だ。夜中だから女性の人手も呼べない。穴があったら入りたい。いつもは口うるさい彼がそのことを注意しないのは、彼なりの優しさか。今、挙動不審になったらバレる気がする。ここはもう、スルーでいい。

この間、変に冷静さが働いていた。ずっと彼をガン見したまま固まっていた。

「コニー？」

彼が眉根を寄せ、怪訝そうに呼びかけてくる。何か、言わなくては。

「お勧め、頑張ってください」

コニーは理性を総動員して〈何でもない風〉を装った。

ばたんと玄関を閉める。遠ざかる靴音。

は　だ　か！　見られたああああああああああああ！

玄関の内側で丸まって悶絶する。次に再会する時、どうすればいいのか。

もう、義兄このまま帰って来なくていい――！

5　今はまだ、玉砕必至

四月二十七日

本日、コニーは午前が休暇である。午後から仕事なので、手間のないようにと女中服を着ておく。

これから、アベルのお供で出かける予定だ。近づく御前闘技大会に備え、「メンテナンス中の武器を店に取りに行く」というので、興味があったからだ。

以前、宰相の別荘地まで駆けつけてくれたアベルは、長剣を振るっていた。そのときに見せてもらった剣は、刃先にフィア銀が塗布されたもの。この鉱物は人外を仕留めるのに有効で、稀少でありとても高価。主に王族や高位貴族、一部の富裕層や、その護衛が所持する武器に使用される。

それだけのものを持っているというのに、自ら受け取りに行く武器とは……きっと、魔法剣のような特別なものに違いない。

その店は王都外にあった。王都の北街門を抜けて、北東方面の山道を魔獣車に揺られること小一時間。小さな町に着く。銅の看板には、魔法を象徴する六芒星と中央に剣。魔道具屋の中でも武器だけを専門に扱う、魔法武器屋だ。

さぞかしすごい物が陳列しているのだろうと期待したが、受付カウンターと応接セットがあるだけで、商品棚もなくガランとしていた。一見様《いちげんさま》お断り、なのだろうか。

奥から店主らしき老人がひょこりと顔を出した。帽子を取って恭《うやうや》しく挨拶をする。

「クロッツェの若旦那！　お久しぶりでごぜえます」

「預けておいた魔獣槍を取りに来た」

――魔獣槍？

「おぉ、今年も御前闘技大会に出られますか！　少々お待ちを」

今年……も？

コニーは隣にいる彼の顔を見上げた。

「去年も出場されていたのですか？」

「あぁ、ジュリアン殿下からの要望があったからな。去年は経理を立て直している時期だったから、さすがに勘弁してほしかったが……」

「大変だったのですね」

……あれ？　けっこうな腕前のはずなのに、十位内に彼の名前はなかったような。

先ほどの店主が細長い金属製の箱を抱えて戻ってきた。御札がベタベタと貼り付けてある。

「いつも通り、こちらもお付けしておきますんで」

箱に貼ってあるのと同じ御札の束を、箱と一緒にカウンターに置く。アベルは彼に尋ねた。

「状態は？」

「月一で魔力を与えておりますんで。あぁ、でも今月はまだですな。暴れてはいけませんので……

魔力玉もひとつお付けしましょう」

「それは予備にもらっておこう。憑物士でも狩ればいい。ここからだと、どこが近い？」

店主は胸ポケットから、薄くて四角い金属板のようなものを取り出した。それを壁に向けると、光が照射され地図が現れる。魔道具らしい。赤い点が二つあるのを見ながら彼は答えた。

「町の東門を出て真北へ五、六キロの所に二体おりますな」

「分かった」

いろいろと気になるやりとりだ。コニーが注視する先で、店主はまた奥の部屋へと下がる。

今度は拳大の木箱を持ってきた。アベルは代金を支払い、二つの箱と御札の束をまとめて持つと、コニーを店外へと促した。そして、御者台で待機する従者ニコラに、「東門を出て真北へ」と行先を指示する。

「かしこまりました」

魔獣車に乗りこむと、コニーは箱に仕舞われた武器について尋ねた。

「中身を確認されませんでしたが、よろしかったのですか？」

ふつうは受け取り時に確認をしそうなものだが……御札付きなので、取り扱い危険物なのかも。

空気を読まず「見せてください！」とは言えない。

「これは魔獣の角で作られた槍で、魔獣の魂魄《こんぱく》が宿るものだ。ちょっと騒がしいやつだから、用のない時は札で眠らせている」

「……騒がしいのですか？」

「よくしゃべるからな」

「武器がしゃべるのですか！　それなら意思疎通が出来るということですよね、すごいです！」

「いや、そんなによいモノではないな。ひたすら煩《うるさ》いというか……」

興味深げに魔獣槍入りの箱を見つめていると、彼は説明をしてくれた。

「魔力のない俺でも使えるものだが――魔力を糧《かて》とするため、飢餓《きが》が強くなると暴走したり、使い手が病んだりとリスクが大きい。だから制御のためにも時々、魔力の補塡をしないといけない」

魔力が多い者なら自身の魔力を与えればいい。だが、それが十分に無い場合、魔力のあるもの――例えば憑物士等を斬れば、その魔力を吸収できるのだという。しかし、多忙なアベルは王都外へ出る暇がない。故に、店に預けて管理してもらっていた、と。

彼は拳大の箱を開けて見せる。丸い硝子玉がひとつ。中で蒸気のようなものが揺らめいて光っている。

「他には、こうした硝子玉に封じた魔力を、魔獣槍に叩きつけて割り、吸収させることでも魔力の補塡は出来る。しかし、魔力玉は高価だからな……万が一のためにも予備に取っておきたい」

「――なるほど。それで、これから憑物士を狩るのですね」

アベルは頷く。

「貴女はニコラと魔獣車の中で待っていてもらいたい」

「承知しました」

二十分ほどゆるやかな山道を上って下り、道は平らになり鬱蒼《うっそう》とした森の前で魔獣車は止まった。

ちょうど、コニーのいる窓側から五十メートルほど先、森の中に見える歪な人影。

「女性……？」

遠目にもワンピースを着ているのが分かる。手足が異様に長くゆらゆらと揺れている。常人の二倍以上ある――異形だ。

「コニー、耳を塞いでくれ」

アベルの指示に、コニーは自身の耳を両手で塞いだ。ビッ！　彼は箱の御札を破る。

蓋の隙間からまぶしい光が噴き出す。燦然《さんぜん》と輝く槍が宙に浮かび上がり――それは、魔獣車が揺れるほどの怒号を発した。

「主殿《あるじどの》おおお！　酷いのであるううう！　一体、いつまで拙者《せっしゃ》を放置しておく気でござるかあああああ!?」

時代がかった野太い男の声で、ビリビリと空気を震わせる大音量。

「毎年毎年、闘技大会が終わると用無しとばかりに狭い箱に封じて！　一体、拙者が何をしたというのでござるかあああああああ!?」

耳を塞いだアベルが、すごく嫌そうな顔をしている。そして、宥めるでもなく一喝した。

「愚痴はあとにしろ！　戦闘準備！」

「ハッ！」

その言葉に、ぴたっと魔獣槍は嘆きを止めた。サッと気持ちを切り替えたのか。

「――この気配、悪魔憑きか！　餌の分際で身の程知らずなやつめ、討ち取ってくれよう！　主殿、いざ参らん！」

やる気満々でアベルの手に、すっと収まった。

騒いでいる間に、女憑物士は長い手足を繰り出しながら、猛然とこちらに近づいてくる。四つん這いだが、その動きは獣というより虫のようだ。魔獣車を飛び出したアベルが、魔獣槍を手に突進する。とたんに、女憑物士は言葉にならない奇声をあげた。蜘蛛《くも》のようにぴょーんと飛び跳ねて後退し、森の中へと慌てて逃走を始めた。すかさずアベルは追って仕留める。

「まだ向こうにおるぞ、主殿！」

かなり離れているのに、ばかでかい魔獣槍の声が辺りに響く。アベルは一度こちらを振り返り、空いてる片手で「行ってくる」と合図を出して、森の奥へと駆け出して行った。

御者台から下りたニコラが、魔獣車の扉を開けて中に入ってきた。赤みのある短い茶髪につり目の彼は、十四歳ながら多方面でアベルをサポート出来る賢い少年だ。ポケットから懐中時計を出して時間を見る。五分ほどして、遅ればせながらコニーは重大なことに気がついた。

「そういえば……アベル様はけっこうな方向音痴でしたよね？」

「魔獣槍が道を覚えてるので、大丈夫です！」

「そうですか、では問題ないですね」

「はい」

それから待つこと四十分。

「どこまで行ったのでしょう」

「アベル様、ちょっと遅いですね」

「魔獣槍をどこかに落として迷った、なんてことは……」

「ははは……コニーさんは心配性ですね。ぼく、ちょっとその辺を見て来ますね！」

やはり心配になったのだろう。ニコラは一度、魔獣車を出ると扉と窓に、先ほどアベルが購入した御札を数枚貼り付けた。

「これ、魔除けの結界にもなりますから。コニーさんはここを出ないでくださいね」

そう言って剣を携え、森の奥へと走ってゆく。

現在、午前九時半。午後一時から仕事があるので、それまでには城に戻りたいのだが……しばらく待つも、何の音沙汰もない。さらに小一時間ほど過ぎた。ニコラと一緒に行けばよかった。ちょっと暇過ぎる。外は陽気、密室の空気もふんわり包みこむような暖かさなので、うっかりウトウトしそうになる。

いけない、と頭を左右に振って眠気を散らす。

アベル様が魔獣槍を使っている姿を、もう一度見たかったですね……

そこでふと、思い出した。例年の御前闘技大会に槍の使い手がいたことを。

仮面で顔を隠した二十代半ばの赤毛の青年。鍛えられた鋼《はがね》の体躯に紳士的な言動。名を明かさず〈仮面騎士〉と名乗り、三年連続二位。

遠目で槍の細部までは見えなかったけども、闘技場の一部を破壊するほどの威力を放っていた。

あれは魔法の発動では？　髪色なんてヅラ被ってしまえば簡単に変えられるし――

主からの要望で正体を隠しての出場となれば、おそらく理由はアレだろう。上位を第二王子派が埋めてしまうと元王妃が怒り狂う。暗殺回数も増えて厄介だ。それで、派閥に属さない人物を投入し、パワーバランスを調整していた、と。三年連続三位の義兄よりも実力が上だと気づいた。

――リーンハルト様は知っているのでしょうか？

何かと彼に突っかかっていたし……知らなくても無意識にライバルだと感じ取っていそうだ。

窓をコツコツと叩く音で我に返る。振り向くと微笑むニコラがいた。

「開けてください」

コニーは軽く目を瞠って相手を見た。ニコラの瞳は薄黄色のはずなのに、その人は夜沼のように真っ黒。しかも白目部分がない――異形。だから扉の御札を剝がせない。本物はどうした？

突如、閃光が走り窓に張りついた異形が燃えた。たちまち本性を現したそれは、牙を剝きだしたトドのような顔になり、腕には蝙蝠《こうもり》のような皮膜が現れる。と同時に、窓から引き剝がされるように吹っ飛んでいった。アベルが魔獣槍で貫き、そのままぶん投げて茂みに捨てたようで――

「遅くなってすまない」

彼が焦った様子で御札を剝がして扉を開ける。

「わたしは大丈夫です。それよりニコラは？」

「ここにいます！」

草をかき分けながら出てきた少年。その瞳は薄黄色。始末された憑物士は幻術を使えたので、攪《かく》乱《らん》され仕留めるのに手間取ったらしい。あの変に黒々した目で異形と分かりそうな気がするが、距離を取られるとその違和感には気づきにくいのかも知れない。

魔獣槍が声を発した。

「戦場におなごが来るなど論外！　たまたま幻術に引っ掛からなかったようだが、足手まといでござる。主殿の足を引っ張るなど言語道断！」

何か絡んできた。

「たまたまじゃないですよ。確実に異形だと気づきました」

「気づいたところで対処できぬであろう！」

「コレのことは気にしなくていい、さぁ、帰ろう」

アベルがコニーにそう告げると、それが面白くなかったのか魔獣槍は腹立たしげに言う。

「他にも餌がおったのに！　おなごを危機に晒してはならんと、主殿は狩りを断念したのだ！　主殿の邪魔をしおって！」

コニーはニコラに時間を聞いてから、視線をアベルに向けた。

「まだ時間はあります。わたしのことは気にせず狩りをしてください」

「五体狩った、十分だ」

まだ食べ足りないという魔獣槍のわがままか。魔法武器屋の店主は、近場にいるのは二体と言っていたので、遅くなったのはかなり遠くまで足を運んだせいのようだ。アベルの方向音痴を利用した感もある。魔獣槍、姑息《こそく》。

車内の席にアベルが着くと、御者台のニコラが魔獣車を発進させる。

魔獣槍はまだ不満をぐちぐちと続けていた。

「そもそも何故ついて来たのだ！　もしや、主殿に懸想しておるのか！」

アベルがうんざりした顔で、彼を箱の中に入れる。コニーは答えた。

「わたしは経理室長である彼の部下です。今回は、あなたに興味があったのでお供させていただきました」

「エプロンをつけた官吏がおるわけがない！　拙者をダシにするとは何事だ！」

これはなかなか……頭の固い経理官ガンツと気の合いそうな槍である。

「女中との兼業です。それから、わたしは懸想などしていませんし、アベル様には貴族の想う方がおられますよ」

「!?」

アベルはバンッと箱の蓋を閉じると、すばやく御札を貼りつけた。しんと魔獣車内が静まり返り、ガラガラと車輪の音だけが響く。彼は重々しく口を開いた。

「コニー、それは……違う」

え、違う？

「ですが、以前、気になる女官がいると仰ってましたよね？」

「あぁ、言った」

「あのゴシップ好きな太めの女官ではないので？」

彼は首を横に振る。もしかして、想い人が変わったのか。例えば、あの短期間に二度も高額の贈り物をしていた――

「では、領地にいる従妹《いとこ》様だったりします？」

「違う。どこからそんな発想が……あぁ、一緒に贈り物を選んだことがあったな。彼女は弟の婚約者だ。それ以上の感情はない」

彼はいつになく真剣な面持ちで、対面の座席から身を乗り出すようにして言った。

「俺は弟の婚約者にも、ゴシップ好きな太め女官にも興味はない！　断じて！」

「……分かりました」

今は想い人はいない、ということのようだ。意外だが、熱しやすく冷めやすいタイプなのだろうか？　魔獣槍は彼の相棒だと思ったので、つい喋ってしまったが……今後はこの手の話題は口を閉ざした方がよさそうだ――そう思っていると。

彼は膝の上で両手の指を組んだり離したりと、そわそわと落ち着かない様子。

そして、思い切ったように話し出した。

「実は、貴族ではないのだが、ジュリアン殿下から勧められた女官がいる。なかなか手強くて……異性として見られていないと常々感じている」

あ、気になる方はいるのですね。それもやはり女官。

「どうしたら振り向くのか、夜も眠れない……」

「まあっ、アベル様ほどの方を袖にするなんて、信じられません！　見る目がないのですね！」

彼は困ったように小さく笑った。いつもは泰然としている彼だが、憑物士狩り後のせいか、少しだけ疲れているように見える。

夜遅くまで仕事に追われているのに、眠れないなんていけませんね！

色恋沙汰は得意ではないが、何か解決すべくお手伝いが出来ないだろうか、と考える。

「匂わせ的なセリフでは、気づかないのかも知れませんね。ここはひとつ、ズバンとお相手に想いを打ち明けてみてはどうでしょう？」

「……今はまだ、玉砕必至な気がするな」

そんなに気位の高い女性なのか。あるいは、自分と同じく色恋に枯れているのか……

『――彼も君に興味がある』

以前、義兄が言った言葉を、ちらと思い出す。

いやいや、さすがに主といえど、辺境伯子息に自分を薦めたりはしないだろう。

コニーはすかさず思考に蓋をした。

四月二十八日

午後四時。執務棟二階の資料室にて、小休憩中。

コニーは持参した銅の水筒に入ったお茶を飲んでいた。書類にかかったりしないよう、机の上はきれいに片付けてある。ほっと一息ついていると、前触れもなくおっさんが乱入してきた。

「地味子ちゃんでもえーわ、お茶しよ〜」

四ヶ月前、食料貯蔵庫を荒らした罪を償うべく、一階書庫の裏倉庫で働くパッペル・ドジデリア。廃王子ドミニクの元教育係でもある。

「飲み終わったところです。お引き取りください」

以前は枯れ木ジジイにしか見えなかったが、毎日、官僚食堂で腹いっぱい食事をしているらしく、肌つやもよくなって皺も伸び年相応の五十代に見える。

「男ばっかりの職場はつまらんのじゃ〜、豚子《ぶたこ》ちゃんらも今日は来んし〜」

太めの女性に魅力を感じる彼は、書庫に訪れる太めの女官らを追い回していると聞く。ちなみに豚子ちゃんはその総称だ。コニーにしてみれば、お前でもええわと妥協される筋合いはない。

「これから仕事です。お引き取りを」

「頭を使いっぱなしじゃあ、作業効率が落ちるぞ〜。休憩は取れる時に取ってやらにゃ〜」

なんかまともなこと言ってる。しかも、手にやかんを持ってきている。「わしが作ったお茶じゃ」と、机の上にカップをふたつ並べてお茶を注ぐ。「変なもんは入っとらんぞ」と、彼はひとつをとって口に運ぶ。

コニーはそれには手をつけず、何しに来たんだろうと思い尋ねた。

「何か用があるのですか?」

「おう、ちょっとな、昔話を聞いてほしゅうて」

「わたし、暇じゃないのですよ?」

「頭休ませついでに、耳を傾けてくれるだけでいいんじゃ～。わしの武勇伝！」

といって語り出したのが、阿呆《あほう》のドミニクに教えていたのは、兵法や軍の指揮の仕方だったということ。

「え？」

この国で教育係になる前は、他国で軍の指導をしていたという。若い頃にはいくつかの作戦で自国に攻め入る隣国を退けたり、敵将を捕まえる罠を仕掛けたり、兵糧攻めを打破したり——と結構な経歴の持ち主だった。

「学者じゃなかったんですか？」

「学者であり元軍師！　わしのすごさを思い知ったか！」

「ホラ話ですよね？」

「ま～実を言うとな、わしの父が偉大な軍師でな。わしに大した軍才はなかったんじゃが……」

「やっぱり」

「早世した父が残した手記を使ったんじゃ。それには数多の作戦のアイディアが記してあってな。最後は……ん～、ちょおっと作戦に失敗して、エセ軍師と呼ばれたがのぅ～」

なんだ、それ。一気に真実味が増したではないか。コニーは彼の背後に回り、逃がさぬようその襟首をガッと掴むと、隣室にいるアベルのもとへと引きずって行く。

エセだろうと、一度は軍師の地位に就いた者を野放しになど出来るわけがない。国にとっても危険だ。彼の記憶力のよさは、城の隠し通路の暗記で実証済み。偉大な軍師の手記とやらも、丸暗記してるに決まっている。こんなヤバイおっさん、自由にしちゃだめだ。

話を聞いたアベルは、彼の上官に当たる書庫の司書と話し合い、軍の監視下に置くべきと結論づけた。

「名残惜《なごり》しいですが、さようなら」

「めっちゃくちゃ嬉しそうじゃな！　いや、ちょっと待て！　女っけのない軍なんぞ御免じゃ！」

ハンカチをひらひら振りながら、警備兵に連行される彼を見送った。

王太子が旅先から戻って処遇を決めるまで、とりあえずは軍施設内の鍵付き反省室に入ってもらうことに。まともな食事も出るし毛布もあるので、仮牢よりは待遇もよい場所だ。

口は災いの元というが……それにしても軽過ぎではなかろうか。

一抹の疑問を抱きながらも、コニーは仕事に戻った。

三章　昏《くら》き道をゆく人々

◆黒き謀略、始まる

四月二十八日

国内各所で憑物士の群れが発生した。騎士二百名と魔法士五十名が、討伐のため王都を出ることになった。両者混合での一隊五十名で組み、各地へ分散し対応する。

とある山間の夜、どこからかホーホーと鳴く鳥の声。

「――骸《むくろ》を食べる、巨人？」

リーンハルトは怪訝な顔で、報告に来た騎士に問い返した。

一月《ひとつき》ほど前から領地の兵による駆除もあり、憑物士の屍《しかばね》の小山があちこちにあるのだが――それを食べる〈巨人〉がいるというのだ。

「はい、一週間ほど前に、ここから近い山小屋にいた猟師が目撃したとのことです。身の丈が山小屋をゆうに超えるぐらいはあり、夜明け前に忽然と消えた、とも」

「……どこかで似たような話を聞いた気がするな」

すると、近くにいた新人の騎士が恐る恐る手を挙げて言った。

「あの、副団長。もしかして、それは地方伝承のことではないでしょうか?」

田舎では、似たような巨人による墓荒らしの怪談がよくあるのだという。

――そうだ、何年か前の夜会で酔った田舎貴族が言っていた。作り話かと思っていたが。

「だが、それは憑物士なんだろう?」

「生きた人間は襲わないそうです。そして、現れるのも夜間だけで、闇に溶けるように姿を消すのだと聞いたことがあります」

人間を見れば、機を見て襲撃してくるのが憑物士だ。骸だけ食すというのは何なのか。

翌日、立ち寄ったいくつかの村でその噂を調べた。隊の中には魔法士が十名ほどいる。魔法で手紙を飛ばしてもらえるので、各地にいる別隊との情報交換もスピーディだ。

それで分かったことは、この怪奇な話が十年ほど前からあること。件《くだん》の死体漁りの巨人は同じ場所に続けて現れないため、存在は知っていても魔法士でも狩りにくいらしい。男だったり女だったり、少なくとも二体はいるようだ。各地の話を繋ぎ合わせると、年々少しずつ大きくなっていたが、今年の三月からは急速に巨大化していると――

「――駆除された憑物士を大量に食べたせいか?」

嫌な予感がする。これは危険の兆候ではないのか。城へ知らせるべく、魔法で手紙を二通飛ばしてもらった。宛先は国王と〈黒蝶〉の長だ。

夕方、二十体ほどの憑物士の駆除を終えた。こちらは攻撃魔法に耐性のある鎧をまとっていることもあり、手こずる個体もいなかった。軽傷者のみ二名。

夕方、薄桃色の空気が辺りを染める。人里が近くにないため、夜営の準備を部下たちに指示した。

ふいに、誰もいないはずの方角から視線を感じて振り返る。暗い木陰に女性が立っていた。

そのシルエットはよく見知ったもの。義妹に似てる？

「君……」

少し近づいて気がついた。色彩がない。影が右手をひらりと伸ばし、子供のような声を発した。

「リーンハルト・ウィル・ダグラー」

とたんに四方から影が立ち上がり、黒い箱のように視界から夕焼け空を遮断する。

握っていたはずの魔法剣が忽然と消え――戸惑う部下たちの声も、闇の中に消えていった。

☆

四月三十日

「明後日の夕方には王都に着きそうだね」

王太子ジュリアンは、友好国の訪問をつつがなく終えた。

人目を避けて故郷ハルビオンの国境を越え、立ち寄った村で一泊することに。

供の騎士団長ジン・ボルドと、選《え》り抜きの騎士八名。その内の五名が宿に入り、残りは村の周辺に異常がないか見回りに向かった。

不愛想な女将《おかみ》に案内された部屋に入ると、ジュリアンは荷物から出したお土産をチェックする。

旅立つ前、コニーと交わした会話を思い出していた。


『コニー、お土産は何がいい？』

『妃殿下へのものをお求めになってはいかがでしょう』

新たな人外の敵を危惧して、いまだ城に呼び戻せない妃のことを彼女は気遣う。

『妃の分はもう決めてあるよ。だから、遠慮なく言って』

『……特には』

『あるんだね？　言ってごらん』

少し言い淀んだので、おそらく欲しいものがあるのだろう。何度か押し問答をしたのち、彼女は根負けしたように言った。

『ええと、では、その、高滋養の携帯食というものがあれば……』

『高滋養の携帯食？』

『――いえ、やはりいいです。忘れてください』

何故そんなものを、と思ったが……前の潜入捜査で異次元に嵌まり遭難したことがあったからだろう。〈黒蝶〉が減った以上、また王都を出ることがないとも限らない。備えあれば憂いなし、という彼女らしい考えだ。人よりたくさん食べる彼女だからこそ、言い淀んでいたが……別に変だとは思わない。珍しい昆虫の抜け殻や化石を所望する、学者気質の我が妃に比べたら。

——彼女たちへのお土産を渡す時が楽しみだ。

「夕食までまだ時間はあるし、少し散歩をしてこようか」

荷物を置き立ち上がろうとして、ふと思う。

ここまでの旅路が「人生初」と言えるほどに順調だった。だからこそ、懐疑心が湧く。

これまでは、外出すれば必ず暗殺者が待ち構えていた。人外による奇襲もなかったわけではないが、蹴散らせる程度のもの。旅の終わりも近い。そろそろ仕掛けてくるかも知れない。

——何か起きた時に、これらを渡せなかったら後悔してしまうな。

妃とコニーへの土産を荷袋から出し、腰のベルトポーチやマントのポケットの中へと移した。少しかさばるが重いものでもない。

「これでよし」

宿から出ると、ボルド団長が供についてきた。

森を背に石造りの民家が立ち並ぶ。村の真ん中を流れる川では、子供たちが釣りをしている。杖をつきながら散歩する老人、赤子を背負ってあやす少女。庭先で薪割りをする男に、少し離れた井戸では水を汲みながら雑談している女性たち。夕餉《ゆうげ》のいい匂いが漂ってくる。

長閑《のどか》な風景の中、大きな夕陽を見ながらボルド団長に尋ねた。

「君は誰かにお土産を買ったのかい？」

「ヴィドルフに美味《うま》そうな牛骨をな」

彼の魔獣は青藍《せいらん》の翼をもつ巨大な狼だ。忍び旅をしていたので、移動中は目立たぬよう、特注のマスク付きマントで頭から全身を覆っていた。しかし、本人はそれが嫌ですっかりやさぐれてしまっている。それで、国を渡るごとに牛骨で機嫌を取っていたのだと、ボルド団長は話す。

「グルメになっちまったからなぁ。気に入った牛骨を買って、城に送っておいた」

どうやら彼はヴィドルフへの愛が深いようだ。土産を渡したい人はいないのかな？　とジュリアンは苦笑する。

ふいに、ゆるやかな風に混じって焦げた臭いがした。

「ん？　シチュー鍋の底を焦がしたみてぇな臭いだな」

どこかの家が料理でも失敗したのだろうと思ったが、その臭いはだんだんときつくなってくる。

道の向こうから犬が一頭、狂ったように走ってきた。ボルド団長はジュリアンの前に踏み出すと、歯牙を剝いて躍りかかるそれを拳で殴り飛ばした。犬は川べりの茂みへと落ちてゆく。

――今、鳴かなかった。

「君、ちゃんと手加減した？」

「たかが野犬に本気は出せねぇだろ」

ボルド団長は川べりに近づき、草に覆われた斜面を覗きこむ。

「出てこねーな、ちょっと見てくるか。おーい、犬～」

「待って、何かおかしい――」

仕留めたのでないなら、悲鳴ぐらいあげるのではないか。

行動も早いボルド団長は、すでに長い草の生えた斜面を半分ほど下っていた。

ザザザザ！

前方の草が揺れ、何かが勢いよく飛び出した。彼はとっさに腕を振るい、殴るのではなくその首を真正面から掴んだ。

「「⁉」」

その体は紛れもなく犬だった。だが、頭部は花びらのように四片に割れ、うねうねと不規則にのたうつ。ヒトデのような軟体の内側には無数の突起と、中央に咽喉《のど》らしきものがある。

ボルド団長はそいつを真上に投げると、剣を振り抜き斬り捨てた。彼には少しばかり魔力がある。剣に魔力を通すことで人外を斬ることが可能なのだ。

「憑物士……⁉」

驚愕の声を上げるジュリアン。

「いや、違うな。心核がねぇから憑物士じゃない」

頭部から縦半分に分かれたそれは、周りの草を赤く染めて事切れた。内臓がない。外側だけを真似た不完全な擬態だ。何故、結界のある村に異形がいるのか――

しばらく死骸を注視していたジュリアンは、ハッと周囲の静けさに気づく。

釣りをしていた子供らがこちらを無表情で見ている。彼らだけではない。杖をつく老人も、子守りの少女も、薪割りの男も、井戸端会議の女性らも——皆が一様に身じろぎひとつせず、こちらをじっと見ていた。その虚《うつ》ろな視線にぞわりと悪寒が走る。

異様な空気を感じて、ボルド団長が頭を掻きながら言う。

「この状況でリアクションなしとか……寒気しかしねぇ」

「今夜、ここでの宿泊は可能かな……」

「どのぐらいこの村が〈汚染〉されているか、にもよるな」

そこへ、宿の方から四名のマッチョな騎士たちが駆けてくるのが見えた。

「団長！　敵襲です！」

「殿下！　お逃げください！」

「宿屋の者たちの頭が割れて——」

叫び声に反応した村人たちが、いっせいに体を震わせた。無表情な顔がカボチャのように大きく膨らむ。ボン！　と頭部が破裂し——四片に割れた。先ほどの犬のように頭はヒトデと化し、うねうねしながら騎士らに襲いかかる。

しかし、騎士らは勇ましい雄叫びを上げてこれに応戦。小さい村なのが幸いした。見回りに出ていた残りの騎士たちも、血相変えて駆け戻ってくる。ボルド団長が犬笛を吹き鳴らすと、間もなく地鳴りが轟き——魔獣舎にいたはずの青藍狼が、九頭の魔獣を引き連れて駆けつけてきた。

ジュリアンは感心したように言う。

「さすが、ヴィドルフだね！」

四方から湧き出す異形の村人を、青藍狼たちが体当たりで蹴散らす。

もうこの時点で分かっていた。この村は異形によって支配されている。乗っ取られているのか、それともすり替わったのか――今思えば、宿屋の者もやけに無機質な対応だった。

ジュリアンと騎士たちは、後ろ足で力強く駆ける立ちトカゲ型の魔獣にまたがる。ヴィドルフに乗ったボルド団長を先頭に、村の入口を目指して駆けた。だが、行く手を阻むように道を塞ぐ大勢の人々が見え、やむを得ず距離を取りつつ止まる。

見覚えのある男が人垣の前に立っていた。

「これはこれは、王太子殿下！　遠路はるばる我が村へようこそ！」

鼻筋高く、意志の強そうな太眉に整った顔立ち。前髪を真ん中分けにした首筋までの銅色の髪――元・第一王子騎士団の団長エンディミオ・リ・グロウ。彼は第一王子と、その派閥貴族らが粛清された時に、いち早く逃亡していた。

「グロウ団長、いろいろ言いてぇことがあるんだが……」

驚きよりも呆れを滲ませるボルド団長に、彼は人差し指を立てて「チチチ」と舌を打つ。

「今のオレは団長ではないのだよ。暫定的には、ここの村長だがね」

「村長にしちゃえらく羽振りがいいな。場違い感が凄まじい」

彼は国王が着るような豪華な宮廷衣装に身を包んでいた。黒地に金の刺繍と大きな宝石がギラギラしている。賞金首となっているはずの男が、どこでそんなものを調達したのか。

彼の後ろに控えているのは村人だけではない。灰緑の騎士服を着た者が百五十名ばかり。彼と共に逃亡した騎士たちだ。どこに雲隠れしたのかと思っていたが……

ジュリアンは彼らの虚ろな表情を見て、自我がないと直感的に思う。意思を持っているのはグロウだけだ、と。それは、つまり――

グロウは、宮中では決して見せることのなかった下種《げす》っぽい笑みを浮かべた。

「オレには相応しい場所がある！　今はその舞台を整えている最中だ。高みへ昇るためのな！」

大仰に両腕を天に伸ばして陶然と宣言する。「オレこそ、この世の覇者に相応しい！」と。

――ネモフィラ同様、ない物ねだりをしての人外転落か。実に雑魚《ざこ》らしい。

ジュリアンは冷めた視線を送る。外見は普通の人間だが、折れた鼻が元通りになっている。おそらく〈悪魔化〉によって得られる再生力で修復したのだろう。

「本物の村人たちはどこにいる？」

ジュリアンの問いかけに、グロウは鼻で嗤《わら》った。

「ハッ、死んだに決まってるじゃないか」

そして、サッと右腕を上げると背後に命じる。

「さぁ、楽しい狩りの時間だ！」

敵の騎士たちの頭が膨らみ、顔が割けた。奇声を発しながら、剣をかざして追いかけてくる。

多勢に無勢。ボルド団長の合図で二名ずつに分かれ、追手を分散させるべく村の中を疾駆する。

入口以外の三方は険しい山々。それらを越えて人里に出るには危険を伴うが、選択の余地はない。

山内を魔獣で駆けた。

夕陽が沈んでゆく。刻々と辺りは薄暗くなってゆく。

ヴィドルフと立ちトカゲを囮《おとり》にして、ボルド団長とジュリアンは岩陰に隠れた。

「緊急脱出用の転移陣は持っているか？」

「ある、けど……」

躊躇《ためら》いがちにジュリアンは答える。万が一の時のために、揚羽が持たせてくれた魔道具。

精霊言語を用いて魔法を発動させる。国内なら王城まで転移可能。

「簡易のものだから……これは一人しか跳ばせない」

敵の包囲する中に部下だけ残していく。想定していた事態とはいえ——

ボルド団長にポンと肩を叩かれた。

「やつの狙いは王太子だ。逃げちまえばいい」

——そうだ、迷っている場合ではない。自分がここに留まったところで、事態は好転などしない。

ジュリアンは頷き、「武運を祈る」と告げた。

敵の接近に気づいたボルド団長が、剣を握って岩陰から飛び出してゆく。

ジュリアンは転移陣となる小さなキューブ型の魔道具を三つ、地面に三角形を描くように並べてその中央に立つ。四つ目のキューブを頭上に掲げて、精霊言語での呪《しゅ》を唱える。光が足下から立ち上り、三角錐《さんかくすい》になるように満ちてゆく。掲げたキューブまで光が到達すれば転移魔法は発動する。

あと少し——唐突にそれは現れた。

子供の影がゆっくりと、薄紫の黄昏《たそがれ》の中を近づいてくる。手にした布切れを振りながら。

あれは——!?

動揺した。手からキューブが滑り落ちる。転移魔法が光の飛沫となって消えた。

「オマエノ大事ナモノハ、預カッタヨ」

含み笑いに愕然とした。次の瞬間、ジュリアンの視界は闇に包まれた。

ひやりとした空気が満ちる、石造りの薄暗い部屋。

ジュリアンは腰の剣帯を探る。愛剣はあった。その刃先には魔性の命も狩れるフィア銀が塗布されている。前触れもなく、テーブルの上で蠟燭《ろうそく》が灯った。子供の姿をした影を映し出す。

それは部屋の中央に、立体的な膨らみを持って立っていた。影は声を発した。

「ボクガ誰ダカ、分カルカイ?」

「……はじめまして、叔父上殿」

「サスガ、王太子——ボクハ認メテナイケドネ」

ある程度の予測はしていた。

先週、揚羽から魔法の文も届いている。先王の愛人一家惨殺。現王の異腹の弟であり、ジュリアンよりも二歳年下となる叔父が、十年前に殺された。明確な証拠はまだ摑んでいないが、ほぼ間違いなく元王妃キュリアによる謀殺。

ジュリアンがあの女の魔手を逃れ続けることが出来たのは、〈黒蝶〉と第二王子騎士団があったおかげだ。農家で暮らす子供の命など、たやすく摘み取られたことは想像に難《かた》くない。

彼の憎悪が自分に向かうのは、理不尽としか言いようがないが――奪われた未来を重ねての妬みならば理解も出来る。

ジュリアンは慎重に問いかけた。

「僕の〈息子〉は無事だろうね？」

「モチロンダトモ。妻子トモニネ」

妃まで捕まえていると言う。

「どんな様子か教えてくれないかな？」

「子供ヲ抱イテ、大人シクシテルヨ。心配シナクテモ、女、子供ニ、ボクハ親切ダカラネ」

「そう……」

拉致は嘘だと分かり、ジュリアンは心の内で安堵した。

何故なら、妃は抱き方が下手なので、何度やってもぎゃん泣きさせている――との報告を受けている。だから、あやす時は必ず背負うのだと。それに、妻子には魔法使いの護衛をつけている。いずれは、魔法士団の幹部として迎え入れる予定の実力ある者だ。

妃が子供を産んだことを知るのは、彼女を魔法で隠れ家に運んだ揚羽と、先の護衛のみ。

彼女たちが自身の弱点になる以上、父や、他の側近たちにもあえて報せなかった。

そして、我が子は息子ではなく娘だ。まだ一度も会ったことはない。たまに揚羽に様子を見に行ってもらうだけ。その時に贈り物を届けてもらっていた。そのひとつである王家の紋が入った前掛けを、どうやって手に入れたかは知らないが――

「君のことは一応調べたのだけどね。ペーター・コルトピ……だったかな」

しんと静寂が支配した。何かおかしなことを言ったか？

影を見つめていると、しばらくして、影の頭が盛大に縦に揺れた。

「アァ、思イ出シタヨ！　ソレ、ボクノ名前！　忘レテタンダ、誰モ呼バナイカラサ！」

影は腕組みをして、狭い室内をゆっくりと歩きながら、何かを考えこむようにして言った。

「……デモ、ソノ名ハ、今ノボクニ、相応シクナイナァ。素朴ナ田舎者ッテ感ジ」

「じゃあ、影叔父とでも呼ぼうか？」

とたんに「センスナイネ」と、嫌そうな声が返ってくる。

「ドウセナラ、影王子ガイイ」

その言葉が気に入ったのか、彼は何度も頷きながら「ウン、ソレガイイ」と満足げにつぶやく。

――治世三十九年目となる父も、息子と同世代の異腹弟がいたとは思わなかっただろう。

先王の享年は六十五歳。愛人のもとへ通い始めたのはその数年前。〈黒蝶〉の調べでは、密かに地方聖殿で婚姻を結んだ可能性が高いと……であれば、彼は第三番目の王位継承権を持つ。遅くに生まれた子は格別に可愛いと聞く。そして、レッドラム国から嫁した女を先王は嫌悪していた。

――祖父はきっと、僕が暗殺されることを予測していた。ドミニクを排するのは当然で……政略婚でない、真に愛する女性との子供を玉座につけたかったのかも知れない。

要らぬ火種を投下していったのが死者なので、文句の言いようもない。

「ところで、僕の部下たちはどうしてる？」

「ボルド団長ハ、夢ノ中ダヨ。他ノ騎士タチハ、同ジ部屋ニマトメテル。窮屈ダカラ、運動不足ニナラナイヨウ、配慮シテルヨ」

何か曖昧で不穏な答えが返ってきた。

「今、忙シインダ、マタ来ル」

彼は部屋を出て行こうとして、扉の前で足を止めた。

「ソウソウ……他ニモネ、沢山、招待シタヨ」

含み笑いを残して、鉄の扉をスーッとすり抜けて行った。

他の配下も？　真実か嘘かは分からない。

影王子は二メートル以内に近づかなかった。高位精霊たるイバラの加護があるからだろう。

自分をこの場所へと移動させた闇。触れられた感覚はなかった。転移魔法でも使ったのか？

フィア銀付きの長剣が盗られなかったのも、加護のおかげか。一応、ベルトポーチやマントの中を確認しておく。詰めておいた携帯食はちゃんとある。これでしばらくは餓《う》えを凌《しの》げる。

……僕の仔猫に感謝しなくては。

イバラの加護は、口から摂取できる物までは阻めない。薄暗く湿気が多いので地下室だろうか。

「地下水……？」

石壁の隙間に水が浸み出している。手袋の下にはめた銀の指輪をとって、先を浸してみる。変色しない。飲み水も何とかなりそうだ。

帰国の予定日になっても、王太子一行は城に帰還しなかった。

「おかしいわねぇ、国境を越えたって連絡は入っているのに……迎えに行ってくるわ！」

そう言って〈黒蝶〉の長が城を出てゆくも——戻ることはなく。

また、憑物士討伐で各地へ派遣された騎士や魔法士たちが「忽然と消えた」と、地方領主らから連絡が届きはじめ——その中に義兄の率いる隊もあったことに、コニーは胸騒ぎを覚えた。

☆☆

影王子の陰謀はうまく進んでいた。

王太子をはじめその配下たちが、面白いほど罠にかかってくれる。

ただ、彼にとって誤算だったのはイバラの加護印だ。

これがある限り、ジュリアンに直接の危害を加えることは難しい。

——ダガ、苦シメル方法ハ、イクラデモアル。

彼の側近をこちらの戦力に取りこむことで、多大な屈辱を与えることが出来るだろう。

影王子が得意とするのは、人間の負の感情を増幅させる〈闇堕ちの力〉だ。人心を堕落させて快楽へと導いたり、あるいは、魂を疲弊させて思考を奪い、その肉体を意のままに操る。

本来の影たる役割は、闇堕ちした相手に〈黒きメダル〉を渡して、憑物士を誕生させること。

——だが、〈黒蝶〉の長に〈闇堕ちの力〉は効かなかった。強固な防御魔法で身を守っていたからだ。ついでに、強力な魔除け石を持っていた人事室長にも……どこであんな石を手に入れたのか。せっかく四人も捕まえたのに……使えそうなのは二人だけ。

副団長は魔法耐性の鎧を身につけていた。それはあくまで物理的な破壊力に対してのもの。魔法による精神への攻撃にはないも同然だ。彼の魔法剣は隙をついて〈影の手〉で取り上げた。

団長が持っていた武器は、自身の魔力を流して使う小楯と剣のみ。これも〈影の手〉で取り上げた。彼の魔力は魔法を使えるほど多くはない。これで丸腰同然である。

都合の良いことに、この二人はつけ入るには格好の昏い過去を持っている。

——時間はかかるが心を蝕《むしば》み堕としてやろう。

「クフフ、クフ……」

◆妬む女

その人に出会ったのは、二年前の春。

片田舎にある小さな町の食堂で働いていた時だ。

見慣れない四人の騎士が食事にやってきた。その内の一人はすらりと背が高く、白金の長い髪をリボンで結った美しい青年だった。仕草も洗練されていて、周囲の目を奪う。

しばらくすると町長がやってきて、彼らにお礼を言っていた。町へと続く山道で出没していた憑物士を、駆除してくれたらしい。騎士たちのリーダーらしい彼は、この町に寄るついでだったからと、差し出す礼金を受け取らなかった。

――見た目に違《たが》わず、なんて心の美しい人なんだろう。

山深い地なので町の周辺に憑物士が湧きやすく、勝手に駆除した輩が町の人間にお礼を求めるのは当たり前のことで……彼のように断る人は珍しかった。

「騎士様ぁ～、何処からいらしたんですかぁ～？」

どこで聞きつけたのか、この町一番の美少女ベラがやってきた。あの媚びた仕草に、どれだけの男たちが騙されたことか。

「それを聞いてどうするんだい？」

「あたしを連れてってくれないかな～と思ってぇ」

「何のために？」

「えぇ～っ、騎士様ったら女の子にそんなこと言わせるの～？」

「芋を運ぶのは御免なんだけど」

一蹴され、ベラは真っ赤になって「なんて失礼な男なの！」と叫んで出て行った。ベラが袖にされるのはいい気味だった。

「おい、マルゴ！　ぼさっとしてないで、はやく運べ！」

厨房から出された芋煮や、鴨肉と山菜の炒めものを渋々と運ぶ。こんな田舎料理を出して大丈夫なのかと思っていたが、杞憂だった。騎士たちは美味しそうに食べていた。あの人も。聞こえてきた会話で、近くの宿屋に泊まると知った。

仕事帰りに友人のリンドに思わず言った。

「今日はいいものが見れた！」

「ベラのこと？　騎士様のこと？」

「両方だよ！　あの人、明日にはもう町を出ていくのかなぁ」

もっと見ていたい。きらきらした宝石みたいな、星のような人。目の保養だ。

小汚い家に帰れば、いつも飲んだくれた親父が寝転がっているのを思い出し、うんざりする。母は泣いてばかりで小さな弟たちはうるさい。しかし、その日は違った。真っ暗な家には誰もいない。背後から口を塞がれた。そのまま外に引きずり出される。男の声が頭上で聞こえた。

「チッ、他のやつら逃げたな！　子供がいたはずなのに」

「あいつ、娘を借金のカタにするから好きにしろって言ってたぞ」

「コレを娼館に？　いやいや無理だろ、この顔じゃ」

口を塞ぐ手に噛みつき、男が怯んだ隙に逃げ出した。辿り着いたリンドの家で一晩匿《かくま》ってもらう。

翌日、食堂を見張る男たちがいて仕事にも行けない。あの騎士に助けを求めようと宿屋を訪ねたが、すでに町を発ったあとだった。

「ありゃあ、王都の貴族だろうよ。言葉に訛《なま》りがないし、高そうな剣を持っていたからな」

宿屋の主人がそう答えた。

貴族――自分とは縁遠い世界。かつてあれほどに美しい人を見たことがあっただろうか。町一番の美少女だと思っていたベラが、実は大したことないのだと気づいた。

思えば物心ついてから、ゴミ溜めのような家と仕事場の往復。当たり前のように家族に稼ぎを搾取され、あげくは売り飛ばされる。こんな夢も希望もない人生は、もう嫌だ。

そうだ、王都へ行こう。あの人がいるなら、それだけで楽しく生きられるはず。

リンドも似たようなもので、放蕩者の兄のせいでいつ借金取りが来てもおかしくない。隠しておいた給金の一部を手に、二人で田舎町を出ることにした。


王都でアパートを借り、マルゴは市場で働く。

生活の基盤を整えた頃、あの人が第二王子騎士団の副団長だと知った。

一年ほど過ぎて、運よく城の女中にもなれた。寮に入るための審査は厳しく、紹介状を必要としたため無理だった。それでも、少しずつ彼に近づいていることに、気持ちは舞い上がった。

白い騎士服を遠目で追いかけては、乙女ちっくな夢想を膨らませ楽しんでいた。

故郷にいた時はコンプレックスが邪魔をして、リンド以外とは殆《ほとん》ど会話をしなかったが――ここへ来て、タガが外れたようにマルゴはお喋りになった。

城の界隈は、魅力的で刺激のある噂話であふれていた。あちこちで新しい噂を仕入れては流す。皆が自分の話に耳を傾ける。気持ちは前向きになる。よい変化だ。

だが、それに水を差す存在がいた。コニー・ヴィレ。自分と同い年のくせに横柄な態度で指図してくる。人を小馬鹿にしたように見下す。

「あんなやつがダグラー様の義妹だなんて……！」

冗談じゃない！　許せない！

小聖殿の屋根で彼といるのを見た時には、腸《はらわた》が煮えくり返った。飛び出して突き落としてやりたい衝動に駆られた。そこを、ぐっと我慢して、「ダグラー副団長の義妹は女中」という噂を流すだけに留めた。彼に恋する女たちから制裁されればいい。

そう思ったが、あのメガネ女が落ち込むような様子はなく……

ある日、サボリがバレて無償延長三時間の掃除をするはめになった。メガネ女のせいだ。怒りが湧いた。懲らしめてやりたい。あいつが掃除したリーネ館の部屋を荒らした。

けれど、警備兵に見つかり追われて、いつのまにか地下深くで迷子になってしまった。巨大なミミズ魔獣に追い回されて、三日も死に物狂いで暗闇を逃げ回った。なんとか外へ脱出するも、刺すような閃光に目がくらんで倒れた。

——気がつくと、あの人が離れた場所からこちらを見つめていた。思わず震える手を伸ばした。

しかし、彼が近づく事はなく、別の騎士が険しい顔でやってきて自分を縄で縛り上げた。

え、何、どうして⁉　引き立てられる。あの人の近くを通る間際、傍にメガネ女が横たわっているのが見えた。あの大国の王女ならば、仕方ないと諦めもした。何故、よりによってそいつなのか。そいつ程度でいいなら、何故、自分ではだめなのか——きっと、彼は騙されているのだ。

軍施設の仮牢に罪人として収容されてのち、国王の御前に引き立てられて裁きを受けた。

「無償で三年働くか、鞭打《むちう》ち刑ののち王都追放か、どちらか選べ」と言われ、迷わず前者を選択した。

城外に出ることは禁じられるが、最低限の衣食住は提供されるという。きっと国王は自分を憐れんだのだ。

「ありがとうございます！　お優しい国王様！　このご恩は、あたい一生忘れません！」

何の疑いもなく、元の生活に戻れるものだと思っていた。

翌日から仕事に出ると、同僚たちはよそよそしくなり、リンドさえも離れていった。孤立した。嫌がらせも受けるようにもなった。

今の住まいは、北東の森にある長年放置された物置小屋。壁や床はぼろく穴が空き、鼠《ねずみ》や虫も同居する。お仕着せを汚されたり、わずかな所持金も盗まれた。最初にもらうことの出来たお古の寝具すら、裂かれて森に捨てられた。

女中頭に再度もらおうとすれば、拒否され――

「自分の持ち物の管理も出来ないの？　替えはないわ。破れたのなら縫いなさい」

裁縫道具は貸してもらえたが、天井梁の上に隠したそれも、仕事に出ている間になくなっていた。針だけは枕の中から見つかった。寝る前に気づいてよかった。

一月下旬、事件は起きた。庭の片隅で掃除をしていたら、背後から頭を殴られた。気づけば猿轡を噛まされ簀《す》巻《ま》きにされていた。リーネ館裏にある池のほとりで。

目の前に見知らぬ若い男女がいた。いずれも憎悪に満ちたまなざしを向けてくる。

「よくものうのうと、女中なんか続けられるわね。この人殺しが！」

「大方、陛下の言葉を勘違いしたんだろうが、ふてぶてしいにも程がある」

――勘違いって、何が？

「〈報復制度〉よ」

女は口早に説明した。落ち度のない者の死に、落ち度のある者が関与していた場合、死者に近しい者の申し出があれば受理されるのだと。それは、遺族感情を汲んだ国王公認の〈私刑制度〉。

「私たちが陛下に申し立てたわ。城の敷地内にいる限り、命を奪う以外なら何をしてもいいのよ」

リーネ館の部屋荒らしに気づいて追いかけてきた、二人の警備兵。地下でミミズ魔獣に追われる際、わざとあの二人を誘いこみ巣に落とした。彼らを囮《おとり》にしたからこそ、自分は逃げ切れたのだ。

男が憎々し気に言った。

「お前を追いかけた警備兵な、俺の幼馴染《おさななじみ》とこいつの婚約者だ。魔獣に食い荒らされて骨だけになっていたんだと」

「あなたのせいよ」「お前のせいだ」

殺意に満ちた声は重なる。池に落とされた。

――悪運だけは人一倍あった。おかげで運よく通りがかりの庭師に引き上げられた。もっとも、悪名高い厄女中《やくじょちゅう》と気づいた途端、彼は介抱もせず逃げていったが。

重い体を引きずってぼろ小屋へと戻った。高熱を出して何日か臥せった。

目が覚めたのは夜中だった。真っ暗な中、入口から月明かりが差しこんでいる。何故、扉が開いているのか。ふと、床に視線を移すと、果物の入った籠が置いてあった。もしかして、リンドが持ってきてくれたのか。よろつきながら籠に歩み寄る。喉が渇いていた。マンダリンを手に取るとやや固い皮ごと一口かじる。ふと、戸口に気配を感じて、彼女かと振り返った。

「リンド、これ――」

そこにいたのは黒い小さな子供だった。いや、影だ。壁際でもないのに垂直に立っている。その異様さに心臓がドクンと大きく鳴る。動けない。手から落ちたマンダリンが床に転がる。影の子供はスーと近づいてきた。影だから顔がない、なのに嗤っているように感じた。

――朝陽が昇ってようやく我に返った。体が動く。影はもういない。

マルゴの手の中には、滑らかな感触の小袋があった。渡されたのだ、アレに。中身を確かめた。懸念は当たった。黒い鉄塊、〈黒きメダル〉だ。

「どうしてこんなものが、あたいの所に⁉　どうやって結界を越えて――⁉」

だめだ、考えている暇などない。こんな物、誰かに見られたら身の破滅！

足をもつれさせながら外へと駆け出す。力いっぱい腕を振って、小袋ごと遠くへ投げ捨てた。

ここ数日、仕事に出なかったせいか、女中頭が様子を見に訪れた。

池で殺されかけたと告げると、職場の変更をすると言った。洗濯場だった。清掃担当の時よりも、人が密集する場所で働かなくてはならない。全員からフルシカトされる。ツライ。

自分を溺死させようとした連中は――未遂とあってお咎めなしだと、女中頭から聞いた。

なんで、あたいが、こんな目に……！

洗濯場に入って三日目、巨漢の男が斧を振り回し、洗濯棟を荒らした。

けれど、誰も原因となったメガネ女を糾弾しない。腹が立つ。気分悪い。眩暈《めまい》がする……前のめりに体がかしぎ、洗濯用の水路に頭から落ちる。意識が途切れた。どうやら、まだ体が本調子に戻っておらず、熱をぶり返したらしい。

その日を境に、熱が下がってもずるずると仮病を使い仕事をさぼった。

いいことはあった。心配したリンドが、毎日差し入れを持ってきてくれるようになった。


五月初旬。最近、差し入れの回数が減ってきた。三日に一度だ。

戸の外にそっと食べ物を置いて帰るようになったので、一言言ってやろうと待ち構えていた。

「ちょっとリンド！　あたいを餓死させる気かい!?」

帰ろうとしていた彼女は、戸惑った様子でこちらを見た。

「――マルゴ、本当に病気なの？　うちに嘘ついてない？」

清潔なお仕着せに身を包み、きちんと髪を結ったリンド。対する自分は浮浪者そのものである。

仮病がバレないためにも、無気力を演じていたらこうなった。丸三ヶ月、着の身着のまま。不潔が功を奏したのか、誰も小屋に近寄らなくなった。

「あたいが嘘をついてるだって？　親友のあんたに!?　ひどい誤解だよ！」

「すごく元気そうに見えるんだけど」

「今日は少し気分がいいんだ！　でも、普段は頭痛とかあるし――」

あまりそこは突っこまれたくないと、無理やり話題を変えた。

「まぁ、あんたも大変だとは思うよ！　城下から通ってるのに、仕事帰りに差し入れするんだもの。でもさ、もうちょっと、あたいのこと考えてくんないかなァ？　病気だって治らないからさぁ！」

リンドの胡乱《うろん》な目つき。彼女はひとつ息を吐いて言った。

「うち、先月のはじめに女中寮に入ったの。女中頭が仕事の頑張りを認めてくれてね」

「えっ、ホント⁉　やったじゃん！」

なんだ、それなら毎日差し入れしても、全然負担にならないじゃないか！

「マルゴ、ちゃんと働きなよ。本当は病気じゃないんでしょ」

彼女は真面目な顔で見透かしたように諭してくる。

「国王様の決めた裁きに反したら、今度は牢に入れられてしまうよ。女中頭に頼めば、寮のお風呂を貸してくれると思うから……」

こいつは何も分かってない。そう思うと、つい腹が立って本音をぶちまけた。

「あたいは仕事なんかしたくないんだよ。あんな居心地の悪い場所！」

「——それで、うちに食事を運ばせて自分は楽したいってこと？」

冷めた声にハッとする。慌てて言い訳を探した。

「そうじゃなくて！　ほら、あのメガネの女が嫌なんだよね！　何かと目の敵《かたき》にしてくるし！」

リンドの顔が険しくなった。

「目の敵にしてるのはマルゴの方だよね」

「何？　あんたまであいつの肩持っちゃうワケ⁉」

噛みつくように叫ぶと、彼女はびくっと後ずさった。

——さっきからおかしい。リンドはいつだって、あたいに同意していたのに。王都にも一緒についてきたし、仕事だって真面目は馬鹿を見るって言えば、適当にやっていた。一人では何も決められないくせに。こんな風にえらそうに意見するなんて……どっちが〈上〉か教えてやらなきゃ。

「頑張りを認められた？　手抜きばっかのくせにねぇ？　女中頭も見る目ないね！」

「マルゴとつるまなくなってから真面目にやってたんだよ」

「ハッ、都合の悪いことはあたいのせいかい！」

フンッと鼻息荒く見据えると、彼女はぼそっと呟いた。

「……同郷のよしみだからってどうかしてた」

「あ？」

「あんたに分かる？　貴族の男に、いわれもない罪を責められた時の怖さが！」

「はあ？　何言ってるんだか分かんないんだけど」

突然、リンドがキレた。

「分かるわけないよね！　副団長の義妹に嫉妬して、黄金皿を盗んで罪をひっかぶせるようなやつにはさ！　あんたとの縁はこれまでだよ！　二度と話しかけないで！」

戸口に置いた籠をひっつかむと、リンドは逃げるように走り去った。

「な……、何だよ、ちくしょう！　食い物置いてけ——っ！」

◆狂愛迸《ほとばし》る女

まだ、五つぐらいの頃。知らない男に魔獣車に乗せられて、どこかの邸に連れて行かれた。着飾った大人の女たちがいた。彼女たちは親切で何かと可愛がってくれた。

そこで不自由なく暮らした。食事も着るものも、住む部屋も豊かだ。親に会いたくなったが、「ここに来るということは親が死んだか、親に売られたかのどちらかだ」と言われた。

——高級娼館に売られたと知るのは、五年後のこと。その頃にはもう、高級娼婦とは何かを知り、美しさを磨き、マナーや知識を得る習慣も当然のように身に付いていた。

娼館の姉たちは、王宮に出入りを許されていた。貴族との閨《ねや》で得た情報を、国王に流すことを生《なり》業《わい》としていたのだ。王に反する思想の持ち主は密告され、断罪されていった。

男を意のままに操る手練手管も覚えた。十三歳、高級娼婦としてお披露目される前に、その国の王子に手をつけられた。同い年だった。乱暴者で盛《さか》りのついたサルのようだった。気持ち悪かった。逃げようとしたら髪を摑まれ顔を殴られた。

娼館の姉たちに訴えたが、相手が悪い。命惜しければ我慢するようにと諭された。彼女たちは味方ではないと悟った。

謀反《むほん》を企てる男のシッポを摑んでくると見せかけて、逆に王の企みを流した。我が身のことを語れば、正義心の強い男はいたく同情した。革命が起きた。

民衆に重税をかけ貧困を拡大させた王は、討たれて城門に首を晒された。城から逃げた王子は、怒り狂う民衆に棒で殴り殺された。姉たちも同罪だと殺された。

混乱に乗じて、〈あたし〉はその国から逃げ出した。いくつかの国を通り過ぎてハルビオン国に辿り着いた。二年ほど、貴族の男に貢がせながら暮らしていた。

祖国の王族を破滅に追いこんだ自覚はある。「王の遠戚たちは逃げ延びた」と風の噂で聞いた。追手の影に怯えた。身を守るため名を変え、旅の道中に知り合った傭兵から護身術も習った。ひっそりと生きる。貴族の男と付き合っても社交界には出ない。顔もフードで隠した。

これが──自身の望む生き方なのか？

ふいに湧き上がるのは、生きることの虚《むな》しさ。生活に困らないお金があっても、日陰の道に楽しみは見出せない。

──そもそも、楽しいってどんな感情だった……？

ハルビオンは緑豊かな国だ。食料も豊富で、この王都で飢餓に倒れた民を見たことはない。人々の顔は明るい。それでも、どこかに陽の当たらない部分はあるだろう。自分のように。

ある日、街中でナンパされた。ソードと名乗る男。長身なのに身が軽く、剣も独特な使い方をする、近づく時に気配を消す。そして、しつこかった。

「オレ、この国の第二王子の諜報部隊に所属してるんだ」

まともに取らずにいると、本当だとムキになる。うざったい。証拠を見せろ、ないなら二度と纏《まと》わりつくなと言うと、いきなり当身《あてみ》を食らわされた。

──目覚めると美しい庭のあずま屋にいた。すぐ目の前に城が見える。そこから近い塔の上階まで連れて行かれた。男の上官だという美人のオカマがいて――

「ナンパでひっかけた？　使えないモノ拾ってくんじゃないわよ、元の場所に戻してらっしゃい」

使えないですって？　このあたしが⁉

挑発されて闘争心に火がついた。退屈な日々で忘れかけていた。自分が負けず嫌いだということを。自分ほど有能な女はいない、そう啖呵《たんか》を切ると――

「そこまで言うなら、見せてもらおうかしら？」

鼻先で笑われながらも、諜報部隊〈黒蝶〉の入隊試験を受けることに。

護身術はそれなりに役には立ったが、身体能力、および戦闘能力はぎりぎり及第点だった。

まだ十五歳、若いから伸びしろはあるだろう。だが、「売り言葉に買い言葉でやってみただけ」とオカマには見抜かれていた。プラスαの才能がなければ厳しい世界だとも言われた。

それなら、高級娼婦として得た経験を生かすことが出来るはず――でも、本気でやりたいわけではない。その理由もない。負けず嫌いは封じて、静かで退屈な日常に戻るべき――

「見かけない顔だね、誰？」

部屋の入口から入ってきた、宮廷礼装の少年。やわらかい物腰に肩までの黒髪、賢そうな琥珀《こはく》の双眸。目を引くきれいな顔立ちをしていた。噂で聞いた賢弟王子だと、すぐに分かった。所作も美しい。どこぞの国のサル王子とは大違いだ、と思っていたら。

「入隊希望者？　今募ってないよ」

「ま、そういうことだから、帰ってくれる？」

王子とオカマに追い出されそうになった。またもや、負けず嫌いが頭をもたげた。

侮られるのは嫌だ。何が何でも認めさせてやる！

粘りに粘って、〈黒蝶〉への入隊を認められたのは、それから三週間後。

――まぁ、いいわ。この王子に忠誠を尽くすのも悪くない生き方かも知れない。

青い髪と花をイメージして、自身を〈ネモフィラ〉と称することにした。

任務をこなすうち、王子に労われるのが快感となった。精力的に敵の陣営に潜りこんで諜報活動に明け暮れた。敵の情報を握って戻ったら、きっと褒めてくれる。あの美しい琥珀の双眸で見つめて、あの麗しい声で――

いつしか、溺れるように彼に恋をしていた。


二年後、彼は人生の伴侶を迎えた。その座を夢見ていたネモフィラの希望は、打ち砕かれた。

「僕が王になったら、今ある後宮は閉鎖する。陛下の寵妃殿には田舎の邸に移ってもらおう」

偶然、彼が側近に話すのを耳にした。正妃以外は要らないということだ。

それからの二年間は、秘密の家に集めた彼の所持品や人形を抱きしめては、沈む心を慰めていた。

同時に、妃とそれを連れて来た藁色に憎悪が募る。

彼への想いは強く深く澱《よど》んで重く、魂の底に降り積もってゆく。このままでは自分が壊れてしまいそうだ。けれど、自ら〈黒蝶〉を辞める決心もつかない。いっそ、あの妃を滅多刺しにしてドブ川に放りこむことが出来たなら――

年明け、十九歳になってすぐのこと、レッドラム国への長期潜入捜査を命じられた。正直、ホッとした。離れて彼の為になる仕事をすれば、この重い気持ちに踏ん切りがつくかも知れない。

「——甘かった」

レッドラムに来ても彼のことを思い出す。会えない分、恋しさは募る。春から王位継承試験が始まったと、通信魔道具による連絡があった。妃はどこかに避難させたとも。

「妃殿下はどこにいらっしゃるの？」

「ジュリアン殿下の意向で、この情報の共有はしないわ」

オカマめ。このあたしを警戒しているのね……！　あの女がいなくなると分かっていたら、レッドラムなんかに来なかったのに！

与えられた任務は、レッドラム国王と、ハルビオンの宰相との癒着の証拠を掴むこと。

元・高級娼婦の手管を活かしてレッドラムの王宮に潜入し、国王の数ある愛人の一人に収まった。けれど、重要書類のある部屋に忍びこむのは難しい。半年かかっても成果を出せない。焦るあまりしくじった。兵に追われて王宮から逃げ出すことに——

こんなこと、今まで一度だってなかったのに！

逃走の手助けをしてくれた〈黒蝶〉のソードは、「気にするな。次の手を考えよう」と言うが、何の慰めにもならない。半年もかけたのに収穫なしなどと、どうして報告出来よう！

「次はオレが官吏に化けて潜入すればいい」

無理だ、今後、新たに王宮に入る人間はすべて疑われる！

「大丈夫だって。だから、お前はちょっと休め。な?」

能天気なソードの言い分など、右から左に抜けてゆく。だが、通信の魔道具を手にした彼に気づいて、慌てて止めた。

「待って!　あたしが……あとで報告するから……」

共に山まで逃げて洞窟で火を焚いた。彼が沢へ水を汲みに行く間、膝を抱えて思い悩む。

敵国でお尋ね者になってしまった。もう、自分が表立って動くことは出来ない。

恋しい彼に罵倒されるだろうか、それとも呆れた目を向けられる……?

考え疲れて焚火をぼんやり見つめる。何か変だ。何が……

「ズット見テタヨ、可哀相ナ、ネモフィラ」

隣に影が座っていた。自分のものではない子供のような影。異形と気づいて、とっさに剣帯を探るもフィア銀の短剣がない。焚火の炎が静止していた。洞窟の中、岩肌がまったく見えない。代わりにあるのは真の闇。

「叶ワヌ恋ニ、身ヲ焦ガス、憐《アワ》レナ、蝶」

影が紡ぐ言葉にぎょっとした。

「第二王子ヲ、独リ占メシタイナラ、生半可《ナマハンカ》ナヤリ方ジャ、ダメダヨ?」

その影が〈何か〉は分かっていた。とうとう、自分の邪な気持ちを嗅ぎつけてきたのかと、戦慄した。だが、恐怖よりも——その言葉に共感する自分がいた。

「ボクノ計画ニ、協力スルナラ——ソノ願イ、叶エテアゲル」

――コレは〈黒きメダル〉の運び手だ。憑物士になれば、悪魔の力を得る代わりに、魂を喰われて体を乗っ取られる。自分の心は消滅するのだ。

奇跡的にジュリアンを手に入れることが出来たとしても、それでは本末転倒。

「――それは、憑物士にならずに協力できることなの……？」

「モチロンダヨ。〈黒蝶〉ヲ、全テ、狩ッテホシインダ！」

彼の寵愛を得るのに〈黒蝶〉は邪魔だ、常々そう思っていた。しかし、ネモフィラの戦闘能力は〈黒蝶〉十五名の内、六番目。上の五人をどうやって殺《や》ればいいのか。

「仲間ナラ、油断スルヨネ？」

そうだ、真っ向から挑む必要はない。五番目のソードは何とかなる。問題は長、梟、スノウ、ガーネット……この四人。殺意に気づかれたら、たちまち返り討ちに遭う。

「モット、貪欲ニナリナヨ。行動シナケレバ、欲シイモノハ、手ニ入ラナイ。必要ナノハ覚悟」

ジュリアン様を、あたしのものにする覚悟……！

「不安ハ分カルヨ。ジャア、特別ニ一度ダケ、危ナクナッタラ、助ケテアゲル！」

その言葉が後押しになった。

影の話は続いた。要するに、彼はハルビオン王家に復讐する計画を立てていて、成功したら追い落としたジュリアンをくれるということだ。もちろん、生かしたまま。

影は最後に一言つけ加えた。

「力ガ必要ナラ、イツデモ言ッテ――〈黒キメダル〉、アゲルカラネ」

使いたくはない。それは最終手段だと、ネモフィラは思った。

まずはソードを殺した。自分に恋慕を寄せる相手だからこそ、警戒心の欠片もなかった。

「ど……う、し……て……」

ネモフィラのために川魚を焼いていた彼を、背後から襲った。長剣で心臓を一突き。

その後、ターゲットにしたのは、潜入捜査で王都を離れている者たちだ。

もう一人、同じように言い寄ってくる男ニゲラがいた。ソードがいなくなったと相談を持ちかけて会い、酒で酔わせてから短剣で喉を突いた。そして、ミンティ、ロゼ、ペコー。

仲間を無条件に信じる、人のいい青年ミンティの背後を取るのは簡単だった。

残りは女の双子。ネモフィラと同じくハニートラップを得意とする。ジュリアンへの好意を隠そうともしない媚びた眼差し。警戒はされたが腕が悪過ぎた。一人ずつ誘《おび》き出し滅多刺しにして川に放り投げた。

これで五人片付いた。ここまでは楽勝。仲間意識？　そんなものは元よりない。

しかし、この後、憑物士の群れに紛れて、屈強な男ガーネットと、未熟者リフを襲撃するも——仕留め損ねた。さらには、思いがけない藁色の反撃により、影の助けを借りて撤退。足の腱を斬られて、松葉杖なしでは満足に歩けない。

屈辱的だった。見下してきた女に邪魔されたのだ！　彼の妃となる女を連れ帰ってきた事といい、一度ならず二度までも……！　許せない許せない……絶対に、許してなるものか！

言いようのない激しい怒りに突き動かされた。

「――〈黒きメダル〉を……」

「人間ヤメル決心ガ、ツイタンダネ？」

そうだ、何を恐れることがあるのだろう。人外に身を堕としても、この崇高な愛は穢《けが》れはしない。

邪魔者どもを一掃し、ひと時でも彼を自分のものに出来るのならば――

「コレハ取ッテ置キ。ネモフィラニ相応シイ、強クテ美シクテ残酷ナ、悪魔ヲ喚《ヨ》ベルヨ」

受け取った〈黒きメダル〉を、ずぶりと胸の奥深くに沈めた。

溢れる魔力とともに湧き上がる歓喜。それから安堵もした。

奇しくも体内に召喚されたのは、〈自分によく似た悪魔〉だったからだ。

◆底なし沼にて浮く者

世の中、理不尽なことばかりだ。ある男はそう呟いた。

かつて、男は幼い王子の教育係に就いていた。将来的には国王になる正妃の御子だった。

我が教え子が王になる、なんと素晴らしいことだろう――とはじめは思った。

しかし、齢《よわい》六つにして怠惰《たいだ》で何事にも飽き性、周りがちやほやするものだから我慢が出来ず、勉学よりも遊びを優先。年を追うごとに無能ぶりを発揮。傲慢さや暴力もひどくなり、人の道を諭そうとしたら、王宮を追い出された。

王子の嫌がらせはそれだけに留まらず、権力で嫌がらせをしてきた。

仕事にも就けず、宿にさえ泊まれず、ゴロツキどもに絡まれ、手持ちの荷物と金を奪われた。逃げるように王都を出た。甘かった。王子は執念深い。やっと田舎で安息の地を見つけても、王子の使いが王家に不敬を働いた咎人《とがびと》だと触れ回り、匿う者は同罪だと脅して回る。

そして、流浪の身となり——七年が過ぎた。使いが来る代わりに首に賞金がかけられた。いつのまにか罪状が王家への謀反になっていた。これほどのクズが次代の王になれるのか。いや、ムリだろう。弟王子の方が、能力も人望もはるかに上だ。

乞食《こじき》と変わらぬボロを纏い、王都の隅にある貧民街を歩く。そう、戻ってきたのだ、王都に。

このまま朽ち果ててなるものか！　あのクソ王子に一矢報いずして死ねるものか！　人生を台無しにされたのだ！

悪魔が耳元で囁く。王宮にいた頃に得た門外不出の知識、今こそ己《おの》がために使うべきだと——夜を待って行動に出た。

城下街の真ん中に広大な高台があり、その上に城がある。頭の中の地図を頼りに高台の斜面へと赴き、草に覆われた入口を探す。苔生《こけむ》した石板に刻まれた精霊言語には、三代目国王の名を精霊言語で唱えよとある。三代目は存在感が薄い。しかも精霊言語というのは古代言語でもあるため、発音が難しい。

「ヴィリドールビアンズ・バッファセイラー・クリスティーブルム・ビヨンリル・ハルビオン……」

石板が霧となって消えたのは、通い続けて三日後の夜明け間近。ランタン片手に地中の穴を潜《くぐ》り進んだ。行き止まりで足元の石タイルを動かす。鉤付《かぎつ》きの縄で、闇の底に下り立つとそこは食料貯蔵庫。

空の袋に食料を詰めこみ、樽の葡萄酒《ぶどうしゅ》を革の水筒に注ぐ。

——あぁ、やった、やったぞ！

何年ぶりかのまともな食事に歓喜が湧き上がる。その後も度々盗みに行った。バレないように少量ずつ。石板の封じも元に戻す。半月経って、もっと浴びるほど酒が飲んでみたくなった。いつもどおり真夜中に盗んで、貧民区のあばら家に持ち帰った。酒で体が温まりいい気分で横になった。ふいに、ぞわりと身震いがして目覚める。ランタンの蠟燭は減っていない。ふと壁に映る自分の影に違和感を覚えた。それは幼い子供の影。無機質な声がした。

「オマエノ願イヲ、叶エニ来タヨ」

この大陸にいる者ならばその喋る影か何なのか——誰もが知っている。

何故ここに⁉　王都には結界が張り巡らされているのに……⁉

しかし、結界を発生させる魔道具は市壁に複数ある。一つに不具合が生じれば、結界の一部に穴が空く。たまに起きること。ただ、その時に侵入した人外に目をつけられたのは不運としか言いようがない。

「ま、待て！　この酒は人生を滅茶苦茶にされた代償であって、邪な気持ちからではっ！」

「オマエノ願イヲ、叶エニ来タヨ。ハルビオン王家ニ、復讐シタカロウ？」

何故、そんなことを尋ねるのか。まるで自分の過去でも知っているかのような口ぶりだ。

……いや、食い物と酒さえあれば別にもういいし。復讐とか面倒臭い。

喉が干からびて声が出ないため、心の中でそうつぶやく。

「ハルビオン王家ニ、復讐シタカロウ？」

首を横に振った。すると子供の影は首を傾げる。あれ、なんか思ってたのと違う、みたいな感じで。いくら落ちぶれたからといって、人間止《や》めたいとまでは思っていない。

「ツイテハ、条件ガアル。契約ヲセヨ」

……は？　どういうことだ。この影は〈黒きメダル〉を渡すだけではないのか？

「契約ヲセヨ」

これ、頷いたらダメなやつだ。〈憑物士〉になるのと同じぐらいダメなやつだ。

首を横にぶんぶん激しく振るが、壁から影が剝がれススス、と近づいてくる。影は立体的に膨らんで目の前に立った。床に尻をついたまま後ずさると、それはぽつりと言った。

「――デハ、選択セヨ」

ふっと影は霧散した。ホッと、安堵のため息をついた途端――

バアン！

ぼろい扉が吹っ飛んだ。それを蹴り飛ばした足の主が、ナイフを手に踏みこんでくる。小汚いヒゲ面に血走ったぎょろ目の男。見覚えがあった。賞金稼ぎだ。この冬空に袖なしの革の上着、盛り上がる筋肉を見せつけてくる。片方の口角を歪めて舌なめずりし、床に転がる酒瓶を見て嗤った。

「よぅ、景気イイじゃねぇか。元・学者センセイよォ」

反射的に飛び起きた。狭い小屋を逃げ回るが、首を摑まれた。心臓がばくばくと鳴る。

「生キル、死ヌ、ドッチ？」

耳元で子供の声が囁いた。

――死にたくない！

下卑た笑みを浮かべる男の頭を――背後から大きな手が摑んだ。ぐしゃりと頭が潰れる。生臭い血が大量に降りそそぐ。首無しとなった男の後に現れたのは――巨岩の筋肉をもつ牛頭人身の憑物士。白い鼻息を噴きながら立っていた。その左肩に影の子供がちょこんと座っている。

「契約スル、シナイ、ドッチ？」

牛頭野郎が鼻息荒く見下ろしてくる。これはもう、契約とやらをしないと朝日は拝めそうにない。

影の子供と〈主従〉の契約を交わした。

人外の下僕となってしまった……

それを見届けて牛頭野郎は夜の闇に消えていった。影の子供は、こちらの影の中にするっと潜りこむと、隠し通路を使って城の敷地に入れと命じる。

城壁の結界は隙がないということか。上空はドーム状の結界で塞がれているが、地下はある程度の距離までしか届かない。だから、地下の隠し通路は人外にとっても格好の抜け道となる。

――石板の封じを解かなければ、こいつに目をつけられることもなかっただろう。

食料貯蔵庫へと侵入する。隠れて朝を待ち、料理人が扉を開けると隙を見て外に出た。これからどうするのか尋ねても、影の子供は返事をしない。気がつけば、いつの間にかその気配は消えていた。城外に戻ることも出来ず、女中寮での食料窃盗で捕まった。

世の中、理不尽なことばかり……そう思っていたこともあった。

今では、賢弟王子の温情と、人間らしい生活が出来ることに感謝している。だからこそ、これ以上は人外の片棒を担ぐまいと、自らを牢へ繋ぐべく——地味子に武勇伝を聞かせた。

……反省室か。一応、鍵はかかっとるが……賢弟王子の側近は人間出来とるのぅ。

契約で繋がっているが故、影王子の昏い思念が届く。何か恐ろしい計画を企てていることだけは分かる。いずれ、自分が利用されるということも——

◆影王子、語る

「十年カケテ、準備シタヨ」

地下室に閉じ込めたジュリアンのもとに、影王子はやってきた。

王家への復讐計画を語るためだ。何故なら、彼はそれを知る権利がある。

そして、どんな反応をするか見てみたい。彼が追い落としたと思っている愚兄王子。それすら、こちらの手の内で転がした結果だと知れば——どんな顔をするだろう。

「王妃ノ誕生日ニ、憑物士ヲ三体、城ニ送ッタヨ」

「あぁ、あれ。お粗末な奇襲の割に、侵入の手際がよかった。よほど頭の切れるやつが後ろにいるんだと思ったよ」

「オ褒メニ与《アズカ》リ、光栄ダネ」

ジュリアンは石造りの寝台に腰かけていた。食料を所持しているせいか、まだ、余裕を失わない。

「この国の守護者がね、城内で不穏な動きをする〈影の欠片〉を吹き飛ばした、と言ってたんだ。君のことじゃないかな」

「ソウ。アレハ、ボクノ分身」

「〈影人〉と言い、〈惑わしの影〉〈暗澹を運ぶ者〉とも言う」

「ドレモ、ボクノ呼称ダヨ」

ジュリアンは腕を組み、納得したように頷いた。

「じゃあ、君の分身を侵入させたのは、パッペル・ドジデリアで間違いないね。彼は隠し通路の封じを解いた。そして、元王妃の古参護衛に〈黒きメダル〉を渡して悪魔化させた」

その推測に確信を持っているのだろう。影王子は感嘆し「ソノ通リ！」と返す。

——優秀な王子だ。しかし、惜しむらくは非情に徹しきれない所だろう。王家の人間しか知らないはずの非常通路を暴いた者を、その不遇に同情して処分しなかった。

——そのおかげで、こちらの計画がうまく運んだわけだが。

「オマエト、愚王子。憑物士ニ、襲ワセタ理由——分カルカナ？」

「互いが人外関与をしていると、疑心暗鬼にさせるため。潰し合いを狙った」

「アタリ」

ドミニクしか疑心暗鬼にはならなかったが、これは想定内。先に標的にしたのがドミニクと王妃だから、その方が都合よかった。ジュリアンの顔を注視しながら告げた。

「王妃ヲ攫エト、指示モ出シタヨ」

彼は穏やかに微笑んで見せた。

「邪魔者が消えたことに、その過程は重要じゃない。お礼でも言ってほしいのかい？」

手の内で転がるどころか動じてもいなかった。柔和な仮面の下は腹黒いようだ。

それなら今、進行させている計画を話すとしようか。いつまで冷静でいられるかな？

十年前からこつこつと、憑物士を大量に集めて〈仮死状態〉にしておいた。最近、その一部を〈蘇生〉させて辺境地に集団で放った。これを繰り返せば、城の騎士団が調査に乗り出してくる。

雑魚が大量に狩られるのは計算の内。戦い終われば気も緩む。そこを狙って騎士らを捕獲した。

「僕は寂しがり屋じゃないから、そんなに部下を招待しなくてもよかったのに」

やれやれと言いたげに、彼は肩をすくめてみせる。

「最初デ最後ノ、オモテナシ、ダカラネ。盛大ニシナイト」

「憑物士を仮死状態にするって、どうやって？　とても興味深いな」

「特別ナ魔道具ヲ、使ッタンダ」

ジュリアンは世間話をするような調子で会話をつなげる。

――変だな、まだあまり状況がよく分かってないのか？　それとも豪胆なのか。

側近はひとり取りこぼしたが、人事室長のような華々しい兵歴もないから問題はない。それに、〈黒蝶〉の始末はネモフィラに任せている。悪魔化した彼女は迷いがなく無敵だ。懸念を抱いたあのメガネ女中とて、一ひねりで片付くだろう。抜かりはない。

第二王子派の淘汰は、概ね順調――

「コレカラ、行ウノハ、王城乗ッ取リ」

さすがに驚いたようで、彼は琥珀の双眸を見開く。

最も脅威であり邪魔なのは、高位精霊でもある裁定者。だが、弱体化させる方法はある。

以前、彼は巨大魔獣を滅するため攻撃魔法を放ち、そのあと丸一日、姿を消した。城内に〈分身〉を放っていたから知っている。彼は失った魔力が回復するまで雲隠れしていたのだ。

ならば、それと同じ状況を作ればいい。そのときこそ、絶好のチャンス。

「城へ、贈リ物ヲ、シタヨ」

「贈り物？」

「オマエヲ襲ッタ、村人ノ〈元〉。気ヅカヌ内ニ、増殖スル」

裁定者が姿を消すタイミングに合わせて、あの頭の割れた異形〈ヒル人間〉どもに国王を襲撃させるのだ。彼に加護がついてないのは確認済み。城に残る戦力は少ない。一晩あれば城の人間は蹂《じゅう》躙《りん》できる。

パッペル・ドジデリアに城と王都の二重結界を解除させ、憑物士の大軍を送り込んで王都を制圧。

「――最後ニ、ボクガ玉座ニ座ル。完璧ナ作戦ダ！」

「そんな大事な計画を話してもよかったのかい？」

どうせ、彼が生きてここを出ることはない。懇切丁寧に教えてやったのは、将来を有望視されてきた王子の――己の無力を嘆き悔しがる様《さま》が見たかったからだ。

「裏切者に黙ってやられるほど、僕の〈黒蝶〉は弱くはないよ。それに、君は僕や陛下の〈切り札〉を知らない」

――ジュリアンの切り札は、〈武〉に優れた側近たちだ。彼らはすでに手の内にある。〈黒蝶〉と隊長を除けば魔力もなく魔法武器も使えない、雑魚の集まりに過ぎない。国王の切り札である裁定者も、隙をつけば役には立たない。

この余裕はきっとハッタリに違いない――だが、これは好機だ。

「ジャア、賭ケヲシヨウ！　城攻メガ、成功シタラ、ソノ腰ノ剣ヲ、手放シテモラウヨ！　失敗シタラ、ココカラ、出シテアゲル」

緑の加護によって彼の武器は奪えない。ならば、自ら手放すように仕向けなくては――

彼は胡散臭い目を向けながらも、口許に笑みを刷《は》いた。

「君が僕を解放する気がないのは、百も承知だからね。条件はこちらからつけるよ」

頭のいいやつはやりにくい。

彼は先に話した〈憑物士を仮死・蘇生させる魔道具〉がどんなものか見たい、それを作った者に会ってみたいと言った。城攻めが失敗することは万が一にもない。影王子は快く承諾した。

☆

エンディミオ・リ・グロウ。その男は自己愛が強かった。

伯爵家に生まれるも、次男であるため跡継ぎにはなれず。ならばと、あらゆる手を使って第一王子の騎士団長までのし上がり、本家にあたるマーベル侯爵家の当主に認められた。一人娘を婚約者にすることで、将来的にも侯爵の座を手に入れることに。

王妃の覚えもめでたく、第一王子が王太子となれば、順風満帆の人生となるはずだった。

そんな彼の前に、異形の〈影〉は現れた。結界の届かない山野で、攫われた王妃の捜索をしている時に――当然、退けた。しかし、後日、再び現れたそいつは「宰相の失脚」を報せてきた。

万が一を考えて帰城はせず、情報収集のため部下を王都へと送った。その二日後、ドミニク捕縛。弟王子への暗殺関与について、自ら口を滑らせたという。

――馬鹿なのか！　屑王子め！

これまでの努力はすべて水の泡、エンディミオは逃亡生活を余儀なくされた。

何故、才にあふれた自分こそが王族として生まれなかったのか。運命が呪わしい。

力が欲しい！　すべての人間を屈服させる強い力が――！　オレはここで終わっていい人間ではないはずだ！

「ヤリヨウハ、アルヨ」

耳元で〈影〉が囁いた。己が殺された不遇の御子であると明かし、王家に復讐すべく協力を求めてくる。〈黒きメダル〉の存在をちらつかせながら。

「雑魚の悪魔に憑かれるなど、願い下げだ！」

「高ミヲ目指ス者ヨ、デハ――」

従順な下僕を際限なく生み出す悪魔はどうか――と尋ねてくる。

「何だって……？」

さらに、協力の報酬が「王都ヲ破壊シタ後ノ、玉座」だと告げる。

「そんな美味《うま》い話……キサマとて、玉座を欲して復讐を企んでいるではないか！」

「人世ノ椅子ハ、一度、座レバ十分」

その復讐は、王家とこの国の中枢を再起不能にすれば終わるのだという。

乗らない理由はなかった。すでに失うものもない。

王太子一行の襲撃にも成功した。笑いが止まらない。

四章　嵐に舞う想い一片

1　魔性ヒルの侵入

暁星暦五一五年　五月五日

日暮れとともに、ハルビオン城の正面に位置する南正門は閉められる。

その直前、一人の男が転がりこんできた。息も絶え絶えの様子で倒れこむ。王太子の供として旅に出ていた騎士だ。その王太子と随行者九名は、三日前から消息不明となっている。

「おい、しっかりしろ！　王太子殿下は今どちらに⁉」

門番たちが兵の詰め所に運んだが、すでに彼の意識は朦朧《もうろう》としていた。

「誰か、薬師を呼んでこい！　急げ！」

「うわっ、なんだこれ……⁉」

少しでも体を楽にさせようと、彼のマントを外した者が驚愕の声を上げる。背中が異様に膨れ上がっていた。袖が引っ張られて上着を脱がすのも困難だ。

「怪我をしているのかも知れん」

ナイフで慎重に上着とシャツを切り裂いた。その背中には、三十センチほどの薄桃色の物体がふたつ張りついていた。

「でか……ナメクジか？」

「皮膚に食いついてる、吸血ヒルだろ」

手袋越しに摑んで引き剝がそうとするが、滑ってうまく摑めない。

「ヒルなら火を押しつければ取れる、と聞いたことがあるぞ」

隣室で休憩していた別の門衛がやってきて、火のついた煙草《たばこ》をヒルの体に押しつけた。

ジュッという音とともに、生臭さが立ち上る。ぴくりとも動かない。先ほどのナイフを持った門番が斬りつけたところ――

「刃が入らない……!?」

「異形か！」

「どけ、オレが仕留める！」

一人が魔力を通した剣を抜き、斬りかかろうとした瞬間――二匹のヒルが飛び跳ねた。彼の顔や腕に体当たりすると、ものすごい勢いで部屋の床を這って逃げてゆく。

あっけに取られた一同は、騎士の呻きで我に返った。彼はみるみる干乾びてゆき――体中の水分を失って凄惨な状態で事切れた。

門を守る彼らは、すぐさま呼子で警備兵を呼び集める。さらに、騎士団と魔法士団への連絡をして逃げたヒルを追った。東の森へ向かった、との目撃情報から三十分後に一匹目を見つけて駆除。もう一匹がなかなか見つからない。魔法士が微かな魔力を辿り、ようやく仕留めることが出来たのは、日付も替わる頃。

不気味なことに、この魔性ヒルは死滅する直前、三倍ほどに膨らんでヒトデのような形に変化《へんげ》したという。この件に関する報告は、国王のもとにまで迅速に届いた。

五月六日

朝早くから、コニーは女中寮を訪れていた。仕事の前にミリアムに渡す物があったからだ。

談話室に行くと、女の子たちが和気あいあいとお喋りに花を咲かせている。

「それ、どこで見つけたの～」

「きれいね！　わたしもほしい！」

一人の女中が数本の白い花を手にしていた。牡丹《ぼたん》に似たそれは、中央が光って見える。

彼女たちの輪から抜け出たハンナが、こちらにやってきた。

「コニーさん！　おはようございますぅ」

「おはよう、ハンナ。彼女の持っているあれは何ですか？」

「北東の森で咲いていたそうですよ！　中央に真珠みたいな粒が詰まってて、珍しいんです」

ここから近い森なのでコニーもよく通るが、あんなに大きな白い花は見たことがない。

そう思っていると、突然、彼女たちの方から悲鳴が上がった。白い花びらが床に散っている。

何事かと近づくと、先ほど花を持っていた彼女が困惑したように言った。

「いきなり、花が弾け飛んで……」

コニーは屈むと、指先でそっと花びらを除けた。その下に割れた白い粒がたくさんあり、中から粘液がこぼれている。これは素手で触らない方がよさそうだ。片付けようと手を伸ばしてきた彼女に、待ったをかける。そこへ折よく、女中に扮した少年が室内に入ってきた。

「蕁――じゃないヴィレ、ちょっと話があるんだけど！」

「リフ、箒と塵取りを持ってきてください」

彼はムッとしたように「なんで、ぼくが！」と、言い返す。

「あなたは職場でのコミュニケーションが不足してるようですからね。機会を作ってあげているのですよ」

「コミュ障みたいに言うのやめろ！　お前が仕事詰めこむから、人付き合いしてる暇ないんだろっ」

日常的に女性言葉を使うのは続かないとのことで、彼は素の口調だ。しかし、これが難なく周囲に〈ぼくっ娘〉として認識されている。ぶつくさ文句を言いながらも、廊下の用具入れから箒と塵取りを持って来たリフは、花の散らかった床を見るなり怪訝な顔をした。

「この花持ちこんだの誰？　虫の卵めちゃくちゃついてんだけど」

途端に、先ほどの女中たちが盛大な悲鳴を上げる。慌ててそこから離れようと、椅子にぶつかったり転んだりしながら走り去ってゆく。せっかく人が黙っていたものを。

「あいつら皆、逃げてったじゃん……」

「虫嫌いの女子は多いのですよ」

見た目、完璧な可愛い女子でもリフは男子だ。何故、虫の卵ごときで逃げるのか分からないのだろう。それにしても、卵の中身がどこにもいないとは……弾け飛んだ時に逃げたのか。

「お待たせ、コニー！　例のもの、持ってきてくれた？」

金髪美女のミリアムが入口から声をかけてきた。コニーは踵《きびす》を返してそちらに向かう。

「あっ、おい！　誰が掃除すんだよっ」

「片付けておいてください」

「えーっ⁉」

「あたしが塵取り持ちますよ～」

抗議するリフに、親切なハンナが手を貸した。彼女は子供の頃、林檎《りんご》農家の祖母宅で暮らしていたというので、虫は平気のようだ。

コニーはミリアムに持ってきた紙の束を渡す。彼女には基本的な算盤のやり方を教えたので、あとは数をこなして上達してもらうだけ。そのためにも問題と解答用紙を作って渡している。

「ミスは減りましたか？」

「最初の頃よりはね。毎日、練習しているから」

「慣れたら速度を上げるためにも、時間を計った方がいいですよ。この問題用紙一枚、三十分を目標にしてください」

「……速い方がいいの？」

「計算は速さが肝です。特技になりますよ」

特技という言葉に、ミリアムの目が輝いた。

「じゃあ、置き時計がいるわね。今度の休みに中古屋で探してみるわ」

「談話室にもあるので、ここでやることも出来ますよ？」

「う～ん、人のお喋りが聞こえると気が散るから……」

「それもそうですね」

室内の柱時計を見る。就業の十分前。そろそろ移動しなくては。ハンナとリフにも声をかけて、四人で洗濯場へと向かう。ハンナとミリアムが話しながら前を歩いていると、すっとリフがコニーの隣にやってきて小声で聞いてきた。

「殿下が帰国予定日に戻って来ないって、噂を聞いたけど。何があったんだ？」

「ただの噂ですよ」

「陛下の護衛らが話してたんだよ！　信憑性はある。だとしたら、とっくに揚羽隊長は迎えに行ったってことだろ。連絡は――？」

確かに揚羽は主を迎えに行った。今日で五日目になるが連絡はない。

だが、それを〈黒蝶〉から外れたリフに言う必要はない。

「あなたが知る必要のないことです」

「なんだよ、大事な人の安否も知っちゃいけないのか！」

突然、大声を上げたリフに、先を歩いていたミリアムたちが驚いたように振り返る。

「すぐ行きますので、先に行っててください」

彼女たちを促し、リフと二人きりになった。

「そうやって、ごねれば何でも話すとでも？」

「お前はいいよな！　バイトでも〈黒蝶〉なんだから！　ただの下働きになったぼくの気持ちなんて、分からないだろ！」

あなた……常からそのバイトを見下してましたよね？　それを今更、羨ましいとか言うんですか。

コニーはひとつ息をついた。

「下働きも、城と王家を支える力のひとつです。腐すのは感心しません」

すると、ますます険しい顔をして噛みついてくる。

「ぼくは、こんなことがやりたいんじゃない！　城から追い出されないってことは、まだ〈黒蝶〉に戻れるってことなんだろ⁉　これが罰だっていうなら、あと五ヶ月ぐらい我慢して働くけど！　隊長の安否ぐらい教えてくれてもいいじゃないかっ！」

主は以前言っていた。

『〈黒蝶〉に戻るのが前提だと知れば、彼は最大限の努力をしない』と。

その懸念は当たったようだ。考えろとは言ったが、彼は自分に都合よく、易《やさ》しい方向へと思考の舵切りをしたらしい。与えられた仕事はこなすが、我慢して嫌々やっているのだ。そこに自主性はない。このままでは〈最大限の努力〉には到底、及ばないだろう。

つまり、彼は変わらない。そうなると行きつく先は――

「確かに、わたしの指導は半年だと言いましたが、〈黒蝶〉に戻れるとは言ってませんよ」

「じゃあ、なんで始末されずに――!?」

「ガーネットとスモークが嘆願したからです。彼らが今後、あなたを庇護をしないことを条件に、わたしの監視の下《もと》、期間限定で再教育が決まりました」

これは、真実を言った方が効果があるだろう。

「ただし、使い物になるか否かで最終判断は決まります。わたしが指導した分は、わたしが諜報活動においても有利に使えた技能です。優秀な女中は敵地に潜入しやすいですからね。これは最終警告です。あなたの価値を作りなさい。でないと、芋虫は潰して山中に捨てられますよ」

決して脅しではないと言い含めると、彼は青ざめて口を噤《つぐ》んだ。

五月八日

「最近、何だかぼんやりしてる人が増えたわ」

お昼時の使用人食堂。いつものざわめく活気はどこへやら、静かに食べている人が多い。

ミリアムが周囲を見回したあと、隣の空席を見る。いつもそこにいるはずのハンナは、倦怠感を訴え休憩時間は「少しでも寝たい」と女中寮に戻っている。

「そのようですね」

彼女の対面に座るコニーは、スープの味が薄めであることに気がついた。具材の芋も煮込みが足りず少し硬い。美味しくないわけではないが、いつもより雑な感じがする。

……どうしたのでしょう、セイヤ料理長。具合でも悪いのでしょうか？

食事が済んで食堂を出ようとすると、テーブルに突っ伏している人々が視界に入った。

まさか、流行り病の兆候？

「これから、ハンナを西塔の薬師局に連れて行って診《み》てもらいましょう」

「それがいいわね、風邪を引いたのかもしれないから」

頷くミリアムと一緒に、女中寮へと向かう。私室で眠っていたハンナを起こした。

「……もう、お仕事の時間ですかぁ？　すぐに行きますぅ……」

のろのろと起き上がる。視点の合わないぼんやりとした表情。彼女の額に手を当てるが、熱はなさそうだ。具合を尋ねると。

「とにかく、体がだるくて……考えることも難しいんですぅ……」

薬師局に連れて行くことを告げて、歩くのも億劫そうな彼女を支えるように、コニーはその背中に手を回した。ぷにっとしたおかしな感触に肌が粟立《あわだ》つ。

「ハンナ、悪いけど背中を見せてもらえますか？　今、変な感触が……腫れているのかも」

そう言いながら、ハンナを椅子に座らせた。彼女は頷き、ゆっくりとお仕着せのワンピースを脱いで、前留めのコルセットを外す。シュミーズはそのままに、コニーは背中側をめくった。

「これは……！」

「えっ、水膨れ……じゃないわよね⁉」

覗き込んだミリアムが、ギョッとしたように声を上げた。左の肩甲骨の下に、七センチぐらいの茶色でぶよぶよした物体が張りついている。

三日前の騎士変死事件を知っていたコニーは、これが魔性ヒルではないかと察した。騎士に張りついたものは三十センチほど。それよりずっと小さいが、血を吸って丸々と太っている。

スカートの下からフィア銀の短剣を出したコニーは、魔性ヒルを斬り飛ばす。床に落ちて激しくのたうち変形するそれは、動かなくなった頃にはヒトデのような形になっていた。

「な、なんなの、これ……⁉　気持ち悪……！」

「魔性のヒルです。清潔な布はありますか。血を止めないと」

彼女は魔性と聞いて、コニーの持つ短剣に目を向けるも――余計な詮索はしなかった。

急いでチェストから清潔なタオルを出して、コニーに渡す。ハンナの背中に当てたタオルは、見る間に赤く染まった。

「血が止まりませんね……薬師様を連れてきます」

手当てをミリアムに代わってもらい、床に落ちた異形の残骸をハンカチを使って拾う。

「それなら、彼女を薬師局に連れて行った方が早くない？」

「いえ、おそらくこれはハンナだけではないでしょう。警備兵にも連絡してきます。なるだけ早く戻りますので」

急いで寮を出ると、全速力で駆けて洗濯場へと向かう。そこで幌付《ほろつき》魔獣車を借りて、先に兵の詰め所へと走らせた。運よく警備隊長がいたので、ハンナが魔性ヒルに噛まれていたことを伝えた。

そして、彼女のようにぼんやり症状の下働きが多いことも。

「二日前、同僚が北東の森で奇妙な花を摘んでいます。それには、真珠によく似た蟲《むし》の卵がたくさんついていました。そのときに花が弾けて卵も孵化《うか》したらしく……」

ハンカチに包んだ魔性ヒルの死骸を渡す。警備隊長は三日前に現れた巨大ヒルを実際に見ていたので、それが同一のものだと分かったらしい。

「すぐに警備兵たちを調査に向かわせよう！　騎士団と魔法士団にも連絡を！」

部下たちに次々と指示を出す。ここには通信魔道具があるので迅速に各所へ連絡出来るのだ。

コニーはこれから寮に薬師を連れて行くと言って、その場をあとにした。警備兵たちの間をすり抜けていると、ふいに聞こえてきた。

「北東の森？　でかいのは東の森で仕留めたから、そっちまで徘徊したとは思わなかったな」

――なるほど、それで卵が見落とされたのか。

薬師局を訪ねたコニーは、顔見知りの老薬師に事情を話して、同行を求めた。

幌付魔獣車に薬師と見習い合わせて七名を乗せて、急ぎ寮へと駆け戻る。すでに、多くの警備兵や騎士、魔法士らも到着していた。下働きエリア全体を調べて、魔性ヒルの駆除が行われる。

コニーは短剣の黒蝶印が見えないよう包帯を巻いて隠し、それを用いて駆除に当たった。

最初に現れた巨大ヒルには、微弱な魔力があったという。産卵することからも、成体で間違いない。魔法士の魔力感知で探せないかと期待したが、成体以外に魔力はないという。つまり、卵から三十センチ未満までは目視で探すしかない。

二日強で七センチにまで急成長するのだ。見落とせば、九日ほどでミイラが出来上がる。

「そういえば、リフは？　ハンナと一緒に、あの花の掃除してたでしょ」

ミリアムに言われて、ハッとする。そういえば、昨日からあの子見てない！

コニーは幌付魔獣車を駆り、東の森にある旧魔獣舎へと飛ばす。その二階の朽ちかけた小部屋に彼は住む。扉を蹴破る勢いで飛びこむと、寝台に臥せっていたリフは驚いた様子で叫んだ。

「ち、違う！　風邪でだるくて！　仮病じゃな……」

くすんだ肌色、頰がこけるほどに窶《やつ》れている。背中に盛り上がる拳大のコブ。何あれ。

「風邪なわけないでしょう！　背中にヒルがついてるのです！　シャツを脱いで！」

状況を説明しても、ぼうっとした顔。血を吸われ過ぎて頭が回らないのか。そのくせ反抗してくる。

「やだよ！　何なのヒルって、馬鹿じゃないの？」

「緊急事態です！　えいっ」

力技で押し倒し、背中のシャツをめくる。「きゃあっ⁉」と、乙女みたいな悲鳴を上げるリフ。

小ヒルが十四、固まって膨らんでいた。短剣で斬り払うと、床に落ちてのたうち回る。最期《さいご》にヒトデのような形に変わった。

「……な……なんでぼくの背中に、こんな……？」

彼に箒で掃かれた恨みだろうか。他の被害者は一匹しかついていなかったのに。

それから、城の敷地内にいるすべての者に通達が出された。

「魔性ヒル、及びその卵には触れぬ事！　寄生者は部屋に隔離し、適切な処置を受けよ！」

後々、騒動のあった下働きエリアでは、互いが常に目を配り、警戒を続けることに。

一方、貴族たちにもその話は伝わったが、エリアが離れていた事もあり、一部は危機感も薄く、他人事のように捉える者も多くいた。

☆

マルゴは追い詰められていた。

同僚たちにハブられ、見知らぬ男女に池に落とされて、友人にも見放された。あげくは、人外の〈影〉に〈黒きメダル〉を渡されたのだ。それは、何度捨てても小屋の中に戻ってくる。

報復制度で裁かれたことを知って以来、城外へ逃げ出すことばかり考えていた。

お咎めなく城外に出るには、あと二年七ヶ月半もある。そんなに待ってられるか！　王都から逃げ切るだけの金が必要だ。しかし、手持ちの金などない。

——お腹空いた……

リンドの差し入れがなくなってからは、人目を避けて森へ行き木苺を採って食べていた。

ある日、〈真珠〉を抱く珍しい花を見つけた。その〈真珠〉を摘みとり、小壺に溜めて小屋の裏に土を掘って隠す。本物じゃなくてもいい、城下に出た時に売れるかも知れない。

木苺を採りつくしてしまった。仕方なく使用人食堂へと行く。人の少ない時間を狙ったが、冷たい目を向けられる。食事をもらうべくカウンターへ向かっていると、ある会話が耳についた。

昨日、下働きが〈魔性ヒル〉に寄生された。原因は花についた卵が孵化したことだった——と。

「何でそんな怪しい花を摘むのかねぇ」

「それがさ、卵が〈真珠〉みたいに見えたらしいよ」

まさか、あの花のこと⁉　……帰ったら捨てなきゃ！

いくら待っても料理は出てこない。厨房につながる半円の窓を覗くと、賄いの中年女と目が合う。

「働かない者に出す食事はないよ、帰んな」

すげなく追い払われた。空腹のあまり諦めきれず、ゴミに残飯が出てないかと食堂の裏口に回る。

食材業者の魔獣車が留まっていた。

そうだ、荷台に隠れて城門を出ればいいじゃん！

行動に移したものの、あっさり門番に捕まり脱出は失敗。物置小屋に逆戻り。

——これも全部、あの非人道な裁きをした国王が悪いんだ！

小屋の裏に埋めた小壷を確かめると、小ヒルの群れが湧いていた。

人間に寄生すると聞いた。血を吸いつくされて死んだ騎士もいるという。マルゴはにやりと嗤った。夜の闇にまぎれて城の裏庭へと向かう。警備兵がいるので近寄れないが、その一角に投げ捨ててやった。

翌日、マルゴは渋々と仕事に復帰することにした。食事にありつくためだ。

だが、あまりに汚い身なりのまま洗濯場に行ったので、同僚たちから悲鳴や罵声が上がった。警備兵につまみ出されてのち、やってきた女中頭に女中寮の共用浴場へと連れて行かれた。

――リンドのやつ、こんなにきれいで設備の整った所に住んでるのか。

友人だった者への妬みが湧いてくる。古着のお仕着せをもらい、それを着て洗濯場に戻った。

白々《しらじら》とした冷たい視線。リンドが吹聴したのだろう、それまでの仮病がバレて、嫌がらせが頻発する。ぶつかられたり転ばされたり、庭を歩けば洗濯棟の二階からゴミやバケツを頭に投げつけられる。一度、同僚に摑みかかったところ、飛んできた警備兵にアザが出来るほど棒で殴られた。

小屋に戻るとまた中が荒らされていて――壊れた壁の隙間に隠した〈黒きメダル〉が見つかるのでは、と肝を冷やした。小袋に入っているしと、スカートのポケットに隠し持ち歩くようにした。

脱走に失敗してから、八日目の朝。それが裏目に出た。

破れたポケットから小袋が落ち、飛び出た黒い鉄塊をリンドに目撃された。

「マルゴ、そんなものにまで手を出して……最低！　誰か！　警備兵を呼んで！」

とっさに小袋ごと〈黒きメダル〉を摑んで、マルゴはその場から逃げ出した。

2　王都進軍

五月十七日

本日、コニーは経理の仕事だ。執務棟へと向かう途中、〈黒きメダル〉を持った女中が逃走中だと小耳に挟んだ。その身体的特徴からマルゴだと分かった。

「憑物士及び、〈黒きメダル〉の魔力が見つからない」

追跡に出た魔法士がそう言ったという。悪魔化すればその身に魔力が宿るのだが、それが探知できないと。つまり、彼女はまだ人間ということだ。そのため、多くの警備兵たちが探し回っている。

――しかし、〈黒きメダル〉の魔力まで見つからないとは、どういうことか。

執務室にいるアベルに書類を届けに行くと、彼の後頭部に小さな寝ぐせを見つけた。おそらく、昨夜はここに泊まったのだろう。先の話も知らないようなので伝えておいた。

「前にも似たような事があったな。女中が悪魔化した事件が……」

「昨年十二月に起きた、ゾフィ・アマニーの件ですね」

魔道具での魔力遮断は出来ないと云われていた〈黒きメダル〉。ゾフィが所有していた小袋は、その常識を覆《くつがえ》した。魔法士団での解析により、この世には存在しない植物繊維であることが判明。これに反応する魔道具を作って城門に設置した。以降、同じ手口による〈黒きメダル〉の侵入は未然に防いだはず、だったのだが……

「あれから二ヶ月もしない内に、元王妃の護衛が城の敷地内で悪魔化しました」

「あの両生類みたいな憑物士だな」

コニーにとっては、忘れようもない二つの事件。ゾフィの時は個人的な妬みで襲撃を受けた。元護衛に関しても恨みがあるかのように追い回され――その上、毒を吐きかけられた。

「マルゴと元護衛が、どうやって〈黒きメダル〉を持ち込んだか、についてですが……」

「隠し通路――」

声がかぶってしまった。「どうぞ」と、まずは上官の意見を求める。彼は軽く咳払いをしてから頷いた。

「以前、ドジデリアが地下通路の封じを解いた。あそこから〈影の子供〉が侵入して、彼らに〈黒きメダル〉を渡した――と見るべきだろう」

「アベル様も、アレが〈惑わしの影〉だと思われますか？」

〈影の子供〉は先王の御子だと裏が取れている。しかし、〈黒きメダル〉を運ぶ者であるかまでは確証はない。だが、それでもいろいろと怪しい点はあって――

「そう考えた方が、辻褄《つじつま》が合う」

同意である。コニーは頷いて尋ねた。

「これは、偶然の侵入だと思いますか？」

あのふざけたおっさんが、悪意を持って手引きしたとは考えにくいのだが――

「偶然にしては出来過ぎている。以前、何か隠しているのではと、彼にカマをかけてみたが……妙な反応を返してきた」

「妙な反応？」

「魚みたいに口をぱくぱくさせては黙りこむ、という事を繰り返し……最後には、太め女子の魅力を熱弁して去って行った」

それは、何か言おうとしたけど、やっぱりやめて誤魔化した……？

突如、けたたましい鐘の音が鳴り響いた。

物見塔からの警告。ついに悪魔化したマルゴが見つかったのか――と思ったが、回数が違う。人外侵入は短く八回。今打ち鳴らされているのは、四回二回と音の長さを変えての繰り返し。これは、〈王都へ進軍する敵〉を知らせるものだ。初めて聞いた。

にわかに周囲が騒がしくなる。「憑物士の群れが王都に向かっている」という情報が飛びこんできた。執務室の扉が激しくノックされて、入ってきた国王の使いが告げた。

「クロッツェ殿！　憑物士討伐に出陣されたしと、陛下からの御要請です！」

現在、城にいる王太子騎士団は団長・副団長ともに不在。アベルは騎士ではないので要請という言葉を用いてはいるが、実際は不可避の命令だ。きっと国王は、彼が御前闘技大会における次位の記録保持者だと知っているのだろう。コニーはそう察したが、事情を知らない経理官たちは、「何故、うちの室長を戦場に⁉」と蒼白な顔でざわつく。

「問題はない、行ってくる。皆は仕事を続けてくれ」

アベルはそう告げると、従者ニコラを連れて執務棟を出て行った。


角笛が鳴り響く。コニーは書類を書く手を止めて、資料室から窓の外を見た。

鎧騎士の一団が西中庭を横切ってゆく。各々《おのおの》が二足立ちのトカゲ魔獣に乗っている。

前方に翻る藍色のマント。アベルもまた、銀の鎧に身を包んでいた。整然とした隊列は城の正面口へ向かい、そこから南の正門を繋ぐ広い道へと進んでゆく。

マントの色で王太子騎士団、国王直下の近衛騎士団、魔法士団からの混合編成部隊だと分かる。数は百五十一騎。辺境へも相当数が送り出されているので、これで城に残る騎士は全体の半数を大きく下回った。その数、三百を少し超えるぐらい。広大な城敷地には警備兵が多くいるとはいえ――城の護《まも》りが薄くなることに、コニーは言いようのない不安を覚えた。

せめて戦況だけでも知りたい……！

ざっと机の上を片付けて資料室を出る。隣の経理室の扉が開いていた。意味もなく右往左往したり、窓に張りついたまま動かない経理官たちが見える。誰も仕事などしていない。執務棟を出ると、人々の気持ちを映したかのように空には暗雲が垂れこめていた。

コニーは官僚宿舎へと駆けた。自室に戻るなり、床下に隠した二本の愛刀を取り出す。動きやすいようにと慣れた女中服に着替えて、上から剣帯をつけて愛刀を吊るす。軽い生地のマントを羽織ってそれらを隠した。

官僚宿舎を出ると、折よく城下へ戻る業者に会ったので、魔獣車の荷台に乗せてもらう。すでに城門は閉ざされていたが、小さな通用門から出ることは出来た。

街門近くで降りると、顔見知りの門番に声をかける。

「知り合いが戦《いくさ》に出ているので心配で！　市壁に上って見てもいいですか？」

「いいけど、たぶん遠過ぎて見えないよ？」

「それでもいいです！」

「じゃあ、お祭り気分の連中が先に上がってるから。押されて落ちないように気をつけて！」

討伐隊が出たことで、野次馬たちが市壁に押し寄せてきたらしい。

塔の階段を使って市壁の上へと出た。狭い通路は人で溢れ、胸壁の隙間に押し寄せたり、その上に登ったりして王都の外を眺めている。王都正面より視界九十度、十数キロ先まで草原が続く。戦場は肉眼では見えない。コニーは人のいない高い塔の屋根まで上り、望遠鏡を使って覗いた。やはりよく見えない。

近くで興奮気味に喋っている門衛たちの会話が耳に入る。どうやら事の発覚は、憑物士軍が南方面から北上する際に、複数の町の近くを素通りしたせいらしい。それで、あちこちから通信魔法による緊急連絡が城へ飛んだ、と。敵数は五百程度ともいう。

憑物士としては異常な数だ。一体、どこから湧き出したのか。王都に進軍しても、結界がある以上は侵入出来ないのに。一体、何を企んでいるのか……

草原の彼方で雷光が弾けた。魔法の軌跡が戦場を彩る。それは肉眼でも見えるため、ついに始まったと人々は息を呑む。

敵は鋼のような肉体による攻撃のみならず、破壊の魔法を揮《ふる》う。討伐隊は魔性狩りに適した特殊武器を用いて、これに立ち向かう。攻撃魔法への耐性が高い鎧をまとうため、大きなダメージを受けることは滅多にない。だからこそ、敵の三分の一の戦力でも問題ないのだ。

ただ、敵の目的がはっきりしないのが気持ち悪い。

悪いことが起こらなければよいのですが……

正午の鐘が鳴って、さらに小一時間ほど過ぎた頃。

戦場にて、空に向かってまっすぐに伸びる三本の赤い煙。

「駆除終了を知らせる合図だ！」

門衛が告げると、周囲から歓声が沸き起こった。コニーは、ほっと胸を撫で下ろす。騎士たちを迎えるために、堅く閉ざされていた街門が開く。人々の祝う声の中――その異変は起きた。

遠く曇天の空に、ぽつんと現れた黒い染み。ちょうどそれが視界に入っていたコニーは、そのまま注視した。黒い染みは一気に広がってゆき、垂れ幕のように降下して赤い煙を呑みこむ。勝利の証が消えると、たちまち不安と混乱が人々の間に伝播《でんぱ》する。

あれは――以前、自分を呑みこんだ影と同じ！　コニーはそう直感した。急ぎ人混みをかきわけて塔の階段を下りると、目の前の街門を飛び出した。門番に呼び止められたが、フルスピードで駆け出す。垂れ幕だった影は茸《きのこ》の笠のように膨らんで地上を離れると――空で四散した。

やっと辿り着いた戦場。頭部が獣であったり、虫のような手足や羽を持っていたり……異形たちの屍が累々と地上を埋め尽くす。見慣れた背中を見つけた。藍色のマントが風にはためく。

「アベル様！」

そこに立っていたのは彼だけ。コニーは駆け寄った。

「一体、何があったのですか⁉　他の方たちは⁉」

彼は呆然とした様子で答えた。

「——駆除を終えて、帰還を始めた直後に……周囲が闇に包まれた。それで、コレが……」

自身の左腕に、がっちりと巻きつくモノを見せる。金属の持ち手が蔓草のように変形した魔獣槍だ。野太い男の声が得意気に答えた。

「主殿から引き剝がそうとする邪悪な力を感じ、こうしたのでござる！」

「周りにいた騎士たちの声も、一瞬で遠ざかっていった」

アベルは影を斬り払って脱出したという。連れていた魔獣も、いつの間にかいなくなっていたと。

なんという大胆な集団誘拐。戦闘が終わったあとの、気の緩みを突くとは——

「あの憑物士軍は囮、ということでしょうか？」

はなからそれが狙いなら、あれだけの軍勢はすべて捨て駒ということになる。彼も頷いた。

「あぁ……これで、地方に出た討伐隊が戻らない理由も判明した」

現時点で、生死不明の討伐隊は、義兄を含む二百五十名、今回が百五十名、加えて王太子一行九名（一人が魔性ヒルによる死亡）——合わせて四百九名となった。

「城の兵力を減らしての、王都攻略が目的だろう」

まさか、ここまで大量犠牲を厭わないとは……いや、人の世界にだって、他者の命に無頓着な者はいる。ましてや相手は人外だ。

アベルが深刻な顔で、「急いで城に戻ろう」と促す。

「王都を守るため、陛下は各地から援軍を呼ぶことになる。その前に敵はまた仕掛けてくるはずだ。

次に来る敵数はさらに多いと思った方がいい」

王都を攻略するなら、最低でも数千単位が予測される。さすがに、万単位の憑物士を兵力として持っているとは思いたくないが……

「……あ、待ってください」

視界の端に何かを捉えて、コニーは目をこらす。王都とは反対の方角から、土煙を上げて魔獣が猛然と駆けてくる。その上に人が乗っていた。望遠鏡を取り出して確認する。

「あれは〈黒蝶〉です」

こちらに向かっているようなので、アベルに少し待ってもらった。

「紹介は必要ですか？」

「いや、ジュリアン殿下の側近になった時に、顔合わせは済んでいる」

「そうでしたか」

側近との顔合わせは正規メンバーのみ。コニーはバイトなので紹介してもらえなかった。

……なのに、アベル様は蹴りの威力を見ただけで、わたしが〈黒蝶〉だと気づいたのですよね。慧眼《けいがん》です。

しばらくして、やってきたのは〈黒蝶〉のスノウ。コニーと同程度の身長の小柄な青年。凶悪な目つきに反して、新雪色の髪は羽毛のようにふわふわして愛らしい。彼が乗っているのは、緑に苔生した五百キロ級の猪に似た魔獣。城で飼っている同型のものより二回りも大きい。

「駆けてくる間に戦闘しているのが見えた。何があった？」

着いた早々、疑問を投げかけてくる。コニーは手短に状況を説明した。スノウは先王の隠し子調査に出かけていたのだが、同行者がいたはず。こちらからも問う。

「ガーネットとスモークはどうしたのですか？」

「町の施療院に置いてきた」

「怪我を？」

「フェンブルグ領を出たところで、憑物士の群れに襲撃された」

またなのか――思わずコニーは眉を顰める。

「陣頭指揮を執っていたのがネモフィラだ。爬虫類《はちゅうるい》の尾や羽がついて、ずいぶんと様変わりしていたがな」

「とうとう人外に堕ちたのですね、あのストーカー」

スノウたちは三十ほどの敵を洞窟に誘《おび》き寄せて、幻覚玉（叩きつけると幻覚香が拡散）で場を撹乱。敵が相打ちしている間に逃げたという。そのときに二人が負傷。命に別状はないが、出血が多かったのである程度回復してから戻るらしい。

スノウは猪魔獣の背からひらりと飛び下りると、アベルに手綱《たづな》を差し出した。

「そっちの事情は分かった。一刻も早く〈影〉の襲来を国王に伝えるべきだ。魔獣を貸してやる」

「では、借りるとしよう。コニーも……」

すると、スノウが遮るように「薹色には重要な話がある」と言う。何だろうと思いつつ、コニーはアベルに先に王都へ帰ってもらうことにした。彼は「あまり遅くならないように」と言い置いて、魔獣で駆けてゆく。

「――重要な話とはなんです？」

スノウは珍しく口許に薄い笑みを浮かべた。

「その〈武器〉で、俺と手合わせをしてもらいたい」

マントの下の双刀に気づいていたらしい。

いつだったか、同じことを言われたような気がするが、あれから絡んでくる事もなかったのですっかり忘れていた。他人には無関心で、誰とも馴れ合う事のないスノウ。彼が〈黒蝶〉にいるのは、主を守る名目で合法的に敵を狩れるから。戦うことが根っから好きなのだ。

コニーはにっこりと笑って返事をした。

「持っているのは短剣です」

だが、鋭い目は嘘を見逃さない。

「動きで分かる。腰の両側に一本ずつ下げているだろう」

さすが戦闘狂。そんなことまで分かるとは。

「わたしにとっては重要なお話ではないようですね。帰ります」

くるっと踵を返し、すたすたと歩きだす。その背後を彼は追いかけてくる。

「一度でいい、手合わせでお前の実力を知りたい」

「とんでもないですね、バイトに本気で挑むなんて失笑ものですよ」

どんどん速度を上げるが、スノウはぴったりついてくる。

「梟がお前には敵わないと言っていた！」

「言葉のアヤです。普通に考えれば分かるでしょうが！」

駆け足になっていた。まだまだ追ってくる。マントがめくれたせいで見えたらしい。

「双刀！　やはり只者《ただもの》じゃない！」

「威嚇用ですよ！　最近、物騒ですからね！」

しつこく手合わせを求めてくる。断り続けるコニーは、いつの間にか猛ダッシュで王都の街門まで辿り着いていた。振り返ると、彼が大して息を切らしていないことに驚く。

ちょっと待って？　わたし、今、本気で走ったんですよ？　なんでついて来てるんです？

コニーは野良魔獣を振り切れるぐらい足が速い。

ん？

彼の足もとが、淡く光を帯びているのに気づいた。

「……その靴、魔法を仕込んでます？」

「魔道具屋に作らせた」

「あなた、魔力がありました？」

〈黒蝶〉内で魔法が使えるのは隊長だけだと思っていたが……

「魔力はない。だが、精霊言語は割と得意だからな」

〈精霊言語〉……発音難しくて資質ないと使えない。〈魔道具の特注品〉……超がつく高額品。

「……そうですか」

なんだろう、ちょっとだけ感じる敗北感。

「お前も魔道具を使っているのだろう？　でなければ、暴走魔獣車並みの速度は出ない」

「――いい加減、ついて来ないでもらえますか？」

はぐらかすつもりが、逆に食いついてきた。

「まさか、〈素《す》〉であの速度なのか？」

彼の目が探るようにギラつく。これはマズイなと思う。

足を止めて、彼に向き合う。身長が近いので目線が近い。きり、と眦《まなじり》を吊り上げて毅然とした態度で再度断りを入れる。

「わたしはあなたと手合わせなどしません。わたしが次点実力者と競うメリットはありません。今は無駄なことにエネルギーを費やす暇などありません！　また、敵がやって来るかも知れないのですよ！　体力は温存しておくべきです！」

彼は瞬きをして、「それもそうか」と素直に頷く。納得したのかと思いきや――

「予約しておく。いつならいい？」

こいつの頭には何が詰まっているのか。話が通じない。曇天の空を見上げてから、ふっと息をつく。氷点下の視線を彼に向けた。

「梟から一本も取れない人の相手なんかしませんよ」

知らないとでも思ったのか、不意打ちを食らったような顔。コニーは彼を置き去りにして、さっと街門を潜《くぐ》る。目の合った知り合い門番に怒られた。

「コニー、勝手に門を出ちゃダメじゃないか！」

「すみません！　この埋め合わせはしますので！」

謝りつつ、すばやくごった返す人混みに紛れこんだ。

普段は一ミリたりとも人に興味を示さないくせに、サシで戦えそうな相手には執着を見せる――スノウには困ったものだ。

――そういえば、梟も「あいつ、しつこい」と愚痴を零してましたね。

視界の端をスッと、白髪の爺《じじい》が横切った。その姿勢のよさに違和感を感じて目で追うと、そこには背中を丸めてよぼよぼと歩く姿が。コニーが足早に追い始めると、爺はすぐに建物の角を曲がって姿を消した。

あれは神出鬼没の情報屋に違いない。前回、コニーは泥酔して取り逃したが――御子殺しの片棒を担いだ男だ。今度こそ捕まえねばと、その行方を追う。


陽が落ちる頃、人気《ひとけ》のない路地裏でようやく怪しい爺を捕まえた。

「なななななんの御用でぇ⁉」

歯抜け顔ですっとぼけるので、その白髪とマフラーをむしり取ってやった。綿毛のように丸く膨らむ縮れ髪と、首の傷が現れる。バットマッドは戦《おのの》いて壁際にあとずさり、叫んだ。

「ほしい情報をタダでくれてやる！　だから、見逃してくれ！」

コニーは目を眇《すが》める。無論、逃す気などない――が、知りたいことはある。一応聞いておくか。

「——各地に異常発生する憑物士の出所について、何か知っていますか？」

情報屋の頬がひくついた。しどろもどろで話し出す。

「あ、あれについては、憶測が飛び交うばかりで……だが、高名な魔法士なら出所ぐらい推測出来るかも……？」

首だけ汗をかいているのは、爺を模《かたど》った人工皮膚で顔を覆っているせいか。

「そ、そうだ、この国に大陸五大魔法士の一人がいるって、聞いたことがある……！　あの有名な〈赫《あか》の魔女〉だ！」

クレセントスピア大陸において、最高峰にいる魔法士五名を〈大陸五大魔法士〉と呼ぶ。この内、紅一点〈赫の魔女〉は、数十年前に表舞台から忽然と姿を消している。これはよく知られた話だ。

「その方はどこにいるのです？」

「それは知らない……」

相手の顔をガッと摑んで、偽装の皮をむしり取ってやった。ベリバリッと痛そうな音。

怯えたタレ目に薄い唇、やや老成気味な青年の顔が現れた。やはり、これが素顔か。

「所在不明の人を探し出して、推測を聞けと？　わたしが〈黒蝶〉と知りながら、未だにおちょくるのですね。さすが第一級犯罪者」

「待てよ、オレは直接は手を下してない！」

「幼い命を犠牲にして懐が潤ったのでしょう！　同罪です！」

ドスッ！

男の鳩尾《みぞおち》を殴って意識を飛ばし、手持ちの細縄で縛り上げる。警備隊の詰め所へと行き、城への護送手配を頼むことにした。

☆

遡ること二十分ほど前。薄暗くなってきた草原を駆ける隊商があった。

七台の幌付魔獣車に、それを守るべく魔獣に乗った護衛たちが脇と前後を固める。

魔獣車に乗った商人はため息をついた。王都を目指していたが、じきに陽が沈む。閉門は日没と同時だから間に合いそうにない。王都の門番は厳しいから開けてはくれないだろう。どこかで夜営しなくては――

ふいに外が騒がしくなり、魔獣車が止まる。護衛たちの騒ぐ声。

なんだ、賊の襲撃か⁉

「おい、あれを見ろ……！」

「これは悪夢か……⁉」

賊ではないらしい。前方で何か足止めするものがあるようだ。窓からは見えないので、商人は外に出た。

「どうした、何故こんな所で止まって……」

六十メートルほど先に、夕陽に陰る小山のようなものがあった。蠢《うごめ》くさまに、巨大な魔獣かと思ったが……夕闇の迫る中、目をこらしてよく見るとやけに四肢が長い。それは、蹲った体勢の〈巨人〉だった。背中からは翼になり損ねた一本の骨が突き出している。巨大な異形だ。地面に落ちている何かを無心に口に運んでいる。食べているものがまた異形のようで……動かないことから死骸と思われる。

商人たちは目の前の光景が信じられず、唖然と見ていた。これだけ離れているのに、巨人の体が少しずつ膨らんでゆくのが分かる。それだけでも恐ろしいのに、あの濃い頭髪の色――

護衛のリーダーが仲間たちに声をかけた。

「皆、退避だ……！　旦那様、車内へお戻りを！　皆、静かに！　急げ！　やつに気づかれぬ内に後退して逃げるんだ！」

突然、巨人の頭がぐるりとこちらに向いた。口に屍をくわえたまま。腹の底からかつてない恐怖が湧き上がる。このままでは全滅する――そう悟った商人は、とっさに指示を出した。

「分散して逃げろ！　もしもの時は荷台を捨てることを許す！」

その声に反応したかのように、巨人はごくりと餌を呑み干した。そして、その場所から「フォオオオオ」と紫煙の息を吹きかけてきた。

商人たちは四方へと逃げ出したが――紫煙は西に向かう一台の幌付魔獣車に絡みつくように触れた。瞬く間に、魔獣車も御者も護衛も黒ずんで腐り落ちた。巨人はトカゲのように這って迫り、腐った屍に食らいつく。

「全力で逃げろ――！」

多くを失いながら、命からがら商人は王都まで逃げてきた。閉ざされた門を激しく叩く。

「山のような巨人が追ってくる！」

その言葉に、初めは疑っていた門番たちだったが——市壁の上にいた門衛が、遠くから移動してくる異形を発見した。

3　イバラ弱体化

「この男は〈先王の隠し子暗殺に関与した〉と、語っていました。至急、城まで護送を！」

警備隊の詰め所にやって来たコニーは、バットマッドを突き出した。

簡潔に事情を話すも、そこにいたのはフリッターの袋を抱えてむしゃむしゃ食べながら人の話を聞くという——とても失礼な警備兵が一名のみ。彼はちろりと一瞥し、鼻でため息をついてくる。

「じょーちゃんよぉ、先王様に隠し子なんざいねぇよ。そいつの嘘に決まってらぁな。こっちは忙しいんだ、帰った帰った」

べろべろと油のついた指先を舐めながらそう言う。

「他の警備兵の方は？」

「見回りに出てるさぁ」

「……それは夕食ですか？」

「いんや、おやつ。小腹が空いてよ」

太りすぎで上着のボタンが外れている。王都警備隊は走り回ることの多いハードな職業なのだが……この人、目の前に泥棒がいても捕まえることが出来るのか。もしかして、役に立たないので留守番させられているのでは。

意識の戻ったバットマッドが、うんうんと頭を振りながら「ですよねー、ちょっと冗談を言ったら、真に受けちまって！　迷惑してるんですよ！」と調子に乗る。それを見た警備兵が彼の顔を覗きこんで、ブハッと笑った。

「おめー、若けぇくせに歯抜けでガタガタじゃねぇか～」

「いや、これはコイツに金袋で殴られたせいで折れて……」

「なんだって⁉　そりゃひでぇ！」

「でしょう！　悪魔の所業ですよ！」

二人で悪人を見るような目を向けてきた。犯罪者に同調するとか、だめだこの警備兵。

変装に使ったヅラや、非常によく出来た爺の人工皮も証拠に見せたが、何の為に彼がそれを使っていたのか頭が回らないらしい。見回り、早く帰って来てくれ！

「縄が腕に食いこんで、痛くて痛くて……外してもらえませんかねぇ？」

バットマッドが懇願すると、警備兵が同情して縄を解こうとする。ちょっと待て。さっと情報屋の縄を引き、床に転がしてドンッと背中を踏みつけて意識を飛ばした。

「わたしの話を理解出来ないなら、勝手な真似はやめてください」

「かっ、かわいそうなことすんじゃねぇ！」

そう言いながらも、一瞬で男を仕留めたその手際のよさに、警備兵は青ざめておろおろする。フリッターの袋を抱えたまま、コニーの周りを行ったり来たり。

「お～い、ダボン！　帰ったぞ……て、何やってんだ？」

やっと見回りの警備兵たちが戻ってきた。コニーはダボンが口を挟むより早く、状況を説明した。

その結果、近衛騎士団に連絡してもらえることになった。本来なら王太子騎士団へ連絡するのが筋ではあるが、現在、その主含め上官たちは不在だ。近衛騎士団なら国王にも直に連絡が入るので、適切な対処をしてもらえるだろう。

迎えが来るまで、バットマッドは詰め所の牢に一時預かりとなった。

「真偽を確かめもせずに断るやつがあるか！　本当なら一大事じゃないか！　あと勤務中に物を食べるなと、何度言えば――」

役立たずのダボンは上司から叱責を受けていた。

その会話から、今までにも彼は「余計な仕事を増やしたくない」という理由で、王都の民が持ちこむトラブルを難癖つけて断っていたらしい。ペコペコと頭を下げる男を横目に、コニーは詰め所の入口を出た。迎えの近衛騎士が来るのを外で待つことに。

そこから見える街門周辺には、多くの人々が集まっていた。すでに宵の口。日没には閉門したのに、松明《たいまつ》が多く焚かれてとても明るい。妙だ。詰め所に入る前は、明かりは殆どなかったのに……

そう思っていると、一斉に人々が街門から離れ始めた。まるで、恐怖に駆られて逃げ出すかのように――そのとき、かすかに地面が振動した。

「地震？」

「あっ、コニー！　何やってるんだ、早くここから離れろ！」

顔見知りの門番が駆けてくる。

「何かあったのですか？」

「さっきそこで説明を……って、聞いてなかったのか⁉」

先ほどの集まりはそのためだったらしい。

彼の説明によると、つい先ほど、巨大な異形に襲われた隊商が助けを求めてきたのだという。

その異形が王都に来る可能性が高いので、「街門に近い住民は、城のある北側へ逃げるように」と、避難指示を出したのだと。王都には結界があるのに――それでも、街門を突破されるかも知れないと思うほどに危険な相手なのか。

「野良魔獣ですか？　巨大ってどのぐらい？」

「人の形だったと聞いている。蹲った状態でも高さが四、五メートルあったらしい」

「憑物士⁉　それって、立ったら市壁も越えるのでは……！　見間違いではないのですか⁉」

市壁の高さは九メートルある。一体、どんな化け物なのだ。

「何かそれっぽいのが、遠目にも見えたんだよ。通信魔道具で城に知らせたから、じきに魔法士たちが来ると思うけど、危険だからここから離れて――……あれ、コニー？」

コニーは猛ダッシュで市壁塔の入口へと走った。階段を駆け上がり市壁の上に着くと、夕闇に包まれた暗い大地を見渡す。彼方で小さく蠢くものに気づいた。ぼんやりと青白く光っているのが分かる。こちらに這うように向かっている。その背中に一枚だけ黒い翼があるようにも見えた。

この小さな地震は、あれの移動時の振動?

ぴたりと青白いモノの動きが止まった。黒い片翼を何度かはためかせている。やがて、すーっと宙に浮かんだ。上がったり下がったり不格好に飛びながら、それは王都目指してやってきた。

暗い上空の見えない壁――結界に、蠅《はえ》のように張りつく。全身を包む青白い光で、コニーからもよく見えた。王都を覗きこむのは巨大な女性だった。その身長は四階建ての民家を超える。聞いていたより、ずっと大きいではないか。

綻びた黒い衣装を纏う。ほのかに光る蛇鱗に覆われた青白い肌、飛び出した黒々とした目には白目部分がない。飢餓感に満ちた醜悪でおぞましい顔つき。淵のように昏い長髪は、風に煽られ四方になびく。肩から伸びる黒い翼は左側だけで、右側は白い刺《とげ》のような骨があらわになっている。

肌が粟立つ。ぞっとした。悪魔も魔獣と同じく、その毛色が黒に近いほど魔力も高く凶暴だ。宵闇のせいか黒にしか見えない髪。まさかと思う。混じりのない黒は〈高位悪魔〉の象徴。

アレが憑物士? あんなに巨大なものなんて見たこともない――

地上において、〈黒きメダル〉で召喚可能なのは、下位から中位までの悪魔ばかりだ。もちろん、その中には魔法士すら手強いと思うレベルのものも存在する。〈高位悪魔〉が召喚されるのは史上、稀《まれ》なことであり、その出現は未曽有《みぞう》の災厄を引き起こすと云われている。たった一体の出現により、過去に滅びた国もいくつかあるぐらいだ。

異形の女の口からこぼれる紫煙が、空を覆う緩やかなドーム状の結界面を滑ってゆく。弦を鳴らすような美しい声で歌い始めた。同時に地面が大きく揺れ始める。


新月の夜、狼が遠吠えする。坊やお眠り。

母は暖炉に金貨を隠そう。床下には仔山羊《こやぎ》を隠そう。屋根裏には坊やを隠そう――


コニーのいる市壁も揺れるため、胸壁にしがみついた。

歌声が大地を揺らしている……⁉


硝子砕ける音がしても、祈る声が聞こえても。

あぁ、決して起きてはいけないよ。

石のように口を噤んで。狼が跳ねて喰うから。

あかい足跡見いつけた。今度こそお眠り坊や。墓の下でよい夢を――


子守歌のような優しい旋律だが、歌詞が不穏極まりない。

まだまだ歌い続ける。揺れも止まらない。立っているのが難しい。

市壁に沿って展開する結界は、有害な人外を弾くもの。魔力や魔法は基本的に受けつけない。なのに、あの化け物は弾き飛ばされることなく張りついている。もう、嫌な考えしか浮かばない。

結界の力に拮抗するだけの魔力がある、ということだ。拮抗している間はまだ結界は壊れない。

だが、市壁そのものは物理的な攻撃には弱い。地面を揺らされたら頑丈な石壁とて――

まずい、ここから下りないと崩落に巻き込まれる！

隣接する塔の階段へ向かおうとするが、揺れがひどくて歩くのも困難だ。壁に掴まりながらじりじりと進む。上空のあれに気づいた人々の逃げ惑う声が聞こえる。

異形の吐く紫煙で、魔力のないコニーにもはっきりと結界の存在が見えていた。歌声に合わせて膜のようなものがビリビリと震えている。明らかに影響を受けている――拮抗が崩れようとしているのか。

結界面に、いくつかの小さな黒点があるのに気づいた。望遠鏡で覗く。鳥の死骸だ。まさか、あれの吐く息で死んだのか。血の気が引いた。

☆

奇妙な歌声とともに、地震が起きた。詰め所にいた警備兵たちは、我先にと外へ飛び出してゆく。牢に入った情報屋バットマッドを残して。

しかし、運がよかった。ずぼらなダボンが慌てて牢の鍵を落としていったからだ。ブーツを脱いで、それで鍵をかき寄せて拾う。今のうちに逃げなくては！　脱獄に成功し、詰め所の入口から用心深く辺りを見回す。街門周辺に人がいない。門番たちまで。地震で市壁が崩れるのを避けて逃げたのか――それだけではない、と気がついた。

街門に近い王都の上空から、異形の女が見下ろしてくる。度肝を抜かれた。あれのせいか。

どうするか、迷ったのは一瞬だけ。これは好機だ。変装してもコニー・ヴィレの目は誤魔化せない。捕まったら王家への反逆罪で、あの劣悪非道で有名なバサム監獄に直行だ。確実に死が約束されてしまう。

あの化け物の目は王都の中に釘付けだが、隅っこにいる蟻が一匹逃げたところで気づかないだろう。街門へと駆け出した。門には二人がかりで掛ける重い閂《かんぬき》がある。なかなか持ち上がらない。

「くそっ、動けえええええ！」

火事場の馬鹿力。人間、死を目前にすると何でも出来る！　ガコンと門を落とした。「やった！」と、重い門を押し一人分の隙間を開けた。その時、門番たちが走ってくるのが見えた。

「おい、やめろ！　門に近づくな！　外に出るんじゃない！」

「へっ、捕まるかよ！　バケモンにびびってろ！」

結界は悪しき人外や魔力を遮断するもの、つまり魔力のない人間は通してしまう。

バットマッドに魔力はなかった。だからこそ、すんなりと出られた。門の外へ飛び出してほくそ笑んだ瞬間、紫煙が体に絡みつく。

「あ?」

手にどろりと何かが垂れ下がる。何だ、これ——言葉は出てこず。

男の体は一瞬で黒ずみ、地面に腐り落ちた。

それを目の当たりにした門番たちは、急いで門を閉ざす。

☆

「濃すぎる瘴気は生物を腐らせ溶かす」

市壁の揺れがぴたりと止まった。

心地よい美声に振り向けば、白緑の光に包まれた精霊が胸壁の上に立っている。

コニーは目をまるくして彼を見つめた。裁定者であり〈緑の佳人〉たる彼が、城外に出ているのを見るのは初めてだ。彼は異形ではなく、市壁の真下を見ている。何かあるのかと、コニーも胸壁から身を乗り出して下を見た。門前に黒ずみ溶けたような死体が落ちている。見覚えのある髪型と衣装に、あの情報屋だと分かった。この混乱に乗じて脱獄したのか——

イバラが現れた瞬間から、王都内の地震は静まり、結界の震えも収まった。

以前、彼は防御の魔法が得意だと言っていたので、結界を補強してくれたのだろう。とりあえず、目の前にあった〈結界消失〉という危難は去った。コニーは安堵の息を吐く。

「イバラ様……あれは憑物士なのですか？」

ひらりと、胸壁から下りた彼は頷く。

「元・憑物士だ。悪魔化は完了している」

コニーの傍まで来ると、その深緑の双眸を空にいる異形へと向けた。

「あれは〈不浄喰らい〉と呼ばれしもの。元々は下位悪魔である。長き年月をかけて死骸を食らう

ことで、その魔力は高位悪魔と同等にまで進化する。だが、人世においては下位である内に駆除され、高位に至ることは無い。よって、極めて異例の事態が起きていると言えよう」

死骸を食らう……巨大な憑物士……そういえば、もっと前にどこかで聞いたような……そうだ、同僚の怪談にあった。確か九年前、村の共同墓地を荒らされたと。足跡が成人男性の倍あった……ということは、当時の身長は三、四メートル？　それが駆除されることなく進化した？

異形の女は歌いながら、結界の上を蠅のようにくるくると這い回っている。術が強化されたことに気づいたのか、平手で殴りつけている。

イバラは話を続けた。

「先月の終わり頃、副団長より知らせがあった」

「リーンハルト様から？」

「討たれた憑物士を食らい、急速に巨大化する異形の目撃が各地で相次いでいると。討伐隊に情報共有もさせていたが、どの隊も接触すら出来なかったと聞いている」

それは知らなかった。機密情報を横流ししてくれる梟がいないためだ。彼は消えた隊長を探して王都を出ている。

「そういえば、城の魔法士たちは来ないのでしょうか？」

「魔法士団の中に高位悪魔を滅せる者はおらぬ」

「だから、イバラ様が来られたのですね」

「うむ、あれだと高位の最下級あたりか……一度の攻撃では足りぬな」

——え、あの巨大なミミズ魔獣を粉砕した力でも足りない、と……!?

「我の攻撃魔法は最大出力で、一日一度が限度だ」

「はい、存じています」

以前に彼自身から聞いたことなので、覚えている。

「〈不浄喰らい〉の吐息は、瞬時に生物を腐らせる。夜が明ければ、王都を訪れる多くの者たちが犠牲になるであろう。風に乗った瘴気は周辺の街にまで流れつく。今ここで多少の無理はせねばなるまい。娘、〈砦の母〉から渡された石は持っておるな?」

「はい、ここに」

コニーは手首につけた腕輪を見せた。

「それは邪悪なものを寄せつけぬ。我が身は極限まで魔力を消耗すれば、その代償として縮む。転移等の術も使えぬ。そなたは我を庇護し、城まで送り届けよ。出来るな?」

縮むというと、彼の仮初《かりそ》めの姿である〈庭師見習いの子供〉になる、ということだろうか? いや、庇護を頼むのだから、もっと幼くなるのかも知れない。そして、この魔除け石。イバラが必要とするほどの凄い力を秘めていたことにも驚く。

これは重大任務だ。彼がいてこそ、この国と主の未来は輝く!

「分かりました、お任せください!」

彼は「うむ」と鷹揚に頷くと、光の粒子を撒いて姿を消した。次いでコニーは上空に向かう白緑の星を見つける。

彼は結界をすり抜けて、黒髪を逆立てて威嚇する巨女――〈不浄喰らい〉に対峙した。それからスーッと飛んで、王都中心の真上にまで相手を誘導する。イバラの周囲は球状の結界で防御されているらしく、女が口を突き出して噴きつける瘴気もその身に届いてはなかった。

彼が優雅に腕を伸べると、複雑に描かれた光の魔法陣が大きく楯のように浮かぶ。

ドウッ！

楯から眩《まばゆ》い砲弾を発した。流星のように――一撃で異形の腹を撃ち抜き、続く二撃目で頭部を跡形もなく吹き飛ばした。大気中に散った光の刺《とげ》が、残った手足や胸部に吸い寄せられるように刺さり、内側から小爆発を起こして〈不浄喰らい〉を粉砕してゆく。容赦のない徹底した殲滅。

――何故、国の守護者でありながら、〈戦いの力〉が契約で制限されているかが分かった。諸刃の剣だからだ。

強大な攻撃魔法を幾度も撃てるなら、その存在は戦火を引き寄せる。他国からは狙われ、有事の際には国内からも求める声が上がるだろう。戦で大地が疲弊したら〈緑の力〉で甦《よみがえ》らせればいいと、愚考する者も出る。契約者である国王とて国の危機なら使えるものは使う。

生き物にある魔力は有限だ。だからこそ、イバラは自身が消耗しないためにも、あえて契約で制限をかけているのだ。

さらに、イバラは四方に魔法陣の楯を描く。そこから白緑光の波を出現させると――王都上空から周辺地までを覆い、吹き溜まる紫の瘴気を打ち消していった。

静寂を取り戻した夜空から、ひとひらの光が雪片のようにゆっくりと下りてくる。

コニーは市壁の上を駆けて、その落下地点まで辿り着いた。

艶やかな白緑の長い髪、ちまっとした〈人形のような〉童《わらべ》がいた。推定年齢、三歳。衣装も彼に合わせて小さい。長めの白い上着と白いズボンに緑と銀の蔦紋様。ふっくりとした白い頰、きれいな顔立ちはそのままに、まるい深緑の瞳でこちらを見上げてくる。失礼にならないよう、コニーは膝をついた。

イバラは国王との契約で荒れた大地を緑化すべく、国中に魔力を分散させている。それに影響が出ない範囲で、大量の魔力を消耗した。負荷によりその身は小さく小さく――

思っていたより縮み過ぎて心配になる。体長がたったの十二センチしかない。

「本当に大丈夫なのですか……?」

「二日あれば元に戻るゆえ、大事ない。それより、城に大量の魔気が発生している」

その言葉に、あの〈不浄喰らい〉がイバラを誘《おび》き出す囮であったと気づく。

イバラをエプロン胸当ての裏ポケットに入れると、コニーは城へ向けて猛然と駆け出した。

☆

ある従者は、主人のために薬師局へ風邪薬をもらいに来ていた。

高官である主人は、ここ数日、具合が悪いと言って臥せっている。頑固で薬嫌いの彼は、「寝ていれば治る」と薬師を呼ぶことも許さない。しかし、とうとう起き上がれないほどに悪化してしまった。城の敷地内を魔獣車で移動しながら、従者は「さて、どうやって召し上がってもらおうか」と考える。

突然、大きな地震で魔獣車が停まった。しばらくして、揺れが収まってから彼は外に出る。奇妙な女の歌声が聞こえてきた。

見上げた遠い夜空に、青白い人影のようなものが見える。かなり大きな憑物士のようだ。だが、強固な結界が阻んでいるし、城には魔法士たちがいる。すぐに駆除されることだろう。それよりも、先の地震で主人が怪我でもしていないか心配だ。

魔獣車が停まったのは、官僚宿舎の近く。歩いて主人のいる部屋へと戻った。室内は真っ暗だ。玄関先でランプに火を入れ、それを手に寝室へと急ぐ。

「旦那様！」

床に倒れた主人を見つけた。抱え起こそうとして、彼は腰を抜かした。まるで、体中の水分を失ったかのように干乾びて死んでいたからだ。恐怖で声にならない、脚もがくがく震えて立てない。何故、どうして、こんな事に？　床に尻をついたまま後ずさると、ドンと背中に何かが当たった。視界に人の足が入り、助けを求めて振り返る。

なんで……!?

背後にいたのは主人だった。従者は混乱した。

じゃあ、この死体は一体、誰の……？　なんで、旦那様は落ち着いてるんだ……？

それに、具合が悪いはずなのに外出用の衣装を着ている。死体は部屋着を――ハッとする。死体の手を確認した。主人の家紋が入った指輪がある。男の手には――ない！

絞り出すような声で問いかけた。

「何、者、だ……!?」

男はゆっくりとしゃがみ、主人と同じ顔で微笑む。まるで逃がさないと言わんばかりの強さで、従者の両肩を摑んだ。突然、その顔がカボチャのように大きく膨らんだ。

「!?」

ツゥと、真ん中に赤い十字の線が走る。ばりっと四方に顔が割けた。

「ヒイッ!?」

ヒトデのように広がる軟体の花びら、その内側は肉色で、無数の突起と中央に咽喉らしきものがある。バクンと従者の頭を包みこんだ。ばたばたと手足を動かし抗うも、蕾の形となったそれは、ぎゅるりと回転する。余さず血を搾り取るように――彼の体は急速に干乾びていった。

「きゃあああ――っ！」

「やめろ、来るな！　近寄るな！」

「はやく逃げろ！　外へ逃げるんだ！」

「魔法士団と騎士団に連絡を――！」

同じ頃、ハルビオン城を含む西側の敷地一帯――貴族エリアにて。突如、隣人の皮を破って現れた異形の襲来により、人々は逃げ惑う。数多の悲鳴と叫び。阿鼻叫喚の宴が始まっていた。

☆☆

なんで、こんな事になっちまったんだよ……！

草葉の奥に息をひそめるように隠れた女は唇を噛む。

自分を探し回る警備兵に怯えて、一日中逃げ回っていた。さっきまで物置小屋に隠れていたのが見つかって、森へと逃げこんだところだ。すぐに奴らは気づいて森を探し始めている。十人近くやってきた。このままじゃダメだ。捕まる――

手汗を拭こうとエプロンにこすりつけると、硬い感触にギョッとする。ポケットを探ると、あの忌々しい〈黒きメダル〉入りの小袋が出てきた。数時間前に池に投げ捨てたはずなのに、それは濡れてもいない。

なんだよ、あたいに害虫になって殺されろって？

そんなのは嫌だ、だけど、どうすればいいのか。これを持っていることで、すでに憑物士の仲間だと思われている。

誰も、あたいの言葉を聞いてくれない！　友人のリンドですら、裏切った！

悔しくて噴き出す憎悪をもてあます。リンドも憎いが、自分をのけ者にした同僚たちも憎い。責めるような目で見る下男や警備兵も。何故、これほどまでに転落するはめになったのか。

発端はコニー・ヴィレだ！　あのゴミ女が、皆の憧れの騎士に近づくのが悪い！　母親の都合で、何の努力もなく彼の身内になって！　義妹だって？　ふざけんな！　絶対、ふさわしくない！

渦巻く妬み。そして、報復制度を用いた国王も許せない。ゆるい処罰で釣っておいて、私刑で痛めつけろなどと――知らずに感謝した自分を嘲笑っていたに違いない。

どす黒い感情が出口を求めて心の中を荒れ狂う。

――悪魔になったら……あいつらに、復讐できるだろうか……？

少し先で警備兵たちが騒ぎ始めた。話し声の断片から、城でも複数の人外が現れたと知る。その対応のためか、殆どの警備兵が去ってゆく。残ったのは二人だけ。これなら逃げ切れる――

「いたぞ、あそこだ！」

見つかった。彼らは剣を抜き近づいてくる。

殺されるくらいなら――！

マルゴは〈黒きメダル〉を、右の二の腕に押し当てた。ずぶり、難なく肉の内に吸い込まれる。

体の奥底から凶暴な力が湧き上がってきた――体が軽い。タンと地を蹴った。男が剣を構えるよりも速く、その頭を手で摑み木に叩きつけた。返す手でもう一人の腹を摑んだ――つもりが、長く伸びた強靭な爪は腹部を貫通。あっけなく男は地面に転がった。

なんだ、こんなにも簡単に……嫌なやつらを片付けることが出来たのか。

〔ヤア、マルゴ。悪魔化オメデトウ！〕

突如、頭の中で子供の声がした。

〔ボクハ、迷エル憑物士ヲ、導ク者。影王子〕

それは、〈黒きメダル〉を通じて話しかけていると言う。彼の目的が〈城攻め〉で、まさに今、配下の異形たちが城を襲撃しているのだと。その話にマルゴは訝しむことはなかった。むしろ、なんてタイムリーな幸運だろう！　とさえ思った。

〈オマエノ不遇ハ、知ッテイルヨ。王家ニ復讐シタカロウ〉

マルゴは深く頷いた。この力があれば、素手でも国王をひねり潰せる。

〈国王ヲ殺セ。オマエニハ、ソノ権利ガアル〉

マルゴは駆け出していた。体が風のように軽い。ジャンプすると木の枝に留まることも出来る。枝を蹴りながら木から木へと飛び、森を移動する。森を抜けたら飛び跳ねるようにして走る。脚だけでなく両腕も使って。この方がずっと速い。追いかけてくる警備兵もいたが、あっという間に引き離した。雑魚に構う暇などない。目指すは国王の首だ！

城の裏口から中へと侵入した。頭が四つに割れ、首から下は人間という異形に出くわした。ぞろぞろと何十……いや、百は超えている。貴族たちを襲っていた。頭に食いつき血を啜っている。その凄惨さに思わず二の足を踏んだ。

〈アレハ、〈ヒル人間〉。餌ハ人間ダケ〉

悪魔憑きのマルゴは眼中にないと説明され、当初の目的である国王を探す。

聴力もよくなったのか遠い喧騒も拾える。王族居住区である城の東側へと侵入し——見つけた。三階廊下の奥、〈ヒル人間〉の群れと、国王を守っている二十名ほどの近衛騎士。

魔力を帯びて光る剣によって牽制されながらも、じりじりと包囲網を狭める〈ヒル人間〉。時折、我慢しきれなくなったモノが、跳びかかっては切り捨てられる。

マルゴは窓を出て、壁伝いにこの先の回廊へと先回りした。巨大なシャンデリアの上に隠れる。

数分後、追われた国王と近衛騎士らがやってきた。タイミングを見計らう。三匹の〈ヒル人間〉が動くと同時に――天井から国王目掛けて躍りかかった。

バシン！

強烈な衝撃を受けて、マルゴは吹っ飛ばされた。窓を突き破って三階から庭へ落ちる。さすが悪魔憑きの体は頑丈だ。怪我ひとつしなかった。しかし――

なんだ、今の⁉

何が起きたか分からず呆然としていると、影王子の舌打ちが聞こえてきた。

〔国王ニモ、加護ヲ付ケタカ……以前ハ、無カッタノニ〕

誤算があったとでもいうような台詞に、マルゴは訝し気に問う。

「加護って何のことだよ⁉」

〔悪魔ノ爪ハ、届カナイ〕

「そんなっ！　復讐出来ないじゃん！」

そうこうしている内に、庭に近衛騎士が三名駆けてきた。

警備兵と違って手強い。敵を屠《ほふ》るのに慣れた剣捌き、爪で弾くのが精一杯だ。何とか力任せに一人を振り払うと、残りの二人が巻き添えを食って倒れた。チャンス！　一人に馬乗りになり仕留めようとしたら、背中がゾワッとした。反射的に身を翻して、転がるようにその場を離れる。閃光の刃が髪の毛をチリッと焼いた。

槍を手にした男が現れた。灰色の文官服に藍色のマントをつけている。黒髪に精悍な面差し、硬派な印象の青年。皆からハブられる前は、噂好きだったマルゴ。宮廷イケメンについては余すことなくその噂をかき集めていた。だから、実際に見たことはなくても、誰なのか分かった。

え、あれって経理室長だよね？　今、攻撃したの、あの人？　文官なのに戦えるの⁉

彼の持つ槍がやばい〈気〉を放っている。こちらを狩りにくる、まさに獲物として標的にされたと感じる。

――あの槍！　あたいを……喰う気だ！

本能的に自身が捕食される側になったことを悟り、慌ててその場から遁走した。飛び跳ねながら必死に駆ける。間一髪、殺されそうになったが、丁度良く〈ヒル人間〉の群れに遭い、彼がそちらを蹴散らしている内に逃げ切った。

走り方は微妙だが、召喚したのが逃げ足の速い悪魔でよかった。

――あの槍、ホントやばい！　復讐は諦めて、さっさと逃げよう！

影王子に城敷地から出たいと伝えると、彼は何かを考えるように沈黙した。

「ねえっ、国王の首を取れないんじゃ、城攻めは失敗に終わるんじゃないのかい⁉」

ここを脱出する頼みの綱とあって、なんとかその方法を聞き出そうとする。

〔……側近ハ全テ、手ニ入レルベキ、ダッタカナァ。マタモヤ、誤算ダヨ〕

「ちょっと！　あんた、さっきから誤算ばっかじゃないか！」

〔マァ、一晩アレバ、城ノ人間ハ片付ク〕

マルゴは、翌朝に援軍を呼びこむ道を作るようにと命じられた。

命令されるのは気に食わないが、道を作るということは、ここから出られるということだ。

まず、これから軍施設にいるパッペル・ドジデリアという男を連れ出す。彼は影王子の下僕で、城壁塔と市壁塔に隠された〈結界を発生させる魔道具〉の位置を知っている。それを各々ひとつずつ破壊すれば、結界の一部に穴が空く。

臣下が全滅した城で、一人生き残るというのも恐怖だろう。さらに、そこに憑物士の大軍が押し寄せる。皆殺しになる王都の民を無力に眺めるしかない。

——とんだ愚王だ。笑えるじゃないか！

軍施設に着くと、騎士たちはすべて出払っているようだった。

耳を澄まして音を拾う。人の気配のある小部屋を見つけた。扉を壊して入ると、小太りのおっさんが寝そべっていた。監禁されていたようなのに、やけに顔ツヤがいい。それを摘まみ出して、人目を避けながら兵舎裏にある、北の城壁塔に向かう。

影王子からの指示は聞いているらしく、男は塔の側面を触りながら結界魔道具の場所を探し始めた。だが、すぐには見つからないのか、「あっちかな？　こっちかな？」と頼りない。うろうろしながら五分、十分と過ぎてゆく。

……二人きりになるなら、さっきの経理室長の方がよかった（槍抜きで）。

そんなことを考えていると、ちらっと、男はこっちを見てため息をついた。

「狒々《ひひ》は好みじゃないのぅ」

「誰がヒヒだい！　失礼なおっさんだね！」

「なんじゃ、自分の顔も知らんのか」

そう言われて自分の腕を見た。急に毛深くなったとは思ったが……これまで自分がどんな姿になったか、など気にしている余裕がなかった。

そういえば、ちょっと鼻先と口が前に出過ぎているような気も……

明かりのある兵舎まで行き、窓硝子を覗く。稲妻に打たれたようなショックを受けた。

そこにいたのは、破れた女中のお仕着せをまとう本物の狒々で……マルゴであった片鱗は、縄のように編んだ縮れ髪とそばかすだけだった。

4　抗う者は救われる

すでに夜間なので、城門も脇の通用門も当然ながら閉まっていた。

コニーは通用門で声をかけるが、門番からの返答はない。常なら城壁の上にいるはずの見張りの姿も見えない。イバラは『城に大量の魔気が発生している』と言っていた。

一体、中で何が起きているのか――⁉

「非常事態だ。娘よ、本領発揮せよ」

国の守護者が、暗に「通用門を壊せ」とけしかけてくる。

ならばと、コニーは満身の力を込めて蹴りを放った。小門といえど厳重で、門も三重にがっちりかけてある。だが、コニーの本気の蹴りで勢いよく吹っ飛んだ。その先の通路には、門番も門衛もいなかった。不気味なまでに静まり返っている。

この南口の城壁は二重構造になっているため、城の敷地内に入るまでの通路が長い。特に、通用門はその規模からも突破されやすいのを考慮して、通路内に四つの扉と一つの罠がある。まず、鉄格子の落とし扉が三つ。すでに背後を塞ぐように一つ、大きな音を立てて落ちてきた。薄暗い前方にも二つ落ちる音がする。これは敵の侵入を防ぎ捕まえるためのもの。

城の守備を破壊しつくすのはさすがに良くない。コニーは進行方向にある鉄格子に近付き、少し屈んでその下側を掴むと、垂直に投げた。落とし扉が上がった隙に、サッと身を滑らせ通過する。背後でガアン！　と鉄格子が落ちてくる。やはり、この音に駆けつける者はない。

奥の方から明かりが漏れているので、薄暗くともさほど視界に不自由はない。続けて、もう一つの落とし扉も同じようにして潜《くぐ》り抜ける。格子が太く先ほどの倍の重量があった。最後の扉の前に着くと、両脇に松明が焚かれている。この扉が要注意で、開けると同時に床が落ちる。避難できる場所はない。穴の深さは十メートルほどで、床はすぐに蓋を閉じる。となれば、方法はひとつ。

コニーは助走をつけて飛び蹴りをし――吹っ飛んだ扉ごと通路を脱した。

そこからは再び駆け出す。城へまっすぐに伸びた広い道、庭園には警備兵すらいない。

城の正面口へと飛びこんだ。常であれば、使用人が通ることは決して許されない入口――だが、ここでも咎める者がいないことに強い危機感を覚える。

明かりの灯る広々としたホール。見回した先に、十数名の貴族たちが倒れていた。

「これは……！」

絶叫の表情で固まった彼らは、ミイラ化していた。

その凄惨さに息を呑む。何があったのか——死体の近くに跪《ひざまず》き、その状態を調べる。頭部全体に無数の小さな穴が空いていた。腕や脚にはない。ここから体液を抜き取られたのか。

——人外が入りこんでいる。それも、複数？

警戒しながら、城の中を見て回る。二階で開かないリネン室を見つけた。声をかけると女性の声で応答があった。警戒して扉を開けようとはしない。何があったのか尋ねると、突然、知人が化け物に変貌して襲いかかってきたのだという。中にいるのは侍女三人。扉に内鍵はないので棚を移動させてバリケードしているらしい。窓のない小部屋なので、扉を突破されない限りは安全かも知れない。

「あとで警備兵を連れて来ますので、そのまま隠れていてください」

廊下の奥からくる人影に気づいて、コニーはそう言った。廊下に明かりはあるが、奥は薄暗く見えにくい。だが、首から上がぐにゃぐにゃと不自然に蠢いているのは分かった。

その場を素早く離れる。あちこち走り回って、廊下から繋がる広いバルコニーへと出る。コニーの存在に気づいたかのように、それらは追いかけてくる。

首から下は人間だが、頭部は四片に割れ花のような形でうねうねと踊る。全部で七体。やつらが着ているのは宮廷服であったり、侍従のお仕着せや女官服など。

コニーは二振りの愛刀を抜いた。淡い青銀の刀身に小さな星が瞬く。悪魔が忌避する稀少な〈フィア銀〉で〈全面加工〉を施されたもの。しかし、やつらは怯むことなく押し寄せてきた。コニーは一振りごとに、舞うように斬り捨ててゆく。

噴き出す赤い液体。その断面に骨や臓器は見当たらなかった。知能も低そうだと思う。ただ餓えを満たすためだけに人を襲っているような――

あっという間に敵は事切れた。ヒュッ、と刀についた雫を振り払う。

エプロン胸当ての内側から、小さなイバラが顔を出した。死骸を見て眉をひそめる。

「微弱な魔力、粘つく不快な波動……以前、侵入した魔性ヒルと同じものだ」

被害者がミイラ化している点も同じ。頭部も形こそ違うが、ぬめり感がヒルっぽい。

「あの時、駆除で取りこぼしたものが育ったということでしょうか。コレが最終形態……？」

憑物士の大軍の出現や、駆除に出た騎士らの集団誘拐、イバラを消耗させたこと、そのタイミングでの奇襲といい……恐るべき戦略家の存在を感じる。

ふと、イバラが思い出したように言った。

「昔、似たようなモノを見たことがある。見た目は人だが、斬っても臓器がない。あれは悪魔の生む〈疑似生物〉だった」

「ということは、コレにも親玉がいると……？」

足もとで果てた異形を見下ろして尋ねる。

「いかにも。親を始末すれば、子である魔性ヒルも全滅するであろう。――兵舎の裏に一体、憑物士がいるようだ。さほど魔力の強さは感じぬから、これらの親ではないと思うが……」

「何か知っているかも知れません。捕まえて吐かせましょう！」

コニーは兵舎裏へ向かうことにした。兵舎は北側にある。城を出るべく一階の北回廊へと出た途端、頭の割れた異形が飛びかかってきた。

とっさに斬り伏せると、それを追っていた四名の騎士たちに会う。手にした双刀を、さっと鞘に仕舞いマントで隠した。遅かった。騎士たちが「なんで女中が双刀を⁉」という顔をしている。しかし、胸に隊長の徽章《きしょう》をつけた老騎士がすぐに我に返り、コニーに問いかけてきた。

「まだ城内に異形はいるか⁉」

「二階まではいませんが、三階より上は調べていません」

それから、二階のリネン室に避難している侍女たちがいることも伝えておいた。

「君は副団長の義妹だろう。単独行動は避けた方がいい。一緒に来なさい」

老騎士にそう言われたが、コニーは兵舎裏へ行かないといけない。今更、か弱い女中のフリをしても安全地帯に連れて行かれるだけ。「大丈夫です。アレぐらいなら倒せますので」と返した。すると、他の騎士たちが「見間違いじゃなかった」「〈黒蝶〉の噂は本当だったか……」とざわつく。

老騎士は眉間に皺を寄せて忠告してきた。

「集団で囲まれたら、とても一人では手に負えんぞ」

「……まだ、そんなにいるのですか？」

先ほど八体斬ったし、誰かが仕留めたらしい異形の死体も、城内にはかなりの数あった。

二十歳前の騎士が口を挟んでくる。

「いるんだよ、斬っても斬ってもどこからか湧いてくる！　それに、あの厄女中が――」

まだマルゴが捕まっていないことを知った。さらには、悪魔化した彼女が二名の警備兵を負傷させたことも。もはや驚くことでもない。追い詰められて、〈黒きメダル〉に手を出したのだろう。

イバラ様が感知した憑物士……マルゴでは？

がさっと庭の茂みが揺れて、背の高い黒髪の青年が現れた。

「コニー！　よかった、無事で！」

「アベル様も、ご無事、で……？」

葉っぱまみれの彼の頭に注目する。ニコラが傍にいない。もしや、また森で迷子になっていたのか。その内、うっかり城外に出てしまうかも知れない。貴重な戦力が……！

がしっと、コニーは彼の右手を両手で握った。

「アベル様！　わたしと一緒に行動していただけますか⁉」

「あぁ、もちろんだとも」

彼は目を細めて返事をした。彼の左手にある魔獣槍が舌打ちするのが聞こえたが――餌のために主人を振り回すようなやつには任せられない。

老騎士もそれならと納得したようで、仲間を連れて城内へと向かっていった。コニーが兵舎裏の憑物士について教えなかったのは、大勢だとマルゴが察知して逃げる気がしたからだ。

それにしても、誰もイバラのことに触れないのは何故なのか。ずっと、エプロンの胸当てから顔を出しているのに。

「もしかして、見えてないのですか？」

小声でイバラに尋ねた。

「見えてはいるが認識されにくい。今の我はエプロンについた装飾と同じ、声は風音と聞き流される。そなたが認識できるのは、我が選んだからだ」

アベルを横目で見ると、彼もまったく気づいていない様子。

認識されにくいほどに存在が薄まっているとは……しっかりお守りしなくては！

どこに敵の耳目《じもく》があるかも知れない。アベルにも、今は口を閉じておこうと思った。視線の合った彼が問いかけてくる。

「昼間、城に戻らなかったようだが、どこに？」

たとえ戦場帰りであっても、彼が休むことなく経理室に戻ったことは想像がつく。少々居心地の悪い思いをしながら、情報屋の捕縛からその死亡までの経緯を話すことになった。

「無断で仕事をさぼってしまい、申し訳ありません」

彼はふっと笑みを零した。

「こんな時でも、貴女は真面目だな。職場に戻ったら、誰もが不安から仕事は手付かずだった」

……あー……そうですよねぇ。

朝から王都近くで戦があったのだ、無理もない。

「それに〈黒蝶〉の任務は、現時点において何より優先すべきことだ」

「せっかく捕まえた情報屋を死なせてしまいましたが……」

自分が護送していれば、正しく裁かれただろう――との後悔はある。

「悪事はいずれ己に撥《は》ね返る。そのツケが回ってきただけのことだ。責任を感じる必要はない」

海のように寛大なお言葉です。自責の念が薄れます。

「特に聞き出すべきこともないのだから、こちらにデメリットはない」

えぇ、あの時は酒飲み勝負をして「早まった！」と思いましたが……知りたいことは全て聞き出せたのでよかったです。この件は「あいつの運が悪かった」で忘れることにしましょう。

「そういえば、執務棟にも攻め込まれたのですか？」

執務棟は城から歩いて十分と近く、夜間残業する官吏も多い。

彼の話によると、極秘書類の保管庫に逃げこんで難を逃れたようだ。窓がなく扉も頑丈なので鍵をかければ滅多なことでは開かない。アベルは先の戦で使った魔獣槍を執務室に置いていたので、ニコラとともに駆除に出たのだという。あまりに敵数が多く、そのためニコラとはぐれてしまった、と。

「それは心配です」

「ニコラの行方も気になるが……上空の結界に張りついていた巨大な憑物士がどうなったか、知らないか？　王都を覆った閃光のあと、いつの間にか見えなくなっていたのだが……」

「緑の御方が成敗されました」

納得したように「やはり、そうか」とアベルは頷く。

ニコラをはじめとする知人らの安否は気になる。城から距離があるとはいえ、下働きエリアに被害は出ていないだろうか？　とにかく今、やるべきことは害蟲駆除！

憑物士がいることをアベルに伝え、軍施設の奥に位置する兵舎へと向かった。


「この役立たずが！　一体いつまで待たせる気だい！」

コニーたちが兵舎の裏へと回ったところ、女の怒声が聞こえてきた。

兵舎から漏れる明かりで見えるのは、二メートル半の大きな黄毛の猿。それが小太りなおっさんの髪を引っ掴み、乱暴に引きずり回していた。

「あだだだだ！　落ち着かんか！　きっと、この辺に！　あるかな〜と言うとるに！」

「嘘つけ！　本当は魔道具の在《あ》り処《か》なんて知らないんだろ！」

「ハゲるっ、やめんかーい！」

「ふざけやがって！　殺してやる！」

おっさんの首を、毛深い手で掴んで持ち上げる。コニーは駆け出し、その背後から叫んだ。

「マルゴ――――！」

振り向いた猿の胸に飛び蹴りを食らわせ、城壁に激突させる。倒れたそれに近づくと、太く長い尾がブンと殴りかかる。ガッと尾を左手で掴み、愛刀を振り抜きざま根本から断つ。

「ふんぎゃあああああっ⁉」

尻を両手で押さえて悶絶する猿に、「あなた、利き腕は左でしたよね？」と、ついでにスパンと左腕も斬り飛ばした。

「ぎゃあああああ人でなしいいいいい！」

赤く染まる左肩を右手で押さえ、のたうち回りながら絶叫する。

「人でなし？　どの口が言っているんですか？」

よく見るとその顔は狒々だった。拘束魔道具を持っていたアベルが、手際よく狒々マルゴを縛り上げる。光る鎖でがんじがらめとなり、彼女は地面に転がされた。

往生際悪くごろごろ転がって逃げようとしたので、コニーはその背中をドン！　と本気で踏みつけた。小門を破壊する威力に、白目を剝いて静かになった。背骨を粉砕したが、悪魔憑きには再生力があるのですぐに治るだろう。ちなみに、フィア銀の刃で断った尾と左腕は再生しない。

アベルは、頭を抱えてうずくまる男に声をかけた。

「パッペル・ドジデリア。何故、反省室に監禁されているはずのお前がここに――」

「経理室長、地味子ちゃん。来てくれてありがとうよ。わしは守ったぞ！　人間の尊、厳、を」

突然、ドジデリアは血を噴いた。口、鼻、耳、体中の毛穴から。ゆっくりと彼は倒れた。夥《おびただ》しい赤が地面を染める。異変に気づいたコニーも駆け寄った。彼女の胸元から、ふわっと小さなイバラが飛び出して、血まみれで倒れた男の上に浮かんだ。

「影の糸が見える。魔性と契約したな」

城壁塔に穿《うが》たれたいくつもの穴、それは結界魔道具を破壊せんとした痕跡。けれど、真に隠された位置とは真逆――彼がわざとマルゴを誘導したのだと分かった。イバラは感心した。

「人の道を外れながら、再び人の道に戻ろうと努力した。これは称賛に値する。そして――この者、重要な証人となる。縛する影の糸を切ってやろう」

イバラ様、まさか魔力を――！

小さな腕を振るい、白緑の光が複雑な魔法陣を描いてゆく。アベルがギョッとしたようにこちらを見た。

「それは……」

彼にイバラは見えない。だが、魔力の色でここにいることは分かるだろう。「お察しください」と明確な答えを避けると、彼は問いかけた口を閉ざしてそのまま見守ってくれた。

横たわるドジデリアの上で魔法陣が完成すると、その胸部から影の糸束が引き出されてゆく。イバラの長い髪が肩でプツンと切れて消えると、魔法陣が閃光の柱を天に向けて発し――影の糸はその中で消滅した。

血は止まったが、ドジデリアの意識は戻らない。光の柱に気づいた騎士たちがやってきたので、彼の救護と、狒々マルゴの連行を頼んだ。従者ニコラも無事に合流。

その後、コニーはアベルや騎士、魔法士らとともに、夜通し異形の駆除に奔走した。


陽が昇ると、急遽、下働きエリアと貴族エリアに分けて検査場が設けられた。

魔性ヒルに寄生されていないかを調べるためだ。多くは自発的に来場したが、「自分には関係ない」と言い張り来場を拒む者もいた。それは〈黒蝶〉が担当することに。官僚宿舎や各寮を訪ねて、徹底的に調べる。案の定、来ない人間の大半が小ヒルに寄生されていた。

コニーは城に戻ってきた梟と組んで、城下へと向かう。ここ最近、風邪などの理由で休んでいた官僚たちをチェックするためだ。あの四角四面な経理官ガンツも、その一人。

城で起きたことを知らない彼には、国王印の入った書状を見せる。内容は「魔性の寄生虫が発生している。城勤めの者は全て検査を受けるべし」というもの。

玄関に出てきて、その書状を眉を顰めて読むガンツ。げっそりと様変わりした彼に、ピンとくる。

「寄生されてるようですね、背中の確認をします」

フードを目深《まぶか》に被り、口許を布で隠していたコニーだが――

「貴様……コニー・ヴィレか⁉　何故ここにいる⁉」

「よく分かりましたね。検査に来ました」

「帰れ！　何が寄生虫だ！　そんなものはついてない！」

家の中に戻ろうとする彼を、素早く梟が取り押さえ、コニーは後ろからシャツをめくった。

「何の権限があって貴様が⁉　やめろ、やめろ！　触るなこの痴女があああ――」

ベチャッ！　薄桃色の大きな物体が床に飛ぶ。それは、ヒトデの形に変化すると「ギィエエエッ」と叫んで絶命。コニーは使い終わった短剣を仕舞う。

「叫ぶの初めて見ました」

「目測、二十八センチ。ギリギリ」

「あと二センチで成体になっていたら、手遅れでしたね」

ガンツは蒼褪《あおざ》めて言葉にならない。梟は革の手袋をつけ、死骸をつまむと麻袋に回収。ガンツが呆然としている間に、コニーはその背中をさっと消毒薬で拭き、布包みを床に置いた。

「二時間ほど血が止まらなくなります。包みには止血薬が入ってますので、すぐに飲んでください。念のため、王宮薬師の診察を受けることをお勧めします。では、お大事に」

コニーはそう言い、梟とともに立ち去る。残りの訪問も消化して、城へと戻った。

魔性ヒルには、魔獣避けの香が効果を発揮することが分かった。卵や幼体が潜みそうな森や庭を燻《いぶ》す。屋内でも焚き続け、人々は匂い袋にしてポケットに忍ばせた。

翌日の昼過ぎ、ようやく事態は落ち着く。

目覚めたドジデリアは語った。

人外の〈影〉に脅されて下僕となり、〈影〉の一部を城の敷地内に手引きしたことを。

「あれは〈惑わしの影〉じゃ。元王妃の護衛や、狒々娘に〈黒きメダル〉を渡したのも、各地で出現する憑物士の群れも、やつの仕業じゃ。今まで、契約のせいで余計なことは喋れなんだ」

話そうにも声は出ず、紙に書いたり行動で伝えようとすると手足が動かなくなる。

彼は懺悔《ざんげ》するかのように続けた。

王妃の誕生日会の日にも、城壁と市壁にある結界魔道具の位置を元護衛に教えた。

あの時は、外部から憑物士二体を引き入れることになった。今回は、内側から魔性ヒルで人を食い尽くして落城させ、大軍で王都に攻め込むと言われた。さすがにそんな事は出来ん――と、結界の穴空け担当であるマルゴに嘘を教えて、騎士らが来るまで時間稼ぎをしていたのだという。

彼が血を噴き倒れたのは、影王子に逆らったのがバレたからだ。

「頭ん中で、〈流血ノ刑ニ処ス〉って言われた時にゃ、わし死んだぁ——と思うたわ」

いろいろやらかしたおっさんだが、命を握られていたのでは従わざるを得なかった。すべてチャラとはいかないが、混乱状態にあった城内に敵の援軍が引き込まれたら、目も当てられない状況になっていた。それを阻止出来たのは、彼が人側にいることを望んだからだ。

「影王子、などと名乗っとるようじゃ。王家への復讐にこだわっておった」

謀殺された御子が〈惑わしの影〉となって復讐を企てる。これで、推測は確定された。

未だ存在の薄い小さなイバラは、コニーの肩に乗ってつぶやく。

「憑物士を軍隊のように駆使して、国家転覆を目論む——そんな〈惑わしの影〉は史上聞かぬ。そもそも、アレはただの運び手であり、さほど大きな魔力を持つものではないのだ」

建国時からいる、長寿の高位精霊でも知らないという。先王の御子はレアケースのようだ。

ここ二ヶ月、国内で湧きだした憑物士は数千体に及ぶ。ありえない事態だ。他国から流れてきたにしては噂も予兆もない。「国内のどこかに兵力として隠し、温存していたのでは？」「消息不明となった王太子や、騎士たちの居場所は？」これらを尋ねてみるが、ドジデリアは首を横に振った。

策謀の肝となる部分を、影王子が迂闊に漏らすことはなかったようだ。

以前、不可解に感じていたことを思い出して、コニーは尋ねた。

「元王妃の護衛ですが……何故、面識のないわたしを襲ってきたのでしょう？」

「すまん、わしが教えたせいじゃ。あれは、解雇原因があんたにあると逆恨みしとった」

解雇したのは元王妃なのに、理不尽な話だ。

その場にいたアベルも、彼に質問を投げかけた。

「他に〈黒きメダル〉を渡された者がいるか、分かるか？」

「分からん……元護衛と狒々娘に渡したのは、結界魔道具の破壊が目的じゃ。わしが関与する者以外は知らされとらんからな」

「――彼らが所持していた〈黒きメダル〉、魔法士すら気づかなかったのは何故でしょう？」

コニーの疑問に、ドジデリアは、ポンと手を打った。

「それなら知っとるぞ、魔力を漏らさん小袋に入れとるんじゃ」

「「！」」

昨年の十二月上旬、蜂女となったゾフィが持っていた物と同じ。〈黒きメダル〉の独特な魔力波動を隠す小袋。その特殊繊維に反応する魔道具は、城門に設置されている。

すぐに騎士らがその魔道具を持って、城の敷地内をくまなく回った。結果、四名の〈黒きメダル〉所持者が見つかった。一度でも悪魔化に使えば、魔除けの札にも触ることは出来ない。

試したところ、全員がシロ。捨てても手元に戻ってくることに「恐怖していた」と彼らは言い、〈黒きメダル〉を処分するだけでお咎めはなしとなった。

先週、隣の村で強盗があったと噂で聞いた。

ボクと同じ八歳の女の子と、その家族が殺されたと。

その日から、ボクの寝床は屋根裏に変わった。母は暖炉の裏側にお金を隠し、生まれたばかりの仔山羊は寝る前に床下に隠すようになった。祖父は鉈や斧を丹念に磨き、祖母は陽が暮れると家のあちこちに鈴を連ねた紐を張るようになった。まるで、次はボクの家が狙われるかのように。

「坊や、夜中に何があっても下の階を見に来てはいけないよ」

母はそう言い含め、もしもの時、屋根裏の天窓から外に出る方法を教えてくれた。

ある夜、窓硝子が割れる音で目が覚めた。シャンシャンと鈴音がうるさい。祖母の泣き叫ぶような祈り。母と祖父の怒号がすぐに途切れて——

ボクは天窓から外へと逃げ出した。けれど、夜更けの道は真っ暗で、隣家は遠く、走る勇気が出てこない。怖い怖い怖い。そうだ、隠れて〈あの人たち〉が去るのを待とう。家の陰に身を潜めた。

知らない女の歌声が家の中から聞こえてくる。

「新月の夜、狼が遠吠えする。坊やお眠り～。母は暖炉に金貨を隠そう～床下には仔山羊を隠そう～屋根裏には坊やを隠そう～」

今度は野太い男の声が聞こえてくる。

「どこに行きやがったんだチクショウ！　せっかくの金ヅルが！」

「硝子砕ける音がしても～祈る声が聞こえても～」

「呑気に歌ってる場合じゃねぇよ！　依頼人は王妃サマだぜ？　失敗したら、こっちの首が危ねぇ」

「――慌てなさんな、小さくたって誇り高きハルビオンの王族だ。大事なママを置いて逃げるような卑怯者ではあるまいよ」

「ハッ、どうかな！　オレは向こうを探してくる」

「あたしはもう一度、二階を見てくる」

家の中で何が起きているのか、気になった。そうだ、彼らがいない間に母たちと一緒に逃げれば――踏み込んだ部屋は床まで真っ赤に染まっていた。トントンと二階から足音が下りて来る。急いでワードローブの中に隠れた。女はまた歌っていた。

「あぁ、決して起きてはいけないよ～。石のように口を噤んでぇ～狼が～跳ねて嗤うからぁ～」

ワードローブの前で止まった。戸の隙間から三日月のように嗤う女の目が見えた。

「あ～かい足跡～見い～つけた～」

引きずり出されたボクは――

「今度こそ～お眠り坊やぁ～。墓の下でぇ～よい夢をおぉ――」


自分が先王の子とも知らずに育った。

八歳の時に暗殺者に家族を殺された。

ボクは首を討ち取られる間際に、人外〈影〉の干渉を受けて――

〈影〉として、この世に残る選択をした。

国王殺害と城落としは失敗した。

「――マァ、イイヤ」

二兎《にと》を追う者は一兎をも得ずというし。大した誤算じゃない。

こちらには国王の後継者がいる。これをじっくり料理するのが先だ。国王と城は後回しでいい。

影王子は、捕えた騎士たちを闘技場へと一人ずつ送りこんだ。まともな武器は持たせず、憑物士になぶり殺しにさせる。一部はヒルに寄生させて、ヒル人間を作った。かつての部下が干乾びて死に、その複製の頭がぱかんと花開く。そのさまを魔道具の鏡で映し出し、ジュリアンに見せた。

彼は無表情に鏡面の殺戮《さつりく》を見ていた。感情の揺らぎを一片たりとも見せない。

だが、心の内はどうだろう。きっと己の無力を嘆いているはずだ。

この十年、来る日も来る日も復讐だけを考えていた。

自分の暗殺を指示した女狐、それを正妃に据えた腹違いの兄、自分が享受するはずだった豊かな環境で育つ――自分と歳の近い甥たち。嫉妬・憎悪・怒り・怨嗟は昇華されるすべもなく、溶けない雪のように降り積もる。

どうやって苦しめよう、どうやって戦力を増やそう、どうやって罠に嵌めよう。

憑物士どもも、初めから言うことを聞いたわけじゃない。脅して宥めて調教して。扱いにくいやつは見せしめに処分。地道にこつこつ作り上げた復讐の舞台。だからこそ、命懸けの戦いを見るのは最高だ。嗤いが止まらない。

「アァ、楽シイナァ。今マデデ一番、生キテルッテ、感ジガスルヨ！」

ここは城塞跡地アシンドラ。廃王子ドミニクの幽閉地。ついでに元王妃もここに招いた。

錯乱した女を、静養地の結界から誘い出すのは簡単だった。思慕を寄せる美しい男の影を見せてやれば、ホイホイと結界の外へ追ってくるのだから。

この城塞にあった結界を壊すのも簡単だった。長年使ってなかったから綻びだらけ。それをこちらが手を加えやすいように構築し直した――それも十年前に。

影王子には専属の〈魔道具職人〉がいる。心強い味方だ。〈地涯〉で兵器用の魔道具を作っていた悪魔だが、〈黒きメダル〉を通じて地上に召喚された。災禍をまき散らすことを彼は楽しんでいる。影王子の注文通りに、様々な魔道具を作っては提供してくれる。人間は脆《もろ》いから壊し甲斐があるとも言っていた。

ジュリアンには、元王妃と愚兄の様子も鏡で見せてあげた。

床に転がりやせ細った手足が映る。エンディミオ・リ・グロウが、毎日ストレス発散に鞭打っていたから虫の息のようだ。この愚かな母子《おやこ》は国にも運にも見捨てられた。イバラの加護もなければ携帯食もない。当然、腹も空いてることだろう。人間は食べないと生きていけない。あぁ、でも。闘技場に出す予定の騎士たちには、少しでもいい試合を見せて欲しくて、残飯を与えてるけど。

ぽつりとジュリアンが言った。

「――策は全部ひとりで立てたのかな？」

「モチロンダヨ」

「――君は生きていても容赦なく、僕を蹴落としにかかっただろうね」

まっすぐにこちらを射抜く眼差し。

あれ、と思う。ここはあの二人を見ることで、自分の死を連想するところではないのか。あるいは助けの来ない状況に悲嘆に暮れるはず、なのに……静かな気配に気圧《けお》される。この強い感情は怒り？　憎しみ？　嘆き？　違う、琥珀の瞳に宿るのは、戦意だ。――戦意だって？　おかしくなった。滑稽だった。彼はこの状況で、まだ反撃のチャンスがあると思っている。

王太子たる彼は、昏い瞳で自信たっぷりに告げた。

「宣言しておくよ、僕は必ずここを出る」

いくらでも虚勢を張ればいい。その分、絶望は深くなる。

小さなポーチに詰めた携帯食だって、もうなくなる頃だろう？

鏡の中で場面が切り替わる。別々の檻の中、死体のように横たわる騎士団長と副団長。ジュリアンが持つ武力の象徴たる二人。さて、腕を振るって彼らを闇の下僕に変えるとしよう。

☆

闇の空間を彷徨っていた。

頭の中も、心の中も空っぽだ。ついでにひどい空腹も感じている。

ここはどこだ？　おれはなにものだ？

闇が薄れてくる。真っ先に見えたのは自分の手。こんなに小さかっただろうか。傷だらけだ。足首には鉄の輪がはまっていて、黒い鉄球が鎖で繋がれている。ごわつく麻の粗末な衣装。周りは石造りの牢だ。同じような格好の者たちが、無気力に壁に寄り添っている。

——思い出した。戦争で敵国に捕まり捕虜となったのだ。

両親が亡くなり伯父夫婦の家で暮らしていたが、十二歳で徴兵された。本来ならば四年後、成人してから行くものなのに。体が大きかったことが災いした。伯父が年齢を偽り役所に告げたのだ。

一緒に捕まった人間が、一人ずついなくなる。「次はおまえだ」——とうとう自分の番が来た。

敵兵に連れ出されたのは、血臭漂う闘技場。相手は餓えた熊だった。槍を一本渡された。生き残るためにそれを殺した。親父が生きていた頃、ともに狩猟に明け暮れていたから、大した相手ではなかった。猛獣とばかり対戦させられる日が続き、三十日後には、人を丸呑みに出来るようなふたつ首の蛇魔獣と戦わされた。結局、捕虜で生き残ったのは自分だけだった。

大金を生む剣闘士奴隷としての優遇は、牢が個室になったこと、味はともかく食事の量がまともになったことぐらいだ。

相手が倒れるまで戦い続ける。眠って起きてまた戦う。時々、周りの牢に人が増えてはいなくなる。珍しく隣の牢に長く残った男がいた。声をかけてきた。東にある大陸から来たという。商船の護衛だったが海賊の襲撃に遭い、気づいたら自分だけここにいたのだという。

護衛で日銭を稼ぎながら旅する彼は、いろんな国のことを知っていた。人生の中で両親と暮らした山小屋と、伯父の支配する片田舎と、牢獄しか知らない自分に、それはまぶしく心躍る話だった。

特に東大陸の中央寄りにある、ハルビオンという国に心惹かれた。緑豊かで穀倉地帯も多く餓える民はいない。国王も難民に土地を与え支援するのだと。そんな素晴らしい国があるのか。

他国の領土を欲しては戦争ばかり、それだけでは足りぬと、闘技場での殺戮を求め娯楽とする――この国の皇帝とは大違いだ。

「でも、隣には軍事大国があるんだ。数年前に、戦を避けるために仕方なく、そこの高慢ちきな王女を嫁にしたって話だよ。その息子を足がかりに、ハルビオンを吸収するつもりじゃないかな」

――いや、その野望は潰《つい》えた。

ふと、確信を持ってそう思えた。首をかしげる。何故そう思ったのか分からない。

翌日、旅好きの男は牢に戻ってこなかった。

その後も、変わらず闘技場に出る日々が続いた。対戦相手は獣だけでなく人間も……

ただ、生き残るためだけに――未来は暗澹とした闇に包まれていた。

◆過去を辿る義兄

「若様を見なかったか？　もう先生が来ておられるのに……」

「またですか？　もう十一歳にもなるのに困ったこと」

執事とばあやの探し回る声。白金髪の男の子が、茂みに隠れながらその場を離れた。

風光明媚な静養地ノックストーン、その町外れにある小さな邸。ダグラー公爵の嫡子である彼は、生まれてすぐに病弱な母とともにこの場所に移された。父の知人の領地である。

使用人は執事とばあやだけ。そして、週二回この邸を訪れる、家庭教師が一人。

リーンハルトはこの家庭教師が嫌いだった。飲みこみが悪いと言っては鞭を使うからだ。

勉強も難しくて嫌いだ。さっぱり分からない。去年までは執事が教えてくれていたのに。

執事に頼んでも、彼を辞めさせることは出来なかった。父の命令だからだ。鞭の使用も許可しているのだと。あんまりだ。

最近は、授業前に逃げるようにしている。木剣を携えて、邸の後ろにある裏山へと向かう。そこで思うがままに素振りや剣稽古をする。

リーンハルトは剣術が好きだ。けれど、母は暴力が嫌いだからと、剣術を習うことを許さない。ダグラー公爵家が屈指の武家であるにもかかわらず、だ。母は父を毛嫌いしている。リーンハルトが覚えている限り、父がこの邸を訪れたことは一度もない。

剣稽古を飽きるほどしたあとは、鹿や兎を追って走り回り、木に登る。お腹が空いたら台所から持ってきたパンを食べる。裏山には、邸から続く敷地結界があるから安全だ。たまに、うっかりそれを踏み越えて、野良魔獣に追い回されることもあるけれど――異常な敏捷力をもつ彼にとって、特に問題はなかった。

――もう、あきらめて帰ったかな？

陽が暮れ始めると山を下りる。邸の裏口から入ろうとして、ばあやに見つかった。

「坊ちゃま！　まあっ、また泥だらけにして！　お客様がお見えですよ！」

「客……？」

着替えをしたあとに、応接室へと連れて行かれた。そこには肖像画で見たことのある人が、上座《かみざ》に腰かけていた。ダグラー公爵——初めて会う父だ。家庭教師までいた。執事に小声で促されて、ぎこちなく挨拶をする。

「よ、ようこそ、おいでくださいました……リーンハルトです」

頭の先から靴先までじろじろと見られて緊張する。

気弱で非社交的な彼には、外部から来る者に対して苦手意識があった。

「私が誰だか分かるか？」

「はぃ……父上」

リーンハルトは小さく答える。

「では、私がつけたこの者から、学問をしっかり学んだか？」

ニヤニヤと意地悪く笑う家庭教師に、公爵は気づいてない。これは告げ口されている、叱られるなら謝ってしまおう。だが、焦る気持ちとは裏腹に、言い訳じみた言葉が出てしまう。

「その……むずかしくて……あまり……」

公爵は片眉を上げて問うた。

「難しい？　それが授業をサボっていた理由か？」

たじろぎながらも、「はぃ」と返す。公爵はイラついた様子で立ち上がり、大声で怒鳴った。

「なんと情けない奴だ！　何故、理解出来るまで学ぼうとしない⁉」

責め立てるような口調で説教が始まる。

「で、でも、鞭で」

精一杯の反論も「出来ない人間は打たれても当然だ！」と一喝された。

そうだった、この人が指図したんだった――

公爵はリーンハルトに近づくと、見下ろしながら罵声を浴びせた。

「病弱で剣を持てないというなら、他で努力しようとは思わないのか！　この怠け者が！」

……病弱？　だれのこと？

リーンハルトは健康体だ。何故、そんな誤解をされているのか。

「公爵家跡取りとしての自覚はないのか⁉　一日中遊んでいるのか⁉　大体、その鬱陶しい喋り方は何だ⁉　こんな無能が私の息子だと⁉」

頭ごなしの威圧的な振る舞いに、頭の中が真っ白になる。

こんな怖い人が、ぼくの父……⁉

なすすべもなく壁際に下がって縮こまり、ぶるぶると震える。慌てた執事が間に入って、公爵を宥めた。何とか激昂を抑えこんだ公爵は、椅子にドカッと座り直す。額に手をあてて呻くように吐き捨てた。

「哀れと思って、レーチェの望み通りにした結果がこれか……！」

母レーチェはリーンハルトを産んでから体を壊した。薬師からは、奇跡的に生き永らえてはいるが、余命は数年だと宣告されている。彼の言う「哀れ」とはそのことだ。剣術を習わせないのは母の意向だが、やはり武家であるダグラー公爵家にとっては、相応の理由が必要だったらしい。

だから、母はぼくのことを病弱だということにしたんだ……

公爵はこちらを睨みつけながら、きっぱりと告げた。

「よいか、お前は王都へ行き、第二王子の友人になるのだ。今後、生活も王都でさせる。その自堕落ぶりを早いうちに矯正しなくては――」

リーンハルトには生まれてこの方、友人などいない。邸の主人たる母が臥せっているので、貴族間の交流は皆無。それが王族の友人？　そんな雲上人と、どうやって仲良くなれというのか。

翌朝には魔獣車に詰めこまれ、公爵とともに王都にあるハルビオン城へと向かった。

しかし、公爵が国王に呼ばれて席を外した間に、第二王子との面会時間が始まり――

「あ、あの、ぼくは、リーン、ハリュ、ト、ウリュ、ダ、……ダグラーと……」

緊張から噛んで、まともに名乗れなかった。それでも、三つ年下の王子は丁寧な挨拶を返し、にこやかに話題を振ってきた。

「ダグラー公爵家は、剣技に秀でた家系だと聞いてるよ。君の腕前を見せてもらえるかな？　相手は騎士見習いにさせるから」

予想だにしない要求に青ざめた。

自身の剣は、町で見かけた兵士の基礎訓練を見よう見まねで覚えたものだ。ついでに、かなり奔放に型を崩している。もはや基礎の原型はない。自己流と言ってもいい。とても人前で披露できるものではない。断るべき……でも、断ったら彼の友人になれないのでは……

返事も出来ず頭の中でぐるぐる考えていると、第二王子は軽くため息をついた。

「無理なら帰っていいよ」

「……えっ？」

「僕はね、挨拶すらまともに出来ない者と、仲良くする気はないんだ」

公爵から言われた侮蔑の言葉と重なる。彼にまで無能の烙印を押されたら――公爵が怒り狂う！

跡取りとして不要だと思われたら、自分はどうなる？　王都にまで連れて来られた上に放り出されたら――そんな危機感を感じて、反射的に声を上げた。

「やります！」

渡されたのは本物の剣だった。重い！　いつも振り回していたのは、木を削った自作の不格好な剣。それで野良魔獣を気絶させたことはある。だが、人と手合わせしたことは一度もない。

王宮の庭で、体格のよい見習い騎士と向き合った。十五歳ぐらいか。何故、こんな年上の人を出してくるのか。過大評価されているのか？　それとも――

いつの間にか周囲に貴族たちが集まっていた。彼らの目つきには覚えがある。あの家庭教師と同じだ。出来ないことを嘲笑い、恥をかくのを期待している。ただ、第二王子だけは違って見えた。

賢そうな琥珀の双眸が、注意深くなりゆきを見つめている。

判定に立ち会う騎士が合図を出した。

「両者、前へ！　――始め！」

相手が駆け寄る前に突進した。勝負は一瞬でついた。相手は大きく吹っ飛んで倒れた。

周りの貴族たちが、シンと静まり返る。

勝った……？

見習い騎士はぴくりとも動かない。赤い色が地面に広がってゆくのが見えた。急に周りが騒がしくなる。騎士たちが彼に駆け寄り、「止血しろ！」「担架を！」と叫ぶ。

手加減するべきだった？　野良魔獣は気絶した、だから同じやり方で……

血のついた剣を見て思わず取り落とす。そうだ、刃があったんだ。しまった、と思うも遅い。野次馬からの罵声が、わあんと耳の奥で木霊《こだま》する。責められている。

どうして？　試合をけしかけたのは第二王子で、やらなきゃって仕方なく——

冷めた眼差しで王子が何か言っていた。何を言っているのか、よく聞こえない。呆れて「帰れ」、だろうか？　いや、違う。いずれは王の騎士となる者を傷つけたのだ——牢に入れられる？　公爵は大激怒するだろう。

その場から逃げ出していた。誰かに呼び止められた気がするが、振り返る余裕などない。早くここから逃げなくては——

どこをどう走ったのか分からない。いつの間にか城門を走り抜けて、城下街へと出ていた。捕まるのを恐れてうろうろしていると、迷子になった。知らない男に声をかけられた。迷子と知ると、彼はノックストーンまで魔獣車で送ってくれるという。親切な人だと思ったのも束の間——王都を出ると、人相の悪い男たちが乗り込んできた。その会話から、王都で頻繁に子供を攫っている賊だと知った。売るために女子にしか用はなかったようで——

整った顔立ちに体型も華奢なリーンハルトは、女子と間違えられたらしい。

それなら、男だと言えば見逃してもらえるのでは……？

「男なんざいらねぇよ！」

辿り着いたどこかの街の路地裏で、魔獣車から引きずり出された。ナイフで殺されそうになった、その時――突如、辺りをまぶしい光が覆った。視界がくらみ何も見えない。

気がつくと賊は全員、血まみれで倒れていた。

――死んでる？

何が起きたのかさっぱり分からない。だが、今が逃げるチャンスだ。彼は駆け出した。

必死に手足を動かす。もっともっと速く速く、手、足を……？

自分が這いつくばって、四肢で駆けていることに気づいた。しかも、手足が白っぽい毛で覆われている。リーンハルトは愕然とした。小さな獣になっている。

本で見た覚えがある。白に濃銀の花びらの紋様がある獣――これは雪豹だ。体が小さいので猫に似ているが、長く太い尻尾とどっしりした太い脚に特徴がある。

がたがたと体が震える。もしや、公爵家の人間にふさわしくないから、こんな姿になってしまったのか。

ハッとして右の前脚を見る。人間の時には右手の甲にあったはずの、朱《あか》い星紋がない。

生まれた時に、〈武運を招くまじない〉として高名な魔法士につけられたもの。年々、ちょっとずつ崩れるように滲んでいるのが気になっていた。

訳も分からぬまま、獣になった彼は路地裏を彷徨う。人間に追われる不安と苦痛の日々。毛の美しさに惹かれた人間たちが、追いかけて捕まえようとする。お腹も空いてへとへとになったある日、袋小路に追い詰められて捕まり、大きな石で打ち殺された。

あっけない人生だったと目を閉じた。


——あれ？　まだ、生きてる？

鼻先を掠める強烈な鉄さびにも似た臭い。顔をしかめて気がついた。

目の前には、見覚えのある男たちが赤く染まって転がっている。

え、どういうこと？　なんで、あの人さらいたちがここに？

リーンハルトは獣の姿だ。「毛皮を売れば金になる！」と、またもや人々に追われる。前回と同じく石で打ち殺された。また同じ場面から目覚める。悪夢のように幾度となくループする。

何なんだ、これ？　どうして、ぼくはちゃんと死ねないの⁉

路地裏を走り、必死に逃げ回る。

つらい、苦しい、悲しい、痛いよ、だれか助けて！　もうイヤだ！

心の中で泣き叫んでいると、壁に大きな人の手の影が映った。ギョッとして後ろを振り向くが、誰もいない。影の手は何かを摘まんでいた。それはぽとり、コロコロと地面を転がってリーンハルトの足下まで来る。黒光りのする鉄塊——〈黒きメダル〉。

思わず、毛を逆立てて飛び退いた。

「悪魔ノ力ヲ、借リテ、運命ニ抗エ」

大きな影の手が揺れて、唆《そそのか》す声が聞こえてくる。

逃げても逃げても、影の手と〈黒きメダル〉は追いかけてきて、目の前に現れる。

死にたい、死にたくない！　どうしよう、どこへ行けば――!?

狂ったように駆けていたら何かに躓《つまず》いて、体がぽーんと宙に投げ出された。ズシャアアアッと、石畳をスライディング。そこへ、イラついたハスキーボイスが稲妻のように降ってきた。

〔ちょっとお！　いい加減、戻って来ないなら、アタシが仔猫ちゃんを貰うわよ！〕

仔猫という言葉に、彼は反応した。

「ねぇ、だいじょーぶ？」

気づけば、倒れた自分を覗きこむ奇妙な生き物がいた。その頭は垂れ耳の兎、なのに体は人間。

また変なものが……！

ぶるぶる震え、後ずさろうにも後ろは壁。すると、その兎頭は、丸くて穴の空いた茶色いモノを差し出してきた。鼻先をくすぐる美味しそうな匂い。ずっと空腹だった。

ふらっと顔を近づけると我慢できずに、ぱくっと食いつく。フリッターだ。具は入ってないけど砂糖がかかっていて美味しい。前脚でつかみ夢中になって食べた。ぺろっと口周りや前脚についた油を舐める。あぁ、美味しかった。お腹が満たされて顔を上げる。

若干、恐怖も薄らいだせいか、冷静に相手を見つめる。

うさぎの頭部……首から下は小さな子供……あれ？　前にも会ったような気が、する……

そこで合点がいった。何度も繰り返した死は、この子によって回避されていたのだ。

そうだ、これが〈正しい〉。ぼくは、ここで死ぬはずがなかったんだ！

すごく大事なことを思い出した。だけど、何故、そう思ったのかよく分からない。

分かったのは、もう死なずに済む――長い悪夢は終わったのだということ。

「きみは……えっと……」

「えっ、ネコさん、しゃべれるの⁉」

「うん、その……フリッター……ありがと」

「どーいたしまして」

人間に戻るためにはどうすればいいのか？　なくなった星紋を再びつければよいのでは？　そのためには、あの魔法士を訪ねる必要がある。うろ覚えだけど、東のメドン山に住んでいる、と聞いた事がある。そんな閃きに活路を見出した。

でも、自分ひとりではまた狩られてしまうだろう。この子にお願いしてみようか。

たどたどしく喋りながら、自分の病気を治すため、メドン山にいる高名な魔法士を探しているのだが、人に追いかけられて困っている。一緒に来てほしい――と頼んだ。

「いいよ、メドン山なら、とおくないから」

びっくりするぐらい、彼女は躊躇なく答えた。

「そうなの……？　あの、でも……一応、家族に連絡しといた方が……心配するかも……」

「だいじょーぶ。おうとの、おばあちゃんちに行くところだったから」

王都と同じ方向に、メドン山はあるのだという。

「ネコさんとより道するならいいよ、たのしそう！」

遠くないと聞いて安心した。また、隣を歩く彼女の足はとても速かった。これならすぐに着いてしまうかも知れない。道中、彼女もまた誰かに追われていると知った。何かを察したように路地裏や物陰に隠れる。身なりのきちんとした男たちが、目の前を慌ただしく駆けて行った。

彼女は、母親の再婚相手の家を出てきたのだという。

「戻らなくていいの？」

「もどりたくない。あたらしい兄さんはこづいてくるし」

そう言われて気づいた。手足に青アザがいくつもある。

「あたらしい父さんは、女のコのしたぎを、あたまにかぶるヘンタイだから！」

なんてひどい家《うち》なんだ！

理由は違えど、同じく逃亡せざるを得ない彼女に同情する。

「すごく悪いやつらじゃないか」

「やっぱり、そうだよね！　でも、おやしきの人、だれもそう思ってないんだよ！」

ということは、実の母親もなのか……なんて不憫《ふびん》な境遇なのだろう。

彼女に悲愴感がないのが、せめてもの救いだ。兎頭は変装のための被り物だという。作りがリアルなので、兎人間に見える。

「その被り物、どこで手に入れたの？」

「ミセモノ小屋。ちゃんとお金はおいてきたよ」

彼女は警戒心が強かった。感心するほどに追手をうまくすり抜けてゆく。街の外が危険なのも分かっているようで、街門近くで隊商にお金を渡して、荷台に乗せてもらえるよう頼んでいた。

「のってもいいって！」

「えぇ？　そんな簡単に……!?」

「おばあちゃんがビョーキだから、メドン山のまほうしさんに、おクスリをもらいに行くっていったの。ビョーキなのはネコさんだけどね」

何か、すごい世渡り上手な子だな……

「きみ、いくつ？」

「むっつ」

「そんなに小さいの!?」

「ネコさんのなまえは？」

「……ネコでいい」

公爵家の子だなんて、答えられるわけがない。彼女もまた、兎頭をこくりと振った。

「じゃあ、わたしもウサギってよんでね」

「それ、本当の名前？」

「ちがうよ、きかれたらいけないから！」

なるほど、会話で呼び合っていたら聞きつけられる危険もあるからか。

第二王子といい、世の中の子供はこんなにもしっかりしているのかと驚く。いや、もしかして、自分がだめ過ぎるのか……

ガタゴトと幌付魔獣車の中で揺られる。荷物がたくさん積まれていたが、幼女と幼獣はその隙間でも十分だった。

「ネコさんのビョーキ、なおるといいね」

「うん……」

ガタゴト　ガタゴト　ガタゴト……

陽が暮れる頃にはメドン山の麓にある村に着いた。

隊商は宿屋に泊まるらしい。そこはもう満室だったので、彼女は女将にお金を渡して、魔獣舎二階の藁置き場を借りていた。商人が心配して自分の部屋で休むようにと誘っていたが、彼女は断っていた。義父への不信感から大人の男性は信用しないのだろう――と思っていたが。

「パンをもらってきたよ、いっしょにたべよう」

「ありがとう、ウサギ」

魔獣舎の裏は一面の雛菊野原。そこで夕陽を見ながら、パンを半分こして頬張る。

「ここなら、ネコさんもおしゃべりできるね」

「！」

――この子は、ぼくを人目にさらさないようにしたんだ。

「ネコさん？　どうしたの？　かなしいの？」

涙があふれてきた。年下の女の子に嘘をついてる自分が、ひどく情けない。

かといって、自分でもよく分からない状況なのに、すべてを話せるわけがない。

「ぼくは、何をやっても、だめで」

それでも、偽りのない気持ちで悩みを吐露した。獣化したこと以外のことを。ぐずぐずと猫っ鼻をすすりながら――

「お城に、呼ばれて……剣を、披露することになって……」

「ネコさん、おしろによばれたの？　けんをつかえるの？　すごいね！」

「で、でも、それが――」

言葉につっかえながら、王宮でやらかした失敗を話した。自分に「第二王子の友人」となる事を望んでいた父は、失望したに違いない。人に戻りたいが、帰ったあとの叱責がとても恐ろしい。

才能もないのに、ちゃちな木剣を振り回していたのだ。出来ると思って第二王子の要求に応えてしまった。やらなきゃ良かった。諦めて帰れば、人を傷つけたりしなかったのに。

「もう、剣も、やめよう、と、思う……でもっ、そうしたら、自分には何もなくなって……、空っぽになってしまう……」

大好きなことを止《や》めなくてはならない。辛《つら》くて悲しかった。

「――いちぱん、だいじなものがなくなったら、心はからっぽになるよね」

額に温かいものが触れる。滲む視界の中で、覗きこむ女の子がいた。夕陽に染まる短い藁色の髪と、まるい頬。いつのまにか、被り物を外していたようで、驚いて涙が止まった。

……今、おでこにキスされた？

彼女はにっこりと笑った。

「だめだなんて思ってたら、ほんとうにだめになるんだよ。ネコさんの、ねがいは何？」

「ぼくの……願い？」

彼女は足もとの雛菊を一本一本摘みとる。くるくると巻きながら器用に編んでゆく。

「おばあちゃんが言ってたの。つまずいても、ころんでも、とおまわりしても――あきらめない人だけが、じぶんのねがう未来にたどりつけるって。だから、あなたも」

花冠を、そっとリーンハルトの頭に乗せてくる。見上げたペリドットの瞳は、星のように煌めいていた。

「じぶんを信じてあきらめないで、きっと道はひらかれるよ！」

八方塞がりの暗闇に小さな灯がともる。見失っていた道が見えてくる気がした。

「できるかな……苦手なこと、いっぱいあるから……人と話すのも……」

「わたしとへーきなら、女のコにはなしかけるといいよ」

その夜は、彼女にくっつくようにして眠った。温かかった。

翌日、メドン山へ登ろうとしていると、昨日の商人がやってきた。

山上の魔法士の家まで送ってくれるという。やけにウサギに親切だと思ったら、王都にいる愛娘と同い歳の一人旅（と一匹）を、見過ごせなかったらしい。

あの兎頭は気にならないのかと思っていたが、礼儀正しくお礼を言う彼女の姿に納得した。

ナゾ生物っぽくて怪しいのに、妙に可愛い……

険しい山間を一頭の魔獣に乗って進み、ほどなくして小さな木造の家に到着した。

出てきたのは、長い灰髭を垂らした老魔法士。巷《ちまた》では有名な人だったらしい。彼が子供たちを責任もって預かるというので、商人も安心して麓へと戻って行った。

「さて、〈若君〉。まずは、〈そのように〉なられた経緯を、話していただけますかな？」

老魔法士は小さな雪豹を見て、すぐにダグラー公爵家の子だと分かったようだ。

彼はウサギに居間で待つようにと案内したあと、リーンハルトを日当たりのよい庭先に連れ出した。大きな木の下にはテーブルと椅子がある。勧められて、ちょこんと椅子に飛び乗った。

「我が名はバースと申します。今は隠居の身ではありますが、ダグラー公爵家の専属魔法士としてお仕えしていたことがございます」

リーンハルトは城で起きた事から、誘拐された事、まぶしい光のあとに人攫いが死んで、自分が雪豹になった事、ウサギの協力でここまで辿り着いた事を、順番にぽつぽつと話した。老魔法士はそれを黙って聞いてくれた。

そのあと、今度は彼の方から、消えた星紋についての説明をしてくれた。

「武運を招くまじない、というのは実はカムフラージュなのです」

ダグラー公爵家の嫡子には代々、母胎を通じて〈聖獣の欠片〉が受け継がれているのだという。

赤子のリーンハルトにある〈聖獣の欠片〉に、封じを施したのはバースだ。その状態であっても、武家にとっては恩恵となる〈異常膂力〉や〈毒耐性〉が現れるという。

「この封じが解けた原因は、若君の潜在魔力が成長とともに強まっていたこと、それが命の危険を回避すべく発現したためと考えられましょう」

「人さらいに殺されそうになったせい？」

「さよう。代々の公爵たちは一度の封じで十分でございました。これは異例のことなのです」

聖獣はまだ目覚めきっていないが、今後、リーンハルトが魔力を使えば、目覚める可能性が高い。そうなると、人の魂は聖獣に吸収されてしまうのだとか。

「封じが消えると、若君の自我が消え、そのお体は聖獣のものとなってしまいます。そのようなことが起きぬように、これから二重の強い封じをかけましょう」

その前にと、彼は忠告をする。

「よいですか、聖獣は若君の中で眠っているのです。若君の魔力が異例の強さである以上、我が術の封じも完璧ではない。若君の気が昂ぶれば、聖獣の眠りも妨げられる。半覚醒状態により、並ならぬ強靭な力を発揮することでしょう。星紋はそれを抑えるべく、呪文となって肌に広がります。半身を染めるほどに広がる時は警戒されますように——術が破られる前兆ですので。そのときには、再び、我が術のかけ直しが必要となります」

雪豹の彼は神妙に、こくりと頷く。〈聖獣の魔力〉と、〈自身の魔力〉を同時に封じることで、人の姿に戻るのだということが分かった。

「もう一点、ご注意を。獣であった間の、若君の記憶も失われます」

「そんな……！」

それじゃ、ウサギのことまで忘れてしまう……！

「先に申し上げたことは、緊急時に思い出すことになりましょう。これらは、ダグラー公爵家の〈秘すべき事情〉。他人が知れば口封じをと、公爵家は動くはずです」

「……口封じって、お金で？」

彼は首を横に振る。血の気が引いた。ウサギの命を脅かすと言っているのだ。

「あの子は何も知らない！　ぼくの名前さえも！」

バースはにこやかに微笑んだ。

「ご心配なさらずとも、若君を助けてくれた子です。もし、何か知っているなら忘却の術をかけるつもりでおりました。彼女については、公爵様には内緒にしておきましょう」

その言葉にほっと胸を撫で下ろす。ウサギを王都に送り届けたあとで、人間に戻ることにした。

バースが室内の絨毯に魔法をかけると、ふわりと浮き上がる。それに乗って、彼の庇護のもと王都へと飛んだ。ウサギは大喜びだった。

この出会いを忘れてしまうのだとしても、リーンハルトは言わずにはいられなかった。

「いつか、必ずお礼をするから……きっと会いに行くよ」

「じゃあ、大きくなったら背中にのせてね！」

長い夢から覚めたように感じた朝。

リーンハルトは、王都の貴族街にあるダグラー公爵邸にいた。誘拐時の記憶だけが、すっぽり抜け落ちている。あれほど恐れていた父からの叱責もなく、「養生しろ」とだけ言われた。

怪我をさせた見習い騎士は、回復に向かっているらしい。第二王子から音沙汰はなかった。

それから三日後には、ノックストーンの町はずれにある小さな邸へと帰ってきた。

——父はきっとぼくを見限ったのだろう。

その証拠に家庭教師は来なくなった。煩わしさが消えたと同時に、自身に落胆する日々が続いた。

——ぼくは公爵家の跡取りにふさわしくないんだ。

病床の母からは、「公爵家の跡取りたれ」と厳しく育てられたことはない。むしろ、その逆で「剣術禁止」という以外は、好きなようにしなさいというスタンスだった。

だが、以前のようなゆるゆるとした生き方でいいのだろうか、と疑問を抱く。このまま、人からも社交界からも遠ざかり、この片田舎でひっそり死ぬまで……？

「若様……！　まさか、このようなものを学んでおられたので⁉」

床に落ちていた紙屑を拾った執事が、驚いたような声を上げた。それは、あの家庭教師に渡された問題用紙だ。まったく分からなくて、腹が立って丸めてその辺に投げていた。若干バツの悪い思いをしながら、そう答えると——執事は憤怒の表情を見せた。

「なるほど、これが公爵様にバレて来なくなったのですね……！」

いわく、これは学術に精通した者が論議するような内容で、一般教養を学ぶ子供に出すなどとんでもないことだ、と。リーンハルトは目をまるくする。自分の頭が並外れて悪かったわけじゃなかったのか、と少し安心した。

「何で、そんな意地悪をしたんだろう……？」

「世の中には自身の方が上だと、誇示したがるサルがいるのです。全くもって許しがたい！」

「その、勉強のことなんだけど……また前みたいに教えてくれないかな？」

執事は少し考えたものの、頷くことはなかった。

「いえ、若様も大きくなられたことですし、専門の方がよろしいでしょう。この爺《じい》が評判のよい先生を見つけて参りますからな、ご安心を！」

新しい先生か……不安だな……

自身の人見知りに嫌気が差す。だが、なかなか己を変えることは難しい。そっとため息をつく。

その頃から、頻繁に同じ夢を見るようになった。

夕焼けの中、雛菊が揺れる野原にリーンハルトは立っている。

見上げた先には兎頭の奇妙な女の子。

『だめだなんて思ってたら、ほんとうにだめになるんだよ』

『――のねがいは何？』

『つまずいても、ころんでも、とおまわりしても』

『あきらめない人だけが、じぶんのねがう未来にたどりつける』

――いつしか、彼女の励ましに応えるように、ぼくは前を向いて歩き始めた。

あれって、コニーじゃないか……！

長年探していた恩人が義妹であったことを、リーンハルトは〈正しく〉思い出した。

呆然としつつ意識が浮上してくる。薄暗い視界、彼は檻の中にいた。

万能女中コニー・ヴィレ4

著者　百七花亭

2021年12月5日　初版発行

発行人　神永泰宏

発行所　株式会社 J パブリッシング
〒102-0073　東京都千代田区九段北1-5-9 3F
TEL 03-4332-5141　FAX03-4332-5318

製版　サンシン企画

印刷所　中央精版印刷株式会社

定価はカバーに表示してあります。
万一、乱丁・落丁本がございましたら小社までお送り下さい。

ISBN：978-4-86669-442-9
Printed in JAPAN